☐ 高等学校教材

会 计 理 论

程德兴

崔庆江　　张志友

赖　君　　王伟森

著

石油工业出版社

前言

　　会计是一门古老而年轻的学问。人们对它的理性思考,历时已久。难以计数的会计学者曾孜孜不倦地探讨会计理论问题,取得了丰硕的成果,会计理论学说林立,各种观点的提出使会计学科枝繁叶茂,展示着会计学科的蓬勃发展。近几年来,中外会计理论的书籍不断呈现于读者面前。

　　纵观各种会计理论书籍,大抵可以分为两类:一类为一家之说,著书者立论演绎,皆由己出,全书排斥异说,唯我独尊,然自我辩解,开掘甚深,蔚然自成体系。一类为百家之言,著书者吸纳众说,指陈是非,从混沌中理出头绪,在此过程中表达观点。然而,无论哪类书籍,均存遗憾。或者仅叙评西方学者之观点,或者只述国内学者之看法,而融中西方各种学术观点之书籍很少见到。

　　我们认为,应该将中外各种观点进行科学地概括、梳理、提炼,以系统、全方位地展示目前中外会计理论研究现状,各种学说的理论差异、观点分歧,清晰地把握会计理论发展规律与趋势。

　　鉴于此,我们试图作一新的尝试,在尽可能的范围内将中外更多的研究成果和各种不同的学术观点纳入其中,以拓宽读者的会计视野。但会计理论是何其广大,仅凭一书之力其实是难担其责的。因此,本书将笔墨主要集中在三个方面的研究上,即会计的基本理论、会计应用理论(财务会计理论结构和会计准则、会计计量理论、财务报告理论)、专题研究(实证会计理论、会计的国际协调和物价变动会计)。本书概括地反映了国内外会计理论研究的最新成果与进展,强调各种观点的新颖、独到,不特别强调观点阐述的全面性。

　　本书在形成过程中参考了大量书籍,尤其是著名会计学家葛家澍、汤云为、吴水澎等教授所著的各种会计理论研究书籍给予作者很大启迪,在此特表示衷心感谢!

　　我们深知本书可能存在的种种有待商榷和不完善之处,难免存在疏漏、错误,诚请读者批评指正。

作者

2004 年 10 月

目录

第一章

会计理论导论

■会计理论的定义与作用
■会计理论的发展
■会计理论的研究方法
■会计理论的分类和检验
■会计理论体系的构建

■会计理论的定义与作用

□什么是理论

"理论"这个词有多种不同的解释,它本身是个多义词,给其进行确切的定义实属困难。

《韦氏新国际词典》(Webster's New International Dictionary)(第三版)对理论的解释是:理论是指某一探究领域的通用观点所构成的一套前后一贯的假设性、概念性和实用性原则。

我国的《辞海》对"理论"的解释是:理论是概念、原理的体系,是系统化了的理性认识。

我国《现代汉语词典》对"理论"的解释是:理论是人们由实践概括出来的关于自然界和社会的知识的有系统的结论。

不论怎样描述,理论与实践的关系总是非常密切并相辅相成的。凡属科学的理论,必须能完整、准确地解决两个问题:(1)如何解释实践,即认识世界;(2)如何进一步做好实际工作,即改造世界。理论研究的深度,是衡量一门学科成熟与否的标志,首尾一贯的理论,则是评估实务正确与否的指南。

□会计理论的定义

(一)国外

(1)美国会计学会(AAA)在 1966 年发表的《基本会计理论说明书》(A Statement of Basic Accounting Theory,AAA,1996)中下的定义是:"会计理论是

一套前后一贯的假设性(Hypothetical)、概念性(Conceptual)和实用性(Pragmatic)的原则,是一个旨在探索会计本质的总体性参考框架。"

(2)美国著名会计学家莫斯特(K.S.Most)在 1986 年的著作《会计理论》(第二版)中认为:"理论是一系列现象的规则或原则的系统描述,它可视为组织思想、解释现象和预测未来行为的框架。会计理论是由与会计实务相区别的原则和方法的系统描述组成。"

(3)美国著名会计学家亨德里克森(E.S.Hendriksen)在 1992 年的《会计理论》(第五版)中的定义:"会计理论可以定义为一套逻辑严密的原则,它:①使实务工作者、投资人、经理和学生更好地了解当前的会计实务;②提供评估当前实务的概念框架;③指导新的实务和程序的建立。"

(4)美国财务会计准则委员会(FASB)从 20 世纪 70 年代后期开始研究的财务会计概念框架(Conceptual Framework,CF),实际上就是对财务会计基本理论的表述:"概念框架(CF)是由互相关联的目标和基本概念所组成的逻辑一致的体系,这些目标和基本概念可用来引导首尾一贯的准则,并对财务报告的性质、作用和局限性作出规定"(FASB,SFAC.NO.2,1980)。

评价:从上述各种定义中可以看出,这些定义侧重从理论的存在形式及作用来给会计理论下定义。这同西方学者所存在的实用主义倾向和以有助于制定会计准则为目的而进行会计理论研究这一动机有关。这些定义就事论事的味道比较浓,很难说它们揭示了会计理论的本质。

(二)国内

(1)林志军教授在 1988 年的《会计的假定·原则·准则》中的定义:"所谓理论是对某一特定事物或研究对象的系统认识。在会计领域,会计理论就是研究会计活动的普遍规律、基本原理和方法技术及其运用的知识体系。它来自会计实践,又高于实践,并且能够能动地指导实践。"

(2)李翔华 1989 年所著的《会计基本理论》中的定义是:"作为理论,它应该是由一系列概念和原理组成的、系统化理性认识体系。会计理论是反映会计的本质和特征,揭示会计的内在规律性的知识体系。"

(3)阎达五教授 1985 年所著的《会计理论专题》中认为:"所谓会计理论,指的是人类积累起来的关于会计实践的知识体系。"

(4)汤云为、钱逢胜 1997 年所著的《会计理论》中认为:"简单地说,会计理论是对会计目标、会计假设、会计概念、会计原则以及它们对会计实务的指导关系所作的系统说明。"

评价:国内这些会计理论定义同西方的定义的显著不同点是:指出了会计

理论是一种知识体系,也注意到会计理论的作用。存在的问题是:对会计理论的本质尚未做比较具体和深入的阐述,且作为定义不够规范化,有些地方文字的表述也欠简洁。

(5)吴水澎教授在 1996 年所著的《财务会计基本理论研究》一书中,从马克思主义唯物论的认识论角度阐述了会计理论的定义:会计理论是人们对会计的理性认识——是人类在长期会计实践的过程中,在取得了感性认识的基础上,经过辩证的思维运动,所产生的关于会计的理性认识,即范畴、概念、观点的体系。它反过来又用于指导会计实践。

这个会计理论定义,力图运用逻辑学的一些基本常识,把它规范化。定义亦称"界说",是揭示概念内涵的逻辑方法。定义是由被定义项、定义项和定义联项 3 部分构成。具体地说:

会计理论是被定义项

定义项是经过思维运动,所产生的关于会计的理性认识。

就是则是定义联项。

以上是真实定义(还有词语定义等),即通过揭示被定义概念的邻近的属和种差下定义。所谓种差就是在同属中,某个种不同于其他种的那些属性。该定义的属是"理性认识";种差是"会计的理性认识"

本人倾向于或赞同将会计理论定义为:"是人们对会计的理性认识"。

(三)会计理论的作用

西方会计学者较普遍地认为,会计理论的作用主要包括两方面:一是解释现存的会计实务;二是预测或指导未来的会计实务。

解释——是指为观察到(现存)的会计实务提供理由。会计理论不是抽象的、无益的和琐细的分析,而是侧重于研究会计行动的思想。会计理论阐明了为什么会计行动是这样,为什么不采取其他方法,或者解释可以使用其他方法的理由。例如,会计理论应当解释为什么一些公司愿意采用后进先出法而不是先进先出法,等等。对会计实务的解释还可以对现有的会计实务进行评价,并进而促成良好会计实务的生成。

预测——是指会计理论应当能够预测或指导未观察到的会计现象(未来会计实务)。应注意的是,未观察到的会计现象未必就是未来现象,它们包括那些已经发生,但与其有关的系统性证据尚未从数据中收集到的现象,如人力资源会计,等等。会计理论的预测功能可以用来指导新程序的开拓。

根据上述分析,会计理论的具体作用可归纳为以下几点。

1.能更好地理解现行的会计实务

会计理论可以用来说明或解释现有的会计实务,使会计实务工作者、投资人、债权人、管理者及学生等更好地理解现有的会计实务。例如,为什么要为收入确认建立原则、为什么要采用权责发生制,等等。会计理论不单纯是理论本身的问题,它同时也是管理当局、会计人员和审计人员的实际应用问题,如果没有一个前后一贯的框架体系,就无所谓会计规范,会计就不能发挥其应有的作用。

2.能为评价现有会计实务提供一个概念框架

建立会计理论的目的是对现行的会计实务进行论证和批判,评价会计实务所依据的通用观点。对一些新出现的经济业务,如金融工具等,通常并没有会计规范,在这种情况下,可以用会计理论对这一特定的会计实务作出评价。

3.能指导新会计程序和方法的开拓

特别是那些负责制定会计制度或会计政策的政府机构和会计专业团体,必须首先正确认识会计理论,并以会计理论作为制定会计制度和会计政策的依据。只有这样,才能开拓出更好、更完善的会计程序和方法。

■会计理论的发展

事物的发展变化总是有一个过程;事物在其发展变化的过程中,又总会显示出它的规律性。会计理论的发展也是如此,会计理论自产生到现在会经历从错误到正确、从朦胧到清晰、从简单到复杂、从贫乏到丰富、从粗浅到深化、从不成熟到成熟的发展之路。为了提示出会计理论发展的过程和规律性,我们就必须回到会计理论发展本身的历史过程中去,并由此把握未来;同时,掌握以往会计理论的发展,可以使我们吸取到前人所积累起来的经验"养分"。正因为这样,会计理论的发展问题本身也就是一个理论问题,且是会计基本理论问题之一。为了让读者能把我国会计理论的发展同西方进行比较,也为了不割断世界会计理论发展的历史,先简要地介绍国外会计理论的发展,但很可能是"挂一漏万"。

□国外会计理论发展简史

世界的发展变化是渐进的,并且有时会出现重复、交叉。从有关的会计史料中,我们深深地感觉到,对一些重要会计事件的划分也非绝对准确或"黑白分明",相反,会出现"藕断丝连"的现象,这也是不言而喻的。但我们可以从会计发展的历史"轨迹"中,大体地看出它的阶段性。就西方(这里主要以英美为背景)会计理论的发展来看,大体上可以把其划分为三大阶段。

(一)从簿记理论发展为会计理论阶段

在这一阶段,我们又把它分为 3 个小阶段,即:簿记理论的形成阶段、簿记理论的发展阶段和簿记理论发展为会计理论阶段。

1.簿记理论的形成阶段(约 16 世纪之前)

回答会计理论起源的时间和标志是一件比较困难的事情。根据有关史料,有文字记载的会计历史,可以回溯到大约公元前 3600 年;而有些会计概念则可以追溯到早先的希腊和罗马时代。如公元初期的一位罗马建筑师就曾这样说过,一垛墙的价值不仅按成本来确定,而应按墙砌成时的成本每年从中减去 1/18 的数额来确定。这里有人们对价值、价值减少等方面的认识,但单凭这些概念还不足以形成会计(簿记)理论。

直到中世纪意大利城市贸易的兴起,才为簿记理论的形成创造了客观条件。我们知道,从 11 世纪末到 13 世纪后期的十字军战争,为意大利城市的贸易发展提供了良机。随着贸易的发展,财富积累越来越多,经营风险也越来越大,促使了个体经营方式大部分为代理商和合伙所取代。合伙首先使作为独立实体的企业与业主开始区分开来,从而形成了会计主体概念;合伙形式的出现,又必然出现合伙各方分享经营利润的要求,损益的计算也就应运而生,与此相联系的收入与费用、资本与权益概念也得以产生与发展;等等。所有这些,为复式簿记的诞生提供了前提条件;同时,书写技术、算术的发展以及作为共同计量单位的货币的广泛使用,又使复式簿记方法的应用成为现实。尽管我们还很难确证复式簿记出现的具体时间,但我们从复式簿记产生的动因中不难看出,伴随着复式簿记方法的产生,复式簿记理论正在开始形成。正如前面所述,会计主体概念的出现,收入与费用、资本与权益的区分,货币计量的应用,正说明了构成簿记理论的概念基础已初露端倪。

尽管我们把复式簿记的产生阶段看作是簿记理论形成过程,也把复式簿记作为研究会计理论和会计概念发展的适宜起点,但对复式簿记进行理论总结并进行推广则是后来的事。

描述复式簿记制度,并为我们提供会计记录的论据的第一本著作,是1494年威尼斯的卢卡·巴其阿勒(LucaPacioli)所著的《算术·几何与比例概要》一书,该书主要是数学论著,但也包含了复式簿记的部分。尽管巴其阿勒不是复式簿记的创始人,但他进一步完善,并从理论上总结了复式簿记。严格说来,会计有了复式簿记的方法与理论之后,会计才成为一门独立的科学,会计才有理论可言;同时,巴其阿勒这本书对复式簿记在欧洲的广泛传播也确实起到了很大的促进作用。因此,这本书的出版被人们看作是会计发展史上、也是会计理论发展史上的重要里程碑,也就是说,到了巴其阿勒这个时代,簿记理论开始形成。

2.簿记理论的发展阶段(约 17 世纪至 18 世纪)

大家知道,从 15 世纪末期起,作为政治和贸易中心的意大利城市开始衰落。随着新大陆的发现和新贸易路线的开辟,商业中心开始从意大利转移到西班牙和葡萄牙,以后又转移到比利时和荷兰,复式簿记也随之传到这些国家。同时,复式簿记的应用范围也从商业扩大到其他类型的组织,如修道院和政府。随着复式簿记的广泛传播,促使人们对复式簿记的理论与方法进行评论,从而推动了复式簿记理论的发展。其中主要表现在以下两个方面:

(1)在此之前,虽然合伙企业已存在,但大多数合伙都是属于短期的,或者至少是在特定的贸易目的达到后就停止经营的。因此,缺乏会计期间或企业持续性的概念,也不需要有应计和递延项目;而到了 16 世纪后,随着经济的发展,单独的一次交易或短期的合伙已日见其少,而更多的企业是长期合伙,并以制造和买卖业务为目的而组织起来的,这就使得损益计算不是在短期合伙的终结,而是在每年的终结,并发展为定期编制资产负债表。如 1673 年,法国商法就规定每个商人都要至少每隔两年编制资产负债表一次。与此相适应,相关的会计概念和方法也得以发展。

(2)随着经济的发展和企业组织形式的变化,簿记对象由起初的仅限于债权债务,发展到包括商品和现金,并进而发展到包括损益与资本。过去以人名账户为主体,到了 17 世纪,开始将所有的账户和经济业务予以人格化("拟人说");到了 18 世纪末,随着经济业务的日益复杂化,"拟人说"又被"拟物说"(即把所有的业务都非人格化)所取代,从而把复式簿记(借贷记账法)符号化(把"借"和"贷"转化为单纯的记账符号)。

3.簿记理论发展为会计理论阶段(约19世纪到20世纪30年代之前)

从19世纪到20世纪早期,由于一系列经济事件的发生,促进了新的会计思想和技术方法的产生,使簿记制度向现代意义上的会计领域发展,从而完成了从簿记理论向会计理论的转化。促使这一转化的主要经济事件有:工业革命的成功;铁路业的迅速增长和发展;政府有关商业法规的制定;对企业所得税的开征;股份有限公司的扩展以及通过吸收合并所形成的工业和金融巨头的增长,等等。

1)工业革命的影响

进入19世纪,以英美为代表的资产阶级工业革命取得成功,它使19世纪到20世纪初的英美在生产技术方法上产生了巨大进步,使工商业迅速发展。这一变革对会计思想的发展带来了直接影响,这主要表现在折旧概念和成本会计的发展上。

在19世纪以前,折旧不是一个重要概念,这主要是因为当时的固定资产并非工商业的重要方面,随着工厂制度和大量生产的出现,机器设备等固定资产的应用日益增多,这必然产生如何将固定资产投资转化为成本的问题,从而导致了折旧思想的形成。可是,直到第一次世界大战之前,会计实务中并不考虑折旧,所投资的固定资产作为未销售商品,通过年终盘存估价增减业主权益,或者在固定资产报废时全部冲销;从第一次世界大战后到20世纪初,折旧仍然是许多工业企业和商业公司账目中的一项任意费用。然而,巨大的长期资产的存在就不能无视折旧,因无折旧的概念所造成的成本不实,就会影响到利润的不实。正因为如此,折旧理论与方法引起了人们的注意,早在1915年厄尔·A·赛利斯(Earl. A. Saliers)在其所著的《折旧原理》一书中,推出了直线法、递减余额法、偿债基金法、年金法以及单位成本法等折旧的计算方法。

工业革命使工业企业普遍发展,导致了成本会计的发达和扩展。根据有关史料,工业成本会计起源于1368年,但直到19世纪的最后20年,成本会计的发展还是极其缓慢的。因为,在此期间,价值昂贵的机器很少,制造费用只占总成本的小部分;那时的许多成本会计师对其所采用的方法有保密的倾向,阻碍了新成本会计方法的传播;在这期间还由于企业的生产简单、品种少等原因,使成本计算相对简单。自19世纪末期,情况发生了根本性的变化,重型动力设备的使用日益增加、生产规模扩大、制造费用增多,从而使成本会计得以发展,特别是在1830年至1915年间,成本会计的基本结构系统地形成,制造费用等间接费用分摊的方法得以发展,成本记录和会计账簿一体化,标准成本会计制度开始应用。成本会计思想的迅速进步,对会计理论的发展具有一定的影响。如将成本记录与会计账簿相结合,使工业企业计算损益的方法得到了改进;存货计价变得更牢固地扎根于成本原则,从而产生了收入和费用的更好配比。

工业革命还使得区分资本与收益显得重要,使持续经营概念得以发展。因为,随着工业的发展,资本的需求越来越大,投资者与经营者分离成为必要,这意味着会计的主要目的之一已经是为不亲自参与经营的投资者进行会计处理,投资者更加关心投资报酬,在会计实务中,越来越重视期间收益的正确计算。因此,作为投资者投入企业的资本和作为投资报酬的收益势必需要更明确地加以区分。实际上,折旧概念和成本会计的发展与此也有一定的联系。

2)铁路业发展的影响

19世纪中叶,欧洲和美国铁路业迅速发展,要求铁路业的资本大众化,产生了资金筹集和会计处理新问题。如需要更多投资和更长久的设备导致了资本和收益区分日益重要。因为那时曾经出现过从资本中支付巨额的股利,危及企业的经营,发起人和短期投机性投资者发了"横财",而永久股东却蒙受损失。同时,为了分清资本和收益,必须考虑折旧或经营维修费来保持资本价值。总的说来,19世纪铁路的迅速发展,对促进资本和收益概念的澄清有一定的影响,也对折旧概念的发展起了作用。

3)政府规章的影响

政府制定的规章也对会计思想的发展有一定影响。特别是以适应法规的会计处理为中心的讨论更加促进了会计理论的发展。如关于区分资本支出与收益支出的工作以及折旧的各种方法和概念是由公用事业会计讨论中产生出来的。此外,法院的判决也影响到会计,如重置成本和再生产成本的提出等等。

4)所得税影响

收益的纳税是会计师们的一个主题。因此,所得税对建立会计通用程序发生影响也就不足为奇了,而这些程序反过来也有助于会计理论的形成。纳税所得与会计所得之间的差异会影响并促进了会计实务的改进与理论研究,如:寻求更好的折旧概念和计算折旧费用的更恰当的方法,促进了折旧理论与方法发展;如何改进会计实务和对一贯性探讨;存货计价的恰当方法和成本与市价孰低贴切性的讨论等。可见,企业收益的征税对会计理论影响很大,但主要是间接性的。

5)股份有限公司的影响

股份有限公司对会计理论的影响可以讲是很直接与全面的,会计理论中有些基本概念全然是企业由于采用股份有限公司的形式而产生的。如持续经营的概念以及资本的大量需要,带来了进一步明确资本支出和收益支出、资本保值的需要;大量的资本需求要求从会计上保护投资人及债权人的利益;两权分离,经营者和所有者对会计提出不同要求导致会计目标多元化;持股公司的增长和发展,导致了合并报表及其商誉问题;证券公司要求股票上市公司进行完全充分信息揭示的理论与方法问题,等等。

上述各项因素的综合影响的结果,把簿记理论推向了会计理论;簿记学转变为会计学。也就是说,会计理论除了记账方法的理论外,还产生了报账、查账、用账等理论和方法,这些理论和方法更加重视面向公众。至此,簿记理论这个概念已经适应不了这些内容,用会计理论这个概念也就更为合适了。

(二)20 世纪 30 年代至 70 年代的规范会计理论阶段

西方国家会计理论取得长足的发展并获得举世瞩目的成就是在 20 世纪 30 年代以后。实践是会计理论的源泉和发展动力,那时候的实践向会计提出什么要求呢? 以往会计往往被认为是"艺术",应由会计人员进行"操纵"和"表演",这种理论在以前并没有造成什么特别重大的危害。可是到了 20 世纪 30 年代,第一次世界大战的阴影、金融危机、高级职员参与股票投机,造成了美国经济秩序十分混乱。加上那时候的会计人员伪造财务数据,假账丛生,这就使美国的经济雪上加霜,导致了无数企业的破产,使美国的经济达到崩溃的边缘。在这场噩梦中,政府这只有形的手开始干预经济。也就是 1933 年证券法和 1934 年证券交易法(这两个法规规定证券在股票交易所登记注册的公司必须进行信息揭示,并促进了证券交易委员会的成立)通过后,会计理论工作者所面临的问题是如何使会计信息对决策有用。为此,会计理论工作者开始了关注如何对公司报告进行限定的问题(如关于资产计价基础的问题),更加重视对会计政策提出建议,愈来愈倾向于规范化。之后,美国公证会计师协会(前身为美国会计师协会)、证券交易委员会、美国会计学会等团体和组织,为会计原则、准则的发展做出了贡献,推动了会计理论的发展。

这一时期的主要特点是:20 年代末和 30 年代初的经济危机导致了对会计实务进行规范的需要;60 年代后期,在新兴信息、系统科学影响下,在计算机技术等的推动下,人们重新开始认识会计的本质。会计是一个信息系统这一观点提出来以后,人们更加重视解决会计应当怎么做的问题,也就是进一步明确了必须对会计进行规范。对会计实务进行规范的需要大大促进了规范理论的发展。这时会计理论研究的内容是"从企业会计实务中抽象出来的会计惯例的累积,这些积累的会计惯例又以会计处理原则的形式表现出来";这种规范性理论所运用的研究方法是先设定会计假设或会计目标,继而进行逻辑推理(演绎推理和归纳推理),从而导致"良好"的会计实务。

(三)20 世纪 70 年代以来规范会计理论与实证会计理论相互并存的阶段

按照有关资料,在西方国家,规范的会计理论(传统会计理论),旨在用于指导会计原则或准则的制定,促使会计实务的规范化。20 世纪 50 年代以后,随着经济的发展以及学科之间的交叉,一些西方的经济学者,如莫迪利安尼和米勒,在公司理财中引入了经济学概念,通过应用经济分析法来解决理财问题,有力地推进了理财理论的发展。在这个过程中,对假说,尤其是对有效市场假说进行大规模实验性验证及其在经济学和公司理财的引进,最终对会计研究产生巨大影响。在 60 年代中期,对有效市场假说进行验证结果与构成会计规范性理论基础的假设相矛盾。具体地说,研究结果表明,股票市场并不会受到会计方法的系统性干扰。为了向会计人员解释这些矛盾,这些研究人员把理财上的研究方法和与之相联系的理论概念和方法引进到会计,出现了实证会计理论。可见,实证会计理论,是由于运用了不同于传统研究方法的"实证法"(Positive Approach)所形成的会计理论,其主要目的在于解释和预测会计实务。实证会计理论大体上形成于 60 年代和 70 年代,而系统化于 80 年代。1986 年,实证会计理论的创立者中的美国学者瓦茨(R. L. Watts)和齐默尔曼(J. L. Zimmerman)发表了他们的代表作《实证会计理论》一书,比较完整地介绍了实证会计理论的形成与发展过程,把实证会计理论提高到了一个崭新的水平。目前,实证会计理论在西方会计界十分盛行,成为当前西方财务会计理论中一个引人注目的重要分支。如有人认为,它已弥补了传统会计理论中某些主观臆想的缺陷,为解释现行会计实务和预测未来的会计实务提供了新的概念框架。但更多的人认为,实证会计理论还有待于进一步系统化和完善。

又为什么说当前规范会计理论与实证会计理论并存呢?除了目前会计学家们还运用规范法(归纳法和演绎法)进行会计理论的研究外,还在于从整个会计理论研究的全局来看,规范会计学者与"实证法"的研究者共同开拓了 20世纪 60 年代和 70 年代会计理论研究的新领域:研究财务报告的基本目的;研究建立充分完整的会计理论结构,借以作为制定准则的依据;扩展会计理论的实验研究;研究企业内部和外部使用者的决策制定程序;研究社会环境和经济环境变化对会计理论和会计实务影响;研究国际方面的会计和会计理论;资本市场研究和行为研究,等等。

□中国会计理论发展简述

　　根据某些学者的意见,与西方一些发达国家相比,在我国表现为会计理论的会计著作的出现比较晚。值得指出的有两件事:一件是较为系统论及会计业务的资料是盛唐时期由李吉甫撰写的《元和国计簿》(公元807年)。《中国会计史稿》一书的作者郭道扬教授认为,"唐代的'国计簿'标志着我国会计核算与经济管理的新水平";另一件是宋朝在中国官厅会计发展史上占有重要地位,当时已有了"会计司"这样的机构和"四柱清册"的记账方法,更重要的是产生了系统描述官厅会计业务的书面资料——《会计录》。《中国会计史稿》的作者郭道扬教授认为这是"我国会计发展史上具有样板意义的会计著作。"我们认为,中国会计理论之所以落后,是同当时中国社会经济的状况相吻合的。中国长期处于封建社会阶段,以"男耕女织、自给自足"和"日出而作,日落而息"的经济和生产方式为特征;人们没有价值观念,货币关系没有充分展开。孙冶方同志曾经讲过一个例子,20世纪60年代初他到农村去"四清",当时强调工作队要同贫下中农"三共同"。他住在一个老乡家里,看到一张新桌子,就问老乡是花多少钱买的。老乡说不用钱,树是自己种的,桌子也是自己打的。直到现在,还有人说自己打的毛线衣便宜。作为以发达的商品经济为客观环境的现代会计,因为没有其成长的土壤、阳光和水分,当然就得不到发展。进入到半封建、半殖民地社会后,商品经济有了进一步发展,为了适应其需要,约民国初期,引进了西方的复式记账。但由于商品经济仍很不发达,货币关系尚未充分展开,会计的发展也就不明显,也没有形成有贡献的会计理论。

　　新中国成立以后,经济的发展带动了我国的会计和会计理论的发展。新中国会计理论的发展大体上可以分为以下几个时期。

1.新中国成立至1956年

　　新中国成立后,我们经济建设所面临的是"百废待兴、百业待举"的局面。同新中国的经济建设一样,会计也面临着许多问题,需要我们研究、解决,但最主要的问题是中国的会计该往何处去的问题。为此,新中国的会计理论工作者首先和主要地回答了应该运用什么记账方法及新中国的会计应当建立在什么理论基础之上这样的两个问题。

　　对于第一个问题的回答具有代表性的是章乃器先生在《大公报》(上海)上先后发表了两篇分别题为《应用自己的簿记原理记账》、《再论应用自己的簿记原理记账》的文章,文中阐述了以收付记账法取代借贷记账法的理由,并将收付记账法称之为是"科学的、大众的、民族的"记账方法。当然这也就隐含了借贷记账法是不够科学的、不是大众的、不是中华民族的;从中也可以体会到记账方法有无产阶级与资产阶级记账法之分以及记账方法具有阶级性,等等观点。从此,记账方法问题的讨论断断续续地延续到我国《企业会计准则》的制定以前,我国曾经出现了借贷记账法、增减记账法和收付记账法(又区分为现金收付记账法、财产收付记账法、资金收付记账法等)并存的局面,还一度把借贷记账法戴上了只为资本家服务的帽子。这形成了中国会计理论和方法研究中的一个特色。

对于第二个问题,《新会计》1951 年第 1 期上刊登了一篇由黄寿宸、邢宗江撰写的题为"怎样建立新中国会计理论基础"的文章。该文的主要观点认为,不同的社会经济制度要求有不同的会计理论,不同的社会需要不同的会计。该文发表不久,《新会计》杂志第 4 期又发表了"'怎样建立新中国会计理论基础'读后"的论文。该文作者陶德认为:"会计理论在本质上是无所谓阶级性的,它只是文字和数量相结合的应用技术罢了。"

章、陶等先生的论文都涉及了一个十分敏感和重要的问题,即会计的属性是什么,在阶级社会里会计有否阶级性? 这个问题后来一直是会计界争论的热点,从而形成了会计有阶级性、无阶级性和两重性等观点并存的局面。为什么这个问题花去了我们许多时间和精力呢? 在我们看来,我国在很长一段时间所奉行的在社会主义社会存在着阶级、阶级矛盾、阶级斗争的理论,以及由此形成的"以阶级斗争为纲"的思想政治路线,便是形成会计具有阶级性观点的一种十分重要的认识基础,也是使会计具有阶段性观点成为主流派的重要原因。但是,一些同志认为,会计具有阶级性的认识同会计的本质存在着很大的矛盾,因此,许多理论工作者,出自于良知,冒着政治风险,发表了会计无阶级性的观点。今天看来,我国会计理论的发展缓慢,走了许多弯路,与对这个问题的认识有很密切的关系。

在这个时期,其他会计理论问题的探讨也有所涉及,同时还介绍了前苏联会计工作经验,以及具体会计核算方法、成本会计原理与方法、工业经济活动分析具体方法,等等。我国当时的会计著作、教科书,除了潘序伦先生的一些著作外,大部分是从前苏联翻译过来的。

2. 1956—1966 年

这一时期,适应于当时的政治、经济形势的需要,在会计理论的研究上主要是在介绍前苏联会计模式的同时,一大批的中国会计学者对前苏联的一些重大会计理论问题有了怀疑,且逐步摆脱了前苏联学者的影响,并开始逐步探讨与建立比较符合中国实际的会计理论。主要探讨的问题是以会计对象为核心,并涉及与此相关的会计职能(任务)、会计的方法、会计的定义和会计性质等问题。资金运动是会计对象;会计的职能是反映与监督;会计是经济管理的工具;会计既有阶级性、又有技术性(双重性)等认识都是当时主流派的观点。此外,会计工作者在会计理论和实践方面也提供了不少新经验,得到了不少新的认识;还对某些问题进行了相当深入的研究,取得了新的成果。如认为会计是由会计核算、会计分析、会计检查(内部审计)等组成的,这种观点同当时我们所实行的计划经济体制也是相吻合的。

当然,由于众所周知的原因,这个时期的会计理论研究有过顺利的时候,也遇到了许多曲折和困难。一方面,党提出的"百花齐放,百家争鸣"的繁荣科学文化艺术的方针,使得会计理论界的思想活跃,也较为实事求是,并取得了较为丰硕的理论成果;另一方面,我们也应该看到,在这个时期所进行的反右斗争及"三面红旗"的提出等等,又极大地妨碍了会计理论研究的进行,使得会计理论的研究与连绵不断的政治运动绑在一起,使许多会计理论工作者说了不少"违心"的话,会计工作也受到了很大影响(无账会计就是突出的一例)。直到党的十一届三中全会之前都处于这种状况,只不过是时强时弱而已。

3.1966—1977 年

这个时期也就是所谓的"文革"时期,是个是非颠倒的年代。在"左"倾思想统治一切领域的情况下,会计被视为是"管、卡、压"工具的同时,又把会计具有强烈阶级性、是阶级斗争的工具的观点推向了高峰。会计理论研究队伍也可想而知,被称为是"臭老九"。那时,真正探讨会计理论的文章基本没有,只有散见于报纸上一些类似大批判的文章。因此,会计理论研究有的处于是非颠倒(反科学化),有的处于停滞,有的处于倒退。1976 年,我们虽然粉碎了"四人帮",但"两个凡是"还在作怪,我国会计理论的发展在这个时期基本处于"空白"。人们在渴望着会计科学的春天!

4.1977—1988 年

"文革"的结束,如何恢复会计理论的科学化、理性化的研究,是会计学界面临的重大问题。随着党的拨乱反正和解放思想等口号的提出,会计理论工作者对许多重大的会计理论问题(会计定义、职能、对象、性质、方法等)进行了重新认识和提出了新的观点,取得了许多很有价值的成果。例如,1978 年葛家澍教授在《中国经济问题》第 4 期上发表了一篇题为"必须替'借贷记账法'

恢复名誉——评所谓资本主义的记账方法"的论文。这篇论文不仅肯定了借贷记账法这种科学记账方法的本身,更重要还在于他以记账方法为突破口,告诉人们:不能割裂历史,会计应当学习和吸收外国管理方法中合乎科学的东西。此外该文还引发了一场关于会计属性问题的讨论。因此,该文被誉为是"打响会计界'拨乱反正'的第一炮"。又如,1980 年,吴水澍教授在《中国经济问题》第 5 期发表了题为"会计是阶级斗争的工具吗?"一文,比较彻底地在理论和实践上推翻了会计具有强烈党性、阶级性的观点。当然,还有其他同志的一些文章。这些讨论不在于观点本身,其深远意义还在于打破了长期罩在会计学界头上的牢笼,人们开始大胆地探讨会计的一些理论问题。再如,通过一段时期的讨论,对会计本质问题的认识形成了"信息系统论"和"管理活动论"两大学派,并成为当时的主流。经过会计学界的共同努力,80 年代初期,会计理论研究中的非科学化、非理性化的极端盲目现象已基本消除,会计理论研究开始逐渐走上健康、正常的道路。

在这个时期中,也就是党的十一届三中全会以后,我们开始实行"改革、开放、搞活"的政策,逐步开始了商品经济的理论探讨与实践,使我国社会经济环境发生了巨大变化。会计与社会经济环境有着紧密的联系。环境变化会向会计提出许多新的课题;会计也必须通过改革才能适应新环境。因此,这时的会计理论研究除了讨论上面的一些老的问题外,又向许多新的领域进军。如经济体制改革与会计的关系、会计改革政策、股份制会计、税务会计、承包经营制会计、责任会计、无形资产会计,等等。这些问题的研究,极大地丰富了我国会计理论的内容。

应特别指出的是,在我国经济体制改革实践的启示下,会计理论有继承性,会计可能从"地方语言"变成"国际语言",以及西方先进科学的会计理论和方法可为我所用等等观点已是多数人的共识,许多会计学者努力地介绍、批判、吸收西方财务会计、管理会计、成本会计、审计、财务管理、责任会计、会计准则等等理论和方法,创建了具有中国特色的许多新兴会计分支学科,大大丰富了会计科学的内容,这些学者功不可没。总的来说,这个时期会计理论研究的课题之广,研究深度和所取得的成果是前所未有的,会计园地呈现出百花盛开的春天景象,也为中华民族的振兴做出了重大贡献。

5.1988—现在

这个时期,会计理论研究全面展开,其研究的程度也更为深入,但以会计准则的研究和建立为主。虽然,自 20 世纪 80 年代初,我国会计学界的一些有识之士就开始对有关会计原则的问题进行了讨论,但是就整体而言,主要侧重于在对一些会计的基本概念上的认识,介绍西方(特别是美国)"公认的会计原则",以及我国要不要建立会计原则等方面,至于如何建立适合中国国情的会计原则,则比较少涉及。

到了1988年前后,根据不断发展着的经济体制改革的要求,特别是为满足商品经济发展的需要,中国会计学会1987年会提出了中国会计学会科研规划,在组织上成立了多个课题研究组,其中之一是成立了"会计理论和会计准则专题研究组"。该组于1989年1月在上海召开了会计准则组的第一次会议,它是我国关于会计准则研究从务虚到务实的转折点。以后,经过有关部门的努力,于1993年底颁布了我国的"企业会计准则",使我国会计工作步入了一个新的发展阶段。

这个时期,会计理论除了研究、关注我国会计准则的研究与实践外,根据我国不断发展着的对外开放形势,关于会计国际化问题的研究,也引起了人们的兴趣与重视。

从国内外会计理论发展的简史中,除了我们前面已提到的会计理论会沿着从低级到高级、不断地完善这条道路前进外,它还告诉我们,会计是在一定环境下产生的,随着环境的变化,也将引起会计的变革。会计的变革在不断地丰富会计理论的同时,会计理论也支持会计的变革和发展。经济的发展不会结束,会计理论的研究和发展也就不会中止,这是确定无疑的。

■会计理论的研究方法

研究方法是"驶达真理彼岸的航船,是打开科学宝库的钥匙"。会计理论研究也必须运用一定的方法。

会计理论研究方法是我们(认识主体)把握会计这一事物(认识客体)的途径、手段、工具和方式的总和。所要解决的是"怎么办才能正确认识会计"这个问题。就其实质来说,它是人们认识会计的方法。

会计理论的研究方法有很多,不同的研究方法会形成不同的会计理论。下面择其人们普遍采用的研究方法进行阐述。主要有:归纳法、演绎法、实证法等。

□归纳法(Inductive Approach)(具体→一般)

归纳是从个别事实走向一般概念、结论的思维方式。归纳法的特点是,通过对大量现象进行观察,从中概括出一般性结论的研究方法。其典型的做法就是先给定一些具体的例子,并声称这些例子具有广泛的代表性,然后归纳出一般性或总括性的结论。

例如:企业的现金、存货、设备……,其存放地点不同,形态各异,作用也不相同,通过我们的归纳认识,形成为经济学上的劳动对象、劳动资料和会计学上的资产、流动资产、长期资产、有形资产、无形资产等等一般概念。各种资产的确认、计量、记录和报告等理论和方法,都是个别事实通过归纳而得到的。

又如:在长期的记录活动中,随着记账方法的演变,人们普遍观察到:任何一项经济业务,都可以在至少两个账户中进行相互联系的记录,然后分别过入有关账簿,定期加以汇总,就可以得出借贷双方发生额(或余额)合计数的平衡,也可以有机地反映整个经营过程。人们通过对这种大量记账现象的观察,归纳产生了复式簿记原理。

可见,归纳法的基本步骤包括:

(1)观察与记录全部的观察结果;

(2)分析与分类记录结果;

(3)从观察到的关系中推导出会计的一般概念或原则;

(4)验证推导出的结论。

$$\boxed{观察} \rightarrow \boxed{分类} \rightarrow \boxed{概括} \rightarrow \boxed{验证}$$

归纳法的最大优点是:可以不受预定的模式所束缚,研究人员可以自由地研究他们认为相关的对象,并把理论概念或结论建立在大量现象的基础上。

归纳法的最大缺陷是:由于个别人的观察对象与范围有限,从而使归纳得出的结论难免以偏概全,可能并不具有普遍意义。例如,销售毛利率虽是衡量企业经营成果的较好比率,但由于在不同行业、不同企业或不同时期,这一比率不可能完全一致。因此就不能认为,销售毛利率就是预测未来经营成果的良好"指示器"。

□演绎法(Deductive Approach)(一般→具体)

演绎是从一般概念、原理走向个别结论的思维方法。在会计上,演绎法则是从假设、目标或概念出发,推导出会计原则、程序和方法的过程。

例如:根据资产概念,可推导出在缝纫机制造厂仓库里存放的缝纫机是产成品,在制衣厂则是固定资产。

又如:根据持续经营假设,可以推出结论:生产企业持有资产是为了嗣后的生产耗用而不是销售,因此可以不考虑其市价变动。其债权债务可以按原始交易价格存在,而不必考虑清算变现情况。这样就能进而推导出历史成本计量原则以及在此基础上证明是合理的一系列资产、负债的计价方法和程序。

演绎法的推导程序为:

前提命题——推导结论——验证——具体问题

演绎法的优点是可以保持相关概念之间的内在逻辑关系,使理论构建具有逻辑严密性。但是,它的推导结论取决于前提命题,如果前提命题是错误的,其结论必然是错误的,则整个理论结构都将是错误的。

演绎法在会计中的运用可有两种不同的逻辑推演思路:

(1)会计假设→基本原则→准则→具体程序。即以基本假设为起点,逐步推导出会计原则和会计准则、程序。

(2)目标→信息质量特征→要素→确认、计量与报告的标准。即以财务会计(财务报告)目标为前提,进而推导出一系列财务会计的基本概念。在20世纪七八十年代,FASB对财务会计概念框架的研究,就是采用这种方法。

这里,演绎推导的基本步骤可概括为:

①确定财务会计的基本假设或目标;

②说明基本假设或目标对财务会计的指导作用;

③根据既定假设或目标,推导出相关的基本原则和概念;

④以基本原则或概念来推导出必要的会计准则;

⑤进一步规定具体的会计处理程序和方法。

上述两种演绎推导设想的区别是,前者以来自于外部客观环境的会计假设作为前提,强调客观环境对财务会计或会计准则的制约作用。后一种设想则是把财务报告目标(即使用者对信息的主观需要)作为发展和制定会计原则和准则的最高层次概念,强调会计信息对决策的有用性。

20世纪70年代以前,第一种演绎方法在西方较为流行,而到了70年代以后,由于新技术革命、决策理论、行为科学、信息论等新兴学科向会计领域渗透,后一种演绎推理方法得到更快发展。

应当指出:归纳和演绎二者之间既有区别又相互联系。在归纳中有演绎,在演绎中有归纳,互为前提,相互促进。在会计理论研究中,一定要注意二者之间的协调配合,取长补短的辩证关系,切忌形而上学。例如,研究人员在进行归纳推理时,可能要将其研究限制在财务数据范围之内,这样,他们就必须对会计所处的环境作出一定的假设。

□实证法(Positive Approach)

所谓"实证法",是指通过搜集被观察事物或现象的经验性(或历史性)数据来验证一些理论假说或命题,借以建立相应的理论体系。

严格地说,实证法较接近于归纳法,两者都必须着重于对现实事物或现象的观察,并进行总括性的概括和判断。两者的显著区别是,归纳法侧重于从大量的现象中总结概括出带有规律性的概念;实证法则更强调以经验材料或证据来辅证既定概念或命题假说的现实存在或有效性。此外,实证法可以通过多种形式或渠道搜集关于被观察对象的经验性材料,包括查阅历史性数据、调查问卷、实地面谈与观察,等等。由于实证法在西方财务会计理论研究中的应用自 20 世纪 80 年代以来日趋增加,已被视为会计理论研究的基本方法之一。

实证法的特点是,先提出一定的假说或假定,然后应用经验或实际数据来验证证明,进而取舍有关的会计原则、准则和程序,直至整个会计理论体系。因此,实证法的研究进程大体上是:

(1)确定研究课题;

(2)寻找相关理论;

(3)提出假设和命题;

(4)将假设命题操作化;

(5)设计研究方案;

(6)搜集数据资料;

(7)分析数据以检验假设或命题;

(8)分析研究结果。

由上述的过程我们可以体会到:

实证法是一种十分务实的方法,它弥补了传统会计理论中某些主观臆想的缺陷,为解释现行会计实务提供新的概念框架。但至今为止,实证法的运用几乎都在解释单一会计方法的现象方面,极少地对会计方法的综合选择作研究。也就是说,它很难适用于综合性的研究方面。为一个综合性的项目作一假设,那是一件很不容易甚至是不可能的事。最理想的方法是上述几种方法的结合使用。

应当指出,对会计理论研究方法的分类带有相对性。实际上是有交叉的,很难截然地把它们分开,只是以什么为主的问题。这里对不同方法的区分,主要是便于教学目的。在实际的会计理论研究中,归纳法和演绎法通常是互为依赖而非互相排斥的。归纳法从大量的个别现象中概括出基本概念时,需要有一定的目的性,即通过揭示特定现象的内在关系来推论有关现象及其内在关系。演绎法必须根据基本前提、命题进行逻辑推导,然而有关前提命题却往往是来自对大量个别现象内在关系的概括。同理而言,实证法亦必须应用一些基本理论假说,进行经验性验证及推断既定事物或现象的产生或发展。所以说,上述三种基本方法可能同时并用,互相补充。

除了上述 3 种基本方法外,还有描述性方法、规范性方法,等等,下面仅作些简介。

□描述性方法(Descriptive Approach)

描述性方法,是指主要采用归纳的推理过程,即通过观察每个事物或现象,找出事物或现象的共性,并归纳出具有普遍性的客观规律。从会计的角度看,就是对企业的财务数据进行观察,以引导出一般性结论。这一方法的一个主要特点是强调会计实务,认为会计实务是发展会计理论的基础。

由这种方法所形成的会计理论,称之为描述性会计理论(Descriptive Theory),即要描述、论证和解释会计实务中的各种惯例。这种理论着重说明的是会计"是什么"(What it is),或者试图提出和说明存在哪些会计信息及其如何加以揭示并传递给使用者。一般而言,20 世纪 70 年代以前的西方传统会计理论中,描述性理论占主导地位。

这一方法的优点在于它可不受预想模式的束缚,对现有的会计实务"是什么"进行描述,但这一方法的缺点在于它难以说明"为什么"(Why),导致"理性认识"不完整。

□规范性方法(Normative Approach)

规范性方法,是指以演绎的推理过程为主,即由一般到特殊进行逻辑推理。就会计来说,是先确定目标,然后根据既定的推论规则得出会计理论。这一方法的显著特点是:不受观察现实的影响,它不关心"是什么",而关心"应该是什么"(What should it is)。

由这种方法所形成的会计理论,称为规范性会计理论(Normative Theory),即试图根据会计活动的规则来概括会计的理论概念,并导致"良好的"或"理想的"会计实务。这种理论着重于说明会计"应该是什么",而不限于说明会计"是什么"。所以,规范性理论不满足于现有的会计惯例,而是要从逻辑性方面概括或指明怎样才算是良好的会计实务。例如,在物价显著变动的情况下,基于历史成本的会计收益不能反映企业的实际经营成果,收益的计量是更为理想的替代模式。

一般来说,会计准则旨在规范会计实务。因此,随着各国自20世纪80年代以来,加强会计准则的研究、制定和推行,规范性会计理论在会计学界获得了更为广泛的认可和应用。

应当指出,我们认为描述性方法主要采用归纳的推理过程;规范性方法主要采用演绎的推理过程。但它们并不是相互排斥的。实际上用归纳和演绎所形成的理论都可能是描述性的或规范性的,只不过其侧重点有所不同而已。

□其他方法

会计理论的研究方法,除了上述提到的几种主要方法外,还有很多其他的方法,如法规法、伦理法、社会学法、经济学法、事项法、系统法等等。可见,人们对构建会计理论的方法尚处在探索之中。

下面对这6种方法仅作简单介绍,供同学们学习参考。

(一)法规法(Legal Approach)

财务会计必须受到特定国家有关法律(特别是公司法、税法和其他经济法规)的约束。因此,不少会计方法及其理论的发展与特定法规要求密切相关。表现在以下几个方面:

(1)有关收入确认中的法定所有权的转移,即收入实现原则;

(2)有关收益分配方面的规定,如可作股利分配的应是收益,而不是资本等;

(3)法定资本的揭示;

(4)所得税会计处理,如应税收益与会计收益的差异,导致了所得税会计方法和理论的产生及运用,等等。

虽然法规法有助于增进对会计理论的接受,但对会计理论有着两个方面的负面影响:

（1）有关的理论可能仅限于说明有关法规的要求而忽略会计方法程序及其理论的逻辑合理性；

（2）由于着重于现行法规的规定来构建会计理论，可能限制新会计方法的研究和发展。

所以大量法规方面的例子确实可以促进对会计理论问题的思考，但对会计理论的构建来说，法规并不是决定性因素。

（二）伦理法（道德法）（Ethical Approach）

伦理法又称道德法，它是提出一些财务报告或会计信息应符合要求的道德标准，作为建立会计原则、准则或理论体系的依据。这些标准主要包括：真实（Truth）、公允（Fairness）、合理或正直（Justice）、不偏不倚或无偏见（Unbias）等。

有许多会计学家认为，伦理或道德对会计的影响是渗透性的，方方面面的，确定会计实务的基础涉及社会组织赖以建立的原则，因此可采用一些社会伦理或道德标准作为构建会计理论的依据，主要表现在：

（1）会计程序对一切利益集团都必须公平对待；

（2）财务报告应保持真实并不弄虚作假；

（3）会计数据应当是公允的或无偏向的。

英国、欧共体（欧盟）、美国、国际会计准则委员会以及中国等所制定的会计原则、会计准则中都明确提出了一些基本道德标准的规定，如真实、公允等等。这将对会计理论的构建产生很大的影响。

（三）社会学法（Sociological Approach）

用社会学法构建会计理论，强调会计信息应能反映企业经营活动对社会的影响，或企业所应承担的社会责任。认为会计信息也是一种公共物品，会计应服务于公共利益，会计信息的使用者除了投资者、债权人、企业管理者、政府机构外，还有其他众多的利益群体，如顾客、工会、公众等。

根据社会学法，对既有会计原则、准则和程序评价，都要根据它们所规定的财务会计报告对社会各个利益集团利益的影响来进行，即强调会计应揭示企业对社会的责任或影响。但是，现行财务会计报告中通常不能揭示企业对社会的所有影响，如环境、失业、社会福利等社会问题。因此，近年来，不少学者倡导应用社会学来构建会计理论，并试图建立财务会计的新分支——社会责任会计和环境会计，其基本目标是揭示企业对社会责任的履行情况和环保情况。

例如,西方企业对环保信息的披露在 20 世纪 80 年代仍属少量自愿性行为。但进入 90 年代以后,大多数西方国家的大中型企业都已经在不同程度上对外提供环保责任信息。

不少会计学者预测,环境会计将成为财务会计在 21 世纪的一个重要发展。

(四)经济学法(Economic Approach)

用经济学法来解释会计概念,是近年来会计理论研究的一个重要发展。由于出发点不同,用经济概念对会计概念的解释也就不尽相同。一般而言,可将经济学法分为以下两个层次:宏观经济学法和微观经济学法。

1. 宏观经济学法

这一方法侧重于采用不同的会计技术方法对宏观经济指标变动的控制能力的影响。讲求总体(宏观)的经济效益。因此,对不同会计技术方法的选择将取决于它们对宏观经济目标的影响,或者说,以宏观经济学法构建会计理论的基本观点是:(1)会计政策和程序应当反映经济现实;(2)会计方法的选择应当考虑经济后果。这里的经济现实,就是一个国家的总体经济形势;而经济后果则体现政府宏观经济政策的预期目标。

例如,在通货膨胀情况下,西方不少国家的税法都同意企业采用后进先出法和加速折旧法,以提高当期销售成本和经营费用,使企业计算的净收益比较符合通货膨胀条件下的"真实收益",在一定程度上可避免虚盈实亏现象。这不仅有利于企业再生产,更主要是有利于整个经济的稳定,或者能符合政府鼓励企业采用新技术和进行再投资的宏观经济目标。

2. 微观经济学法

这一方法着重于微观经济范畴中的企业行为。会计理论的微观经济学观(Microeconomic View),旨在解释不同会计方法程序对企业或其他经济个体行为的影响。

例如,一些会计学家企图说明企业管理当局为什么及在何种条件下将选择可导致高收益或低收益水平的会计方法,以及改变会计政策的动因。

微观经济学观对西方财务会计方法和理论具有显著的影响。例如,FASB 的财务会计概念框架项目的一个基本假设是,会计信息将影响微观经济中企业的不同利益关系集团(如投资人、债权人、管理当局、顾客、工会等)的决策需要。因此,在制定会计准则或者企业在选择会计政策时,必须考虑不同会计方法程序对企业相关利益集团的可能经济后果。近年来,在西方财务会计中日趋兴盛的实证会计研究,实际上也是侧重财务会计方法理论与微观经济范畴中企业行为之间的关系。

(五)事项法(Event Approach)

事项法主张按照具体的经济事项来报告企业的经济活动,并以此为基础重新构建财务会计的确认、计量、记录和报告的理论和方法。

事项法的主要倡导者是美国会计学家乔治·索特(George Sorter),他在1969年发表的《构建基本会计理论的事项法》一文中,全面阐述了以事项法为基础所形成的基本会计理论。

现有的会计方法可以看作是"价值法"(Value Approach),即会计信息主要是属于价值信息,并主要通过几张总括的通用报表传递给使用者。按照价值法理论,会计的目的是确定资本价值和最佳收益,这就可以根据资产负债表和收益表数据来决定使用者的决策模式。但是,事项法与这种观点持相反意见。它认为:

(1)不同的用途需要会计提供不同的数据,要想使通过货币表现的价值信息对一切使用者都有用是不可能的。

(2)虽然财务报表能满足主要使用者的共同需要,但是不能忽视使用者有自己的特殊用途与专门的信息需求,即使用者或许要利用会计数据来预测、确定特定事项(如生产线等),并按他们自己对这些事项的预测来决定其决策模式所必须的输入信息。所以,会计人员对数据的加工,尤其是分配、递延、预计、摊销、汇总等程序有时是多余的,因为不是会计人员,而是会计信息使用者采用能把同他们的决策最有用的数据转变成最适合其决策模型的会计信息。

(3)单一的历史成本计量属性可以保证收益和价值数据的内在一致性,但由于构成企业经营活动的多种事项对不同的信息使用者的意义是不相同的,因此,采用不同的计量属性,也是十分必要的,不同的计量属性可以满足不同使用者的需要。

因此,按事项法的观点来看,会计的目标在于提供与各种可能的决策模型相关的经济事项,会计人员的任务只是提供有关事项的信息,而让使用者自己选择适用的事项。

所谓事项(Events),是指可以观察到的,亦可用会计数据表现其特性的具体活动、交易和事件。所以,资产负债表是一个企业自创建以来的所有有关会计事项,通过账户分别汇总后,以余额间接表现的报表,表上所有汇总数字都可以分解,分别列示企业开业以来的全部事项。不同的使用者则可以从自己感兴趣的事项中取得有用的信息。例如,存货不是只反映期末用价值表示的单一余额,而应当同时表示存货的购买、消耗等事项,会计人员不必再按存货流动假设去计算各个期间的存货余额。另外,收益表则被视为企业在某个期间发生的经营事项的直接表现,而且应侧重于表内描述经营活动的重要事项,如销货收入、销货成本、销货退回、折扣、营业费用、其他主要收入与损失等等。事项法的一些倡导者提出,收益表的确切名称应当叫做"经营事项表"。按照传统观点,现金流量表是反映现金在某一期间内流入、流出及其净额的报表。而事项法却认为,这张报表应当揭示财务与投资事项的报表,它不应重点放在现金的变动上,而必须侧重于企业的财务与投资事项是否与决策相关,是否应予以报告。

事项法在提出后的很长一段时间里并未引起会计理论界的响应。这主要是因为事项法所要求的多重计量属性以及提供以事项为主的信息,将信息的具体加工留给信息使用者,这与当时主流的会计思想大相径庭,而且由于技术条件的限制,向使用者传递分散的信息以及使用者自己加工信息都有很大程度的难度,因此事项法没有得到应有的发展。

进入 20 世纪 90 年代,社会和经济环境发生了很大的变化,有必要对事项法进行重新认识。一方面大量的衍生金融工具的广泛应用给传统的财务会计带来前所未有的冲击,各国会计准则制定机构对此的最直接的反应就是通过增加披露(主要是以表外附注的方式)来揭示衍生金融工具的影响,这与事项法有一定程度的吻合。另一方面,20 世纪八九十年代以后,计算机软硬件技术得到了迅速的发展,尤其是互联网技术迅速成熟并普及,使企业的内外部环境发生了很大变化,企业越来越多地通过网络与业务伙伴进行经济信息的交换,从事各种商业活动,同时更多地利用内部网络(Intranet)进行内部协调分工与信息管理。其结果是会计信息系统所需的各种数据越来越多地直接存在于网络与计算机之中,将会计信息系统转化为内部网络的一部分,对企业的各项经济活动进行实时的处理和反映,并利用互联网(Internet)向企业外部使用者发布,信息的加工、生产和传递的方式及渠道发生了质的变化,同时,使用者可以利用计算机软件的帮助,获取和自行加工各种原始数据和信息。可以说,由于衍生金融工具等社会经济环境的改变,为事项法的应用提供了必要,而网络技术和计算机的发展,为事项法的应用提供了可能。因此,事项法在未来将会有更大的发展。最近正在发展的网络会计,就是一例。

（六）系统法（Systematic Approach）

系统法试图根据会计系统本身的结构来处理会计理论问题。近年来，西方一些会计学者利用系统论的原理和方法，把它们引进会计学科来构建会计理论。其基本特点是：

(1)要正确处理系统研究方法的因果关系，规定会计信息系统的目标、范围及其框架；

(2)系统应由两个以上要素组成，并保持一定的有序结构，所以要研究会计系统所包含的那些相互联系、相互作用的构成要素以及它们之间的层次关系。

(3)每个系统都有一定的目标，它决定了该系统应包括哪些要素，他们应如何相互作用以及推动整个系统的运行和实现预期目标。所以在会计系统内也要确定其目标或目的，而且应把目标作为首要概念来考虑。

(4)会计是一个开放系统，它同环境保持密切的物质、能源、信息等交换，从而使它成为一个有序的结构。但它是动态性的，必须根据环境变化而呈现出必要的变革。

■会计理论的分类和检验

□会计理论的分类

为更好地理解会计理论，必须对会计理论进行分类。会计理论的分类方法很多，可按学科分类、按研究方法分类、按推理方式分类，等等。

（一）按学科分类

按学科分类，会计理论可分为财务会计理论、管理会计理论和审计理论等。

1.财务会计理论

财务会计理论是关于财务会计（Financial Accounting）学科领域的会计理论。主要研究财务会计的对象、职能、目标以及会计要素的确认、计量、记录和报告的基本原理和方法。

在财务会计理论的拓展中,已经有了丰富的理论成果,其中某些部分已经付诸实践。迄今为止,大多数会计文献和会计理论研究都是有关财务会计的。在西方国家,会计理论一般就是指财务会计理论。本课程主要讨论的也是财务会计理论。

2.管理会计理论

管理会计理论是关于管理会计(Managerial Accounting)学科领域的会计理论。它是为适应企业内部管理的需要而发展起来的,主要研究财务预测、决策和控制的基本原理和方法。

在现代管理会计的萌芽阶段(20世纪20~30年代),管理会计理论试图寻求出一种计算产品的"真实成本"(True Cost)的最准确的方法,主要成果有标准成本法和预算控制等。在管理会计的创建阶段(20世纪40~50年代),人们开始注重行为科学和数量管理对企业经济效益的影响,并将其引入了管理会计理论,其主要成果有变动成本计算法。在最近的发展过程中,管理会计理论引入了其他学科的一些重大研究成果,如代理理论、信息经济学等,从而使管理会计理论的研究内容更加丰实。

3.审计理论

从大的范围来讲,会计理论也包括审计(Auditing)理论。审计包括外部审计和内部审计两方面的内容,但通常是指外部审计,特别是注册会计师审计。

在审计理论的开拓方面,主要理论成果有审计假设、审计风险、审计证据和审计职业道德等。

(二)按研究方法分类

按此标志分类,会计理论可分为规范性会计理论、实证会计理论和行为会计理论等。

1.规范会计理论(Normative Accounting Theory)

规范会计理论,是指采用规范性方法,即强调演绎方法所建立起来的会计理论。它不关心"是什么",而关心"应该是什么"即重视应该怎么做的问题,主张不应受会计实务的影响去发展会计理论,强调会计理论应当高于会计实践并指导实践。

2.实证会计理论(Positive Accounting Theory)

实证会计理论,是指采用实证方法所建立起来的会计理论。其目的是解释所观察到的会计现象,并寻找出这些现象发生的原因。

实证会计理论认为,会计实务是发展会计理论的基础,从所观察到的会计实务现象中推导出隐含的会计理论。实证会计理论的方法论所强调的是归纳法。不过,在早期,这种方法论并不成熟,人们通常将其称为描述性方法或描述性会计理论。自 20 世纪 60 年代以后,随着实验技术和数理统计等方法的广泛运用,其方法论日趋完善,形成了现在所谓的实证会计理论,而源于同一方法论基础的描述性会计理论,则被归入古典会计理论方法之列。实证会计理论问题将在第六章作详细说明。

3.行为会计理论(Behavioral Accounting Theory)

行为会计理论是研究特定约束条件下会计行为的指向及其变动规律的学科,它是会计学、行为科学、心理学、社会学等学科相互渗透、相互融合的产物。

行为会计理论认为,会计行为不是无序的,而是有规律并且可以控制的。会计行为是各约束条件的函数,即会计行为取决于各影响因素形成的约束条件。一般情况下,有什么样的一组约束条件,就有与之相对应的会计行为,包括会计个体的行为和会计群体或组织的行为等。

(三)按推理方式分类

按推理方式,会计理论可分为演绎推理和归纳推理两个类别。

1.演绎推理理论

它是指采用演绎推理方法(演绎法)所形成的会计理论,即从一般到具体的推理过程所构建的会计理论。

2.归纳推理理论

它是指采用归纳推理方法(归纳法)所形成的会计理论,即采用从具体到一般的推理过程所构建的会计理论。

□会计理论的检验(验证)

理论检验(Theory Verification)是指确立某种理论的可接受性或真理性,即验证有关理论的有效性。

总体而言,会计理论是由规范性理论和描述性理论这两种主要类型构成。

(一)规范性会计理论的检验

规范性理论,一般都是根据其假设的合理性来检验的。如果规范性理论所依据的假设在理论上有清晰的界限,那么,其结论自然也就会被接受。如果有人要推翻规范理论的结论,那就必须否定其结论所依据的假设基础,但要推翻假设基础,同样也必须清楚界定不同意这一理论的依据。

规范性会计理论的命题必须有明确的目标,并认为这些目标是不受个人偏好的影响的。从资产计价的争论中可以说明一些问题。有人认为财务报告的目标是向债权人提供企业变现能力的信息,有鉴于此,他们认为应以现时销售价格计量资产的价值;而另外一些人则认为,财务报告的目标是向投资者报告企业的经营能力,因此,应以现时成本计量资产的价值。诸如此类,不一而足。通过对资产计价基础的争论,可以发现,在规范性会计理论中,每一会计程序的拓展者都是根据自己的假设前提提出自己的会计程序,而这些程序在逻辑性方面基本上是无懈可击的。但是,由于规范性会计理论所依据的假设前提是难以验证的,因此,规范性会计理论是多种多样的,而现行会计实务又试图满足各种会计理论的要求,从而招致多方面的抨击,这也是为什么自 20世纪 70 年代后期实证会计理论占主要地位的主要原因。

(二)描述性会计理论的检验

一般认为,描述性理论的检验应当根据其预测的结果而定。如果某一理论所预测的结论能够经得起多次实践的检验,那么,这种理论会被认为是正确的;否则该理论是不科学的。

总之,一种良好的会计理论必须经受解释能力和预测价值的检验,因此应根据不同的理论形式分别检验,通常按如下几个层次展开:

(1)有关真实世界的假设,应根据陈述与可观察现象之间的内在联系来检验;

(2)理论中各陈述之间的相互关系,必须经得起逻辑一致性的检验;

(3)以价值判断为基础的假设,必须经得起任何人的自身价值判断的拒绝或接受的检验;

(4)如果经验性检验缺乏说服力,那么,理论或假设的结论,就必须经得起独立的经验性验证。

应当指出,并不是所有的会计理论命题都必须经实证检验。在既定的理论体系中,有些概念并不是来自对实务的直接观察,因此无法进行检验。但是一种理论必须具备一些可以验证的基本命题。

■会计理论体系的构建

目前,中外学术界对会计理论体系的内容尚无统一认识,构建一个逻辑严密的会计理论体系十分困难。我国著名会计学家吴水澎教授在其所著的《财务会计基本理论研究》一书中,把会计理论分为3个层次——会计理论研究方法、会计基本理论和会计应用理论,如图1－1所示。

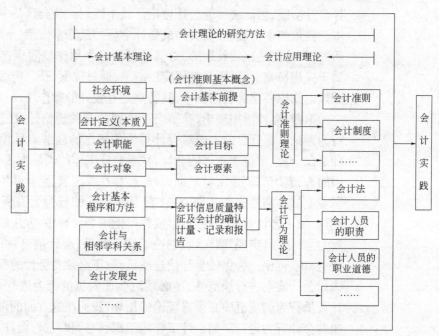

图1－1 会计理论体系图

我们比较赞同上述的会计理论体系,从图1－1可以看出:

第一,会计学科的本质不单是知识的总和,它还应当包括认识过程和研究方法。因为会计理论研究方法的研究成果,除了可以直接丰富和发展会计理论的内容外,同时还有助于人们从方法理论的高度,统一研究者对一些重要会计理论问题的认识,有助于多出成果、快出成果、出好成果。

但是,这一领域至今仍未得到应有的重视,又有相当多的问题值得我们去研究。因此,会计理论研究方法也是会计理论体系中的一个十分重要的问题,且影响各个方面,可把它单独列为一个层次。

第二,其中的会计基本前提、会计目标、会计要素、会计信息质量特征及会计的确认、计量、记录与报告,等等,是基本理论通向会计应用理论的"中介"或是二者之间的桥梁。也就是说,会计基本理论和会计应用理论之间存在着紧密的联系,二者之间没有不可逾越的鸿沟。它们可称为"会计准则基本概念"。也就是西方国家所称的"财务会计概念框架(CF)"。

第三,上述会计理论体系分为会计理论研究方法、会计基本理论和会计应用理论 3 个层次的根据是:(1)它们的认识过程不同;(2)它们之间既有共性又有特性。其共性——都是来自会计实践,是一种理性认识,又指导会计实践,因而统称为会计理论。其个性——是会计基本理论内容,是本学科最基本的理论问题,构成会计学科的最基本框架,是原理和基础性质的,其功能是比较长远的,对实践的指导作用比较间接;会计应用理论属于应用研究,即运用基础研究的成果,通过探索、开辟应用的途径,把基础理论知识转化为应用技术,其特点是有较好的操作性。

第四,会计应用理论,除了会计准则的有关理论外,还包括有关会计行为理论。尽管目前人们对会计行为的概念的理解不尽相同,但现代会计是以企业、单位为主体的会计,从事会计工作的人是生活在经济关系网中的人,其"身份"也十分复杂,目前还存在着国家、企业和单位、个人物质利益上的差别。这些差别,往往在会计人员的行为上有所体现或"倾向性"。加上会计对象的特点,形成并产生了会计程序、方法的多样性,这也就为会计人员实现"倾向性"创造了客观条件,会计信息往往难以做到客观、公正、可比。为保证会计信息质量,除了必须对会计的程序、方法通过诸如会计准则进行规范外,还必须对会计人员的行为进行规范。而对会计人员行为的规范中必须有理论的指导,我们把这方面的理论独立出来,叫做会计行为理论。如会计工作的组织、机构和人员,会计人员的职业道德、素质修养、职责与权利,等等。较为完整地说,会计行为理论可以再具体化为 4 个部分:会计行为是怎样形成的、会计行为的主体是谁、会计行为的目标是什么以及会计行为如何优化,等等。

第五,上述的会计理论体系,如果从纵的方面看,不同时期的会计理论就构成发展会计理论;从横的方面看,不同国家、地区的会计理论就是比较会计理论。

◇ 思 考 题 ◇

1. 试给会计理论下一个你自己认为恰当的定义。
2. 你认为会计理论有何作用?
3. 从会计理论的历史发展过程中,你得到哪些启示?
4. 会计理论的研究方法主要有哪些? 你研究会计理论时通常采用哪些方法? 为什么?
5. 试根据你对会计理论的理解,对会计理论作一分类。
6. 为何对会计理论要进行检验? 怎样检验?
7. 会计理论及其研究方法。
8. 会计理论体系的构建。

第二章

会计的基本理论

■会计基本理论及其研究上的特点

□会计基本理论的涵义

何谓会计基本理论？目前要给它下一个十分明确的定义还有一定的困难。吴水澎教授在《财务会计基本理论研究》一书中对会计基本理论的定义是：

所谓会计基本理论，是对会计最为基础的理论问题的本质和规律性的认识。因此，既可以把它理解为是整个会计理论根基的部分，也可以把它理解为是探讨其他会计理论问题的基础。因此，有的人也把它称作会计基础理论，有的人称为起点理论。

会计科学发展的历史证明，会计基本理论是随着人们对会计产生的动因、会计的对象、职能、目标、性质、方法等问题的逐渐明确，以及随着人们对上述问题的经验材料的积累而逐渐酝酿、产生、发展、成熟起来的。因此，每门学科的对象、职能、目标、性质、方法等理论问题，一般都被列为该门学科的基本理论问题。之所以如此，是因为：

第一，这些问题能否给予科学的回答，决定了该门学科能否存在。如果会计科学没有自己的对象、职能、目标、性质和方法，那么，它也就没有单独存在的权利。历史上为什么有些人提出创建某些新学科，而后来没有成功呢？根本问题就产生在这里。

第二，每门学科有了自己的对象、职能、目标和方法，从而也就决定了这门学科的性质，而学科的性质则决定了该门学科的发展速度与方向。对此，将在讨论会计性质问题时作详细说明。

第三，这些理论问题是探讨其他理论问题的基础。例如，我们可以根据会计的职能来探讨会计的任务或目标；根据会计的目标进而探讨会计信息质量特征；根据会计的对象探讨会计要素和会计报表项目；根据会计的本质与社会环境的关系，来研究会计的前提（会计假设），等等。

第四,这些问题可以构成会计学的基本框架。换言之,它们是会计学中最为基本的组成部分。

□会计基本理论研究上的特点

正是由于会计基本理论具有上述性质,因而也就显示出我们对它进行研究时应注意的一些特点:

(1)会计基本理论是从会计实践中总结出来的,是对会计最本质和规律性的认识,对会计的发展具有决定性的作用。正因为如此,它又比较"抽象",是一种抽象化的认识。因而一般来说,它与会计实践关系比较间接,直接地为会计实践服务表现得不明显。但由于它是基础性的理论,迟早要对会计学科的其他领域起作用;某些问题的突破会给会计科学带来飞跃性的发展。

会计是一个信息系统这一认识的提出就是一例。因此,会计基本理论的研究所取得的每一成果很难用功利主义的观点来评价它在整个会计体系中的地位。

(2)世界的事物总是运动、发展和变化的,我们对它们的认识不会有完结的时候。同样,会计基本理论也是一种探索性很强的知识体系,加之其研究的成果很难一时估量出它的重大作用,因而其重要性往往比较容易被人们所忽视。但是,随着社会的发展,也随着正、反经验教训的积累,它的重要性终究要被人们所认识。也就是说,人们对会计基本理论重要性的认识,往往会有一个过程。例如,美国会计学界早期受会计是一种艺术和会计无理论的观点所影响,一般不太重视会计基本理论问题的研究。后来,特别是在 20 世纪 30 年代前后针对出现的会计假账问题,迫切要求对会计进行规范,他们在会计准则制定过程中碰到很多难题,理解也不一致,他们才回过头来重视了会计基本理论问题的研究,至今这种研究方兴未艾。

(3)社会是个复杂体,会计又紧密地依存于社会环境,因而这就为人们对会计的认识带来了一定的难度;还由于人们各方面的情况有所不同,加之对会计的认识十分不易,使得人们经常会出现认识的不一致,甚至会出现看法相反的学派;同时,对会计各种不同的看法不像自然科学那样比较容易检验,一时难以定论。凡此种种都要求我们,在开展会计基本理论问题研究时,更应注意贯彻"百家争鸣,百花齐放"的方针,坚持走理论从实践中来、接受实践检验的正确道路。真理只有一个,随着时间的推移,认识总是会趋向一致的。

(4)实际上,现在还有许多会计基本理论问题尚未被我们正确地认识,社会发展向会计提出的新问题又比比皆是。这也就决定了会计基本理论的研究具有长期性、艰苦性和连续性的特点。由于长期性,就必须十分注意研究的连续性,即使一时不能取得成果也不能采取功利主义的态度;至于艰苦性,需要的则是"攻关不怕难"的精神。事实证明,只要我们认真耕耘,总会有所收获。

■会计的定义

研究会计定义问题,就是对会计本质的认识,即要回答会计是一种什么事物,其内涵及外延如何?

什么是会计? 可以讲这是会计基本理论问题中争论最多的一个问题。人们对会计本质的认识,目前仍处在"各说各的话,各唱各的调"的阶段。为什么会计的面纱不容易揭开? 一是会计的对象是个复杂的事物,认识它比较不容易,而会计"面纱"的揭开又必须紧密联系会计的对象;二是会计同社会经济环境紧密地联系着,环境又处在不断变化之中,我们在认识中往往比较容易被某些表面的现象所迷惑。正因为如此,才有人经常说,会计既是一门古老的学科,又是一门年轻的学科。

□几种有代表性的观点

在现有的国内外会计文献中,给会计下过多少种定义几乎是无法全面查证的,可谓是"五花八门"了。在这里仅就我国的工具方法论、技术论、管理活动论、信息系统论等4种很有代表性的观点进行简介,以期进行比较研究。

(一)工具方法论

(1)20世纪50年代,有的教材认为会计是反映的工具。例如:"会计核算是经济核算的一种,是反映经济过程中各个经济事实或经济现象的一种工具。"(上海财经学院会计核算原理教研组编.会计核算原理.1958年)

(2)20世纪60年代,出版的教材对会计提出了反映和监督两项职能,但却认为会计是一种方法或工具与方法并提。例如:"会计是用来反映和监督经济过程,进行观察、计量、登记和分析的方法。"(厦门大学财务会计教研室编.会计学原理.1996年)。又例如:"会计是反映和监督生产过程的一种方法,是管理经济的一个工具。"(财政部组织编.会计原理.1963年)。

(3)20世纪60年代,《辞海》试行本经济分册(1961年),则提出两个定义:第一,"以货币为主要计量单位,连续地、系统地对企业机关和事业单位的经济活动或预算执行过程及其结果进行核算和分析。"

第二，"经济管理的一种工具"。

(4)20世纪70年代出版的会计教材和有关辞书，也有两种提法：例如："会计是经济核算方法的一种。它主要运用货币形式，通过记账、算账、报账、用账等手段，核算和分析企业、单位的各项经济活动或财务收支，反映和监督经济过程及其成果。"(厦门大学财务会计教研室编著.会计基础知识.上海人民出版社，1978年10月第1版)。又例："会计是管理经济的工具。"(许涤新主编.政治经济学辞典：下册.人民出版社，1981年7月第1版)。

(5)到了20世纪80年代"工具论"的观点还有一定的影响。例如："会计是经济管理的工具。从实质上看，它是由一系列用来反映和监督经济活动的方法组成的。在现象上，它表现为人们运用这些方法进行记账、算账等实践活动。"(葛家澍.我对会计属性看法.《会计通讯》1980年增刊第4期)。

上述的各种会计定义，概称为"工具方法论"。

(二)技术论

"会计是一种物质生产和流通过程的文字和数量统制记录，它只是文字和数量相结合的应用技术罢了。"(陶德.'怎样建立新中国会计理论基础'读后.《新会计》1951年第4期)

这种被称为"技术论"的观点受我国当时的政治环境所决定，教科书上从未引用。在经济体制改革(1978年)后，才慢慢引起人们的注意。

(三)管理活动论

进入20世纪80年代，认为会计是一种管理活动的观点逐渐流传开来。例如：

(1)"会计是人类进行经济管理的一种活动，既是客观经济范畴，又是经济管理方法。"(李宝振.会计有阶级性.《会计通讯》1980年增刊第4期)。

(2)"过去把会计说成是经济管理的工具，今天看来显然是不够全面的。应该说，会计本身具有经济管理职能，……"(黄寿宸.略论会计在经济调整中的任务和今后的发展.《财会通讯》1981年第9期)。

(3)"会计这一社会现象属于管理范畴，是人的一种管理活动。""无论从历史还是现实看，会计工作都是一种管理工作。"(杨纪琬，阎达五.论会计管理.《会计研究》1982年第6期)。

上述的会计定义被简称为"管理活动论"，并成为当前会计定义研究中的一个学派。

（四）信息系统论

20世纪80年代,有的文章开始接受西方国家关于信息系统的提法。例如:

(1)"会计是一个经济信息系统"。(葛家澍.论会计理论的继承性.《厦门大学学报》1981年第3期)

(2)"什么是会计呢? 根据当前的现实及今后的发展,应把会计看作是一个信息系统,它主要是通过客观而科学的信息,为管理提供咨询服务。"(余绪缨.要从发展的观点看会计科学的属性.《会计通讯》1980年增刊4期)

(3)"会计是旨在提高企业和各单位经济活动的经济效益,加强经济管理而建立的一个以提供财务信息为主的经济信息系统。"(葛家澍.关于会计定义的探讨.《会计研究》1983年第4,5期)

以上的会计定义被简称为"信息系统论",在当前会计定义的研究中与"管理活动论"派并驾齐驱。

□对"管理活动论"和"信息系统论"的评析

对会计的本质问题进行认识并下定义,之所以得到会计学界的普遍重视,那是因为对会计本质认识的正确与否,关系到人们对会计的职能、目标和方法认识的科学程度,从而也决定了会计的性质和发展方向。

从人们对会计本质的认识过程来看,特别是20世纪80年代以来,争论逐渐剧烈深入,观点也渐趋集中。我国会计学界以前提出的"管理工具论"和"技术论"等观点,越来越受到许多同志的质疑;而新提出的"管理活动论"和"信息系统论"两种观点,却有越来越多的支持者,且建立了相应的两大学派,即"信息系统论派"和"管理活动论派",并有"南派"和"北派"的说法。在一段时间里,两派的争论似乎达到水火不相容的地步。但"二论"之间的区别在哪里,它们是不是科学地认识到了会计的本质,这些问题都有待于作进一步深入的研究。下面是对"二论"的评析。

如果从表面上来看,"二论"的观点有着很大的不同。但只要我们认真地分析,"二论"的基本观点是一致的,这可以从下面两个方面进行具体分析。

1. "二论"是我国会计科学发展历程中的必然

会计是因管理经济的需要而产生的,并随着经济的发展而发展,经济越发展,会计越重要,这已为人们共识。

但是,从新中国成立到改革开放以前(1978年以前)的这段时间里,在指导思想上误认为"阶级斗争,一抓就灵",要以阶级斗争为纲,可以用抓阶级斗争的方法来代替经济管理,而不是按照客观经济规律办事。很显然,以这种思想为指导,就用不着讲求经济效益,更不必加强经济管理了。与此相适应,会计可有可无,会计方法越简单越好,从而使会计理论长期停滞不前。

在实行改革开放,以发展经济为中心的条件下,必然要求有科学的经济管理方法与之相适应,加上许多西方国家先进的管理方法和理论被介绍到我国,使我们看到了自己的差距。这些都说明我们的会计理论和方法,远远不能适应新时期、新经济体制的要求。于是,会计界提出了加强会计科学研究,进行会计改革的要求。

在加强会计科学研究方面,其中一个十分重要的问题,就是从我国的实际出发,实事求是地对会计的基本理论问题进行"再认识",或提出新的认识,即在实践中不断发扬正确认识,纠正错误认识。正如"管理活动论"的代表所说:"会计工作的变化必然冲击传统的会计理论,实践迫使人们不得不着手解决旧理论与新实践的矛盾,用新的理论概念充实现有的会计知识体系。"同样,"信息系统论"的代表也认为:"为了发挥会计应有的作用和更好地研究会计的一系列理论和方法,应当对什么是会计有一个正确的认识。会计虽然很古老,但又很年轻。现在,不论就内容和形式看,会计都处在发展中。为此,重新研究一下会计的定义是必要的。"

从上述可见,"二论"所探讨的问题有着共同的愿望和思想基础,也是我国会计理论发展的必然,谈不上谁是前进,谁是倒退的问题。

2."二论"有着共同的内涵,仅是认识问题的方法和角度不同而已

所谓事物定义的内涵,就是定义所反映的该事物的特有属性、本质属性。

"管理活动论"的实质是认为会计是一种经济管理活动;"信息系统论"的实质是认为会计是一个经济信息系统。只要我们把二者加以比较,并仔细想一想,很难发现二者有什么本质的区别。只是"管理活动论"是直接从经济管理的职能来揭示会计本质并给会计定义的;而"信息系统论"则从信息论的角度来描述会计的。根据现代管理理论,管理的过程实际上就是信息流动和处理的过程,没有信息及信息的流动也就不存在着管理。也就是说,管理需要信息,信息也离不开管理。正因为如此,"二论"的代表者也意识到他们有共同的语言。例如,杨纪琬教授(北派)说过:"一切管理活动都是信息系统,会计当然也不例外。"(关于会计理论发展的几个问题.《河北财会》85 年 1 期)。葛家澍教授(南派)也说过:"任何企业或单位的会计工作.都是一项重要的必不可少的经济管理工作。在这个意义上,会计也可以理解为一种管理活动。"(葛主编.会计基础知识.上海人民出版社,1984 年 11 月第 2 版)

由此可见,"二论"的代表者在回答什么是会计这个问题上,有越来越多的

共同语言,甚至是趋同的或一致的。

□会计的定义

以上我们对"二论"进行了简要的评析,并主张"二论"可以互相取长补短,在求大同存小异的原则下,合为一家。因此,我们可以给会计下这样一个定义(个人意见,仅供参考):

会计是以货币为主要计量单位,对各单位的经济活动进行完整、连续、系统地反映和监督,借以加强经济管理,提高经济效益。它既是经济管理的重要组成部分,又是经济管理的重要工具(信息系统)。

这个定义揭示了会计的特征、对象、职能、性质、目的等基本问题。

(1)会计的特征:以货币为主要计量单位。

(2)会计的对象:以货币表现的经济活动,即价值运动(再生产过程中能够用货币表现的数量方面)。

(3)会计的职能:反映和监督,仍是会计的基本职能。

(4)会计的性质:是一种经济管理。而不是人力资源管理、技术管理、质量管理、图书管理,等等。

(5)会计的目的(目标):直接目的——提供有助于使用者决策的会计信息;终级目的——提高经济效益,这是任何经济管理活动的共同目标。

■会计的对象

世界上的一切事物总是运动着的,事物的运动形式千姿百态。就某种事物来说,其运动也有不同的层次性。我们对某种事物特定运动形式或层次的认识就构成了不同的学科。每一门学科的产生,从其内部逻辑这一条件来说,最主要的就是应有其特定的运动形式作为自己的研究对象。换言之,有否独立的对象,决定该学科能否存在。因此,会计的对象问题是会计基本理论问题中最重要的问题之一。

□会计对象研究情况的简要回顾

(一)简要回顾

会计如果从原始的计数计量作为其诞生时间,到现在已有几千年的历史;会计真正成为一门科学也有几百年的时间。本来,同其他的学科一样,其对象问题应该是十分明确的,但现实并非如此。我国解放以后,面临着会计往何处去以及如何建立新中国的会计学的问题,会计对象问题的研究一直是我国会计界的热点,出现了诸多不同的观点和看法。

为什么我国在会计对象问题的研究上时间很长,而看法却不一致呢? 其原因是多方面的:

第一,从主观上说,无论是在西方国家还是在我国,长期以来,把会计看成一门技艺,不是一门科学,不能登大雅之堂,因而会计的传授多采取"代代相传,世世相袭"的师徒式。这种情况下,会计对象问题无关紧要。这种观点根深蒂固,直到现在还有一定市场,这就使得在某种程度上影响着人们对会计对象的认识。

第二,从客观上看,大千世界,事物十分复杂,它们的运动形式极其多样,联系又十分广泛,相互渗透、互相交织、相互制约,要找出事物运动的特定形式或某一种特殊矛盾并非易事。

第三,从社会环境的因素来看,我国在解放后的较长时间里,受到极"左"思想路线的影响及经济体制的剧烈变化,也使得我们无法在实践的基础上,实事求是地对会计对象问题加以研究。

第四,加之我们研究方法的不当,又不注重会计理论研究方法的研究,从而使我们的认识不能深入其本质。

从以上各方面来说,在我国会计对象问题的研究所出现的复杂局面也是情有可原的。

(二)会计对象的几种不同观点

1.主流派的"资金运动"理论

建国初期,对会计对象的认识,较多地受前苏联会计学者观点的影响。认为会计具有强烈的党性和阶级性,社会主义会计对象与资本主义会计对象应有本质的区别。20世纪50年代中期以后,中国的会计学者在分析前苏联学者的意见的基础上逐步提出了自己的看法。到了60年代初期就明确地提出:"社会主义会计的对象应当是社会主义再生产过程中的资金运动。"这种观点逐渐成为主流派。之所以成为主流派,是因为:

第一,这种观点符合当时我国的社会环境。众所周知,解放后我国实行的是高度集中的计划经济管理体制,把商品货币经济视为资本主义的专利,加上很多人认为会计具有强烈的党性和鲜明的阶级性,从而在经济理论界强调资金与资本要有本质的区别,并且提出我们要用"资金"这一社会主义的范畴代替"资本"这一资本主义的范畴。这样,资金运动的提法,就能较好地服务于计划经济体制的会计模式,且提供了较好的理论依据;也能够较好地解释"专款专用"财务体制下的有关会计问题,满足了社会主义会计与资本主义会计有本质区别的这一要求。

第二,资金运动理论得到了系统化。经过许多学者的努力研究,资金运动理论得到了系统化,如认为资金运动的状态有静态和动态;资金运动的静态形式有资金占用和资金来源;资金运动的动态形式有资金的循环与周转、资金的耗费与收回、资金的投入与退出,等等,许多人还运用这些观点来说明其他会计问题,形成为这一派的会计理论特色。

由于"资金运动"理论得到许多人的认可,几乎每本会计教材在涉及到有关的会计对象问题时,都运用了"资金运动"理论的观点。"资金运动"的观点也被称为"资金运动理论派",直到目前,还有相当多的人赞同这一理论。因此,无论会计对象的提法将来怎么变化,资金运动理论在我国会计发展史上占有一席之地。

2.会计对象的其他提法

(1)20 世纪 50 年代初期,我国广为流传前苏联会计教材中的观点,即"社会主义会计核算的对象是社会主义扩大再生产过程中可以用货币来表现的个别方面。"(见《会计核算原理》.中国人民大学出版社,1953 年 P37)

(2)20 世纪 60 年代,除了资金运动理论派外,还出现了另外一种主要观点认为:"在社会主义制度下,会计的对象就是在企业、事业、机关等单位中能够用货币表现的社会主义再生产过程以及社会主义财产。"(见《会计原理》:财经版,1963 年 P10),这种观点,也具有较大影响,被简称为"财产论"。

(3)20 世纪 80 年代以来,根据把会计定义为一个经济信息系统的要求,认为会计出现了两个对象:"一是会计反映和控制的对象;二是会计处理的对象。前者为客观存在的价值运动,后者也是客观存在的价值信息的运动。"(葛家澍.关于会计对象的再探讨——会计反映对象和作为一个信息系统的处理对象.《厦门大学学报》1986 年第 1 期)。

这种观点被认为是一种较新的观点,他们把会计对象的研究,同对会计本质的认识联系起来。

(4)20 世纪 80 年代以来,根据我国经济发展的新形势和西方管理会计的引进,认为会计所能反映的范围已比过去有所扩大。"作为会计对象的价值运动,不仅包括已经发生的而且包括可能发生的,前者主要采用记录的方法加以总结反映,后者主要采用预测的方法进行规划、分析、评价、用于控制和决策。"(吴水澎.怎样认识会计的性质和对象.《会计研究》1981 年第 2 期)。这种观点试图根据当时形势的发展,把管理会计的对象包括在内。

当然,对会计对象的表述还有很多的提法,以上列举的仅是较有代表性的观点。

□会计的一般对象——价值运动

会计对象是指会计所反映和监督的内容。对会计对象的研究,可以从两个方面进行:一是从各会计主体的会计对象的特点,说明各该主体会计的具体对象,如工业企业的会计对象、金融企业的会计对象、非盈利组织会计对象,等等;二是从会计主体的会计对象的共同点,说明会计的一般对象或会计对象一般。在这里,我们不讨论会计的具体对象,而只讨论会计对象的共性,即会计的一般对象。

在前述的关于会计对象的各种观点中,我们仍然比较赞同"资金运动"提法。但是,应将"资金运动"改为"价值运动",即会计对象可抽象为:社会再生产过程中的价值运动。我们认为这样描述更为客观、科学。

(一)符合时代要求

如果将社会主义的会计对象概括为"资金运动",资本主义的会计对象描述为"资本运动",那么就意味着不同社会制度下会计都应有自己的特定对象,应建立各自独立的理论体系,从而也就有社会主义会计与资本会计之分。那么,现在我们与国际会计惯例协调,建立国际会计准则的理论根据又是什么?实际上,"资金运动"和"资本运动"并无本质区别,在商品经济条件下均表现为商品经济的价值运动。这样,会计的对象,在商品经济条件下,不论社会制度如何,可归纳抽象为价值运动。

(二)切合客观实际

社会再生产过程是由企业、事业、机关等单位的各项具体经济活动实现的,而各单位的经济活动多种多样,其中有些经济活动可用货币量度来进行计量,如购买材料、销售商品、支付工资、等等;而有些经济活动则不能用货币量度进行计量,如签订合同、招聘人才等等。由于现代会计的基本特征是以货币作为主要计量单位,因此,只有那些能够用货币表现的经济活动(会计上称为经济业务或交易、事项),才能成为会计反映和监督的内容,从而进入会计信息系统。而能够用货币表现的那些经济活动,在商品经济条件下也就表现为价值运动,这就是会计的对象——会计所要反映和监督的内容。

综上所述,我们认为,在商品经济条件下,无论社会制度如何,会计的对象是相同的——社会再生产过程中能够用货币表现的数量方面,即价值运动。

■会计的职能和目标

□会计的职能

职能:是指事物的本质的功能,即事物本身所具有的功能。按照有关的辞典解释和较详细一点地讲,职是指事物责任和地位如何;能是指事物可以做到什么,起到什么作用。这样,就可以把会计的职能定义为:

会计的职能:是指会计本身所具有的功能,即会计应负的责任和应起的作用。至于可以做到什么和地位如何都可以通过它应起的作用来加以体现。

我们研究会计的职能,就是要根据会计的本质和对象,来确定会计这一实践活动在社会分工中的最基本的责任和应起的作用。换言之,我们研究会计职能的实践意义,就是通过会计的职能进而明确会计的目标。此外,会计方法的建立总是同会计的本质、职能、目标联系在一起的。

对会计职能的研究一直是会计界一个很热门的话题。如何科学、准确地来界定会计的职能不是一件很容易的事情。目前,分歧仍然存在。科学地为会计定职定位,仍然是我国会计理论界的一项重要任务。

(一)会计职能研究情况的回顾

(1)20世纪50年代,实行高度集中的计划经济体制,作为现代会计客观环境的商品货币经济受到否定。在这种环境下,会计仅仅被视为计算收入、成本、确定应上交利润的国家"出纳"部门,因而对会计职能的研究尚不多见,主要是探讨会计职能的具体化——会计的任务与作用,有时也把会计的任务、作用与职能混杂在一起。从会计任务的探讨中,可以间接地体会出我国会计界对会计职能的理解,代表性的观点有:

"会计的基本任务就是对企业、事业、机关等单位的经济活动和财务收支进行核算、分析和检查,通过如实反映和严格监督,达到加强计划管理、贯彻经济核算,保护社会主义财产等经济管理方面的要求,以便正确地执行党和国家的政策、法令、制度,多快好省地完成国家计划和预算,促进社会主义建设事业的发展。"(《会计原理》.财经出版社,1963年5月 P20)。

"在我国,会计的任务可以表述为:①维护国家的财政制度和财务制度;②保护社会主义的公共财产;③加强经营管理,提高总体经济效益。"(杨纪琬主

编.《中国现代会计手册》.财经出版社,1988 年 P767)

(2)20 世纪 50 年代末至 60 年代初,会计理论界开始了会计职能的探讨,获得了一些新的认识,认为会计职能和会计任务是两个密切联系但又有各自特定含义的概念。会计职能是指会计在经济管理中所具有的功能,即人们通过会计工作对客观经济活动所产生的影响和作用,它具有客观性、相对稳定性和普遍适用性的特点。任务则不同,它与会计工作所处的社会环境和一定时期面临的矛盾有很大关系,在极大程度上体现着"当时、当地"的具体特点,一般会受到社会制度的制约,具有主观性、相对不稳定性的特点。

除了取得上述的新认识外,比较多的同志认为,在探讨会计职能时,马克思关于簿记"是生产过程的控制和观念总结"这个论断,可以作为探讨会计职能的重要依据。但问题的关键在于如何理解马克思的"控制"和"观念总结"?由于存在不同的见解,因而对会计职能的理解也存在差异。有较大影响的观点有:

"会计的职能包括:(1)会计是企业管理的一种工具;(2)会计是国家对企业进行全面财务监督的工具;(3)会计是服务于国民经济综合平衡的统计工具。"

有的同志不同意表述为 3 条,他们认为:"上述 3 条,与其说是会计的职能,毋宁说是会计的作用更确切一些,职能是会计的本质属性,而作用则随着运用它的那个社会制度而有所差别。"在此期间,会计的两项基本职能——"反映"和"监督"的观点已经基本形成。

(3)党的十一届三中全会以后,党的工作重点转移到以经济建设为中心、以提高经济效益为主题的轨道上来,并先后提出了社会主义初级阶段理论,有计划商品经济理论和社会主义市场经济理论。这一时期对会计职能讨论的广度、深度、精度,都是前所未有的。出现的主要观点有:

一职能说:"会计部门是企业中的一个服务部门,会计人员在企业中是属于参谋或顾问地位,他们为企业管理部门正确地进行最优管理决策和有效地经营提供所需的数据,但他们并不对企业的生产经营活动直接进行管理或决策。所以,会计只具有咨询或参谋职能,并不如某些同志所说,直接履行管理的职能。

二职能说:认为会计具有反映、监督职能。有的人则认为应提"控制",把控制理解为监督并不全面。

三职能说:认为会计除有反映、监督职能外,还可以通过自己的工作来促进和支持生产,因此,会计还有"促进"的职能。

四职能说:认为会计有反映、监督、控制、分析等四种职能。

五职能说:认为会计有反映、监督、控制、分析和决策等五种职能。

六职能说:认为会计有反映、监督、控制、分析、决策、预测等六种职能。

此外还有七职能说、八职能说,等等,这里就不一一列举。

(二)研究会计职能应注意的问题

为什么在会计职能问题上会出现这样多的说法? 这主要是同人们看问题的角度与方法有关。如何科学地进行会计职能的研究? 我们认为应注意以下问题。

1.应当联系会计的本质来研究会计职能

既然会计的职能是会计的本质功能,那么,就应当结合会计的本质来研究会计的职能。事实上,人们对会计职能看法的分歧原因是多方面的,但其中十分重要的一条,是由于对会计本质的认识不一致,因为会计的本质决定了会计的职能外,会计的本质也体现在它的职能中。就当今对会计本质认识中的"管理活动论"和"信息系统论"来说,"管理活动论"对职能理解是很宽的,可包括管理的诸多职能,而"信息系统论"必然是一职能或二职能说。正是从这个意义上,我们才讲对会计职能的认识有助于认识会计的本质;对会计本质的认识也会影响对会计职能的认识。

2.既要用发展的眼光认识会计的职能,又要遵循实事求是的原则

随着社会经济的不断发展,人们对会计本质的认识也会变化,也会影响到会计职能内涵和外延的变化,会计的职能会得到不断的充实,新的职能会不断出现。但我们要注意实事求是,把握事物发展的"度",会计有什么样的本事就说是什么本事,会计不必要也不可能去侵占别人的"领土",更不能毫无根据地人为"拔高"。

同时,我们认为,对会计职能的研究可分为两个层次来进行——基本职能和派生职能。正如货币一样,虽然它执行着 5 种职能,但其中价值尺度和流通手段是基本职能,而储藏手段、支付手段和世界货币等职能,则是在基本职能的基础上随着商品经济的发展逐渐出现发展起来的派生职能。作这样的区分有利于我们消除分歧,也符合会计的实际。

(三)关于会计职能的提法

根据上述的观点,我们认为,会计的基本职能是反映和控制;派生职能有评价经营业绩、预测经营前景、参与经济决策。

1.会计的基本职能——反映和控制(监督)

(1)会计的反映职能。会计是通过对会计对象——价值运动——会计要素的确认、计量、记录与报告等程序,来提供价值运动的信息。因此,反映是会计最基本的职能。从目前来看,会计反映可提供如下信息:

——提供一个企业有关资产、负债和所有权益方面的信息;

——提供一个企业收入、成本费用、利润及其分配方面的信息;

——提供一个企业有关现金流量方面的信息;

——提供以上述信息为基础进一步加工形成的一些新的信息。如:资产负债率、流动比率、速动比率等偿债能力指标;销售利润率、所有者权益收益率等盈利能力指标;资产周转率等营运能力指标,等等。

(2)会计的控制(监督)职能。经济管理中的控制,一般是指对实际经济活动的结果脱离规定目标的偏差进行干预和矫正。按照会计的特点,其控制职能主要体现在以下3个方面。

第一,会计运用了诸如填制凭证、设置账户、复式记账、登记账簿、成本计算、财产清查和编制会计报表等会计核算的专门方法,这就使会计成为一个严密的信息系统,使其本身具有了保护性的控制作用(保证会计信息的正确性),特别是要进入会计信息系统的有关数据,强调有凭有据,即要具有法律效力的原始凭证且要经过审核,通过审核,可以进行控制。更应该提到的是,会计所使用的借贷记账法,对十分复杂的经济活动能逐项记录它们的来龙去脉,并使之互相沟通,在账户中结成一个钩连环节、脉络分明的价值运动总体。借助于这种科学的记账法所做的记录,可以追根溯源,便于人们对价值运动的了解和控制。人们经常认为,会计具有保护资产安全、明确产权的作用,都与此有关。总之,会计通过特定的专门方法,可以进行控制。

第二,会计信息系统的必要程序之一是要进行确认,即要有根据地运用一定的标准,明确哪些数据可以并在什么时候进入该系统,以及何时进行报告。确认的准确除了必须有根据和符合会计的要求外,有些则是外界所赋予的。例如,在实际工作中,就应把国家的法律、法规、准则、制度等作为确认的标准之一,凡违反上述要求的经济事项,就不能进入会计信息系统。会计这种"过滤"的作用,可以控制经济活动的合法合理性。会计的这种控制一般称为前馈控制。

第三,在市场经济条件下,作为国民经济的基层单位或"细胞"的企业,其内部更应实行科学的计划管理。在这一环节中,会计可以根据自己所提供的信息,从中揭示实际与计划或预算的偏差,使人们明确产生偏差的原因,应如何完成计划,并便于修订计划(预算)。这些都可以认为是辅助反馈控制的功能。

2.会计的派生职能:评价企业经营业绩、预测经营前景、参与经济决策

上述会计的两项基本职能,是会计的本质的体现,是会计能够做到的,也是实事求是的。但也不能否认,随着经济的发展和会计技术方法的改进,人们还可以运用会计所提供的信息,来评价企业的经营业绩、进行经济决策、预测经济前景等等,这些可视为会计的其他或派生职能。但是,在理解这些派生职能时却要注意:它们离不开会计所提供的信息,但它们还必须运用会计以外的其他学科的理论和方法,这就是我们为什么称它们为派生职能的理由之一。

有人把凡是运用到会计信息的地方,都认为是会计的职能,那么,当今是信息社会的时代,会计的职能就有可能被无限扩大的危险。辩证法告诉我们"物极必反",被推向极端的事物往往会走向反面。无限扩大会计的职能,往往会使会计工作者感到吃不进、吞不下,很难胜任,其结果又会不利于会计职能的发挥。因此,既要注意缩小会计职能的倾向,又要注意"好大喜功"的倾向。

下面具体说明一下上面已提到的会计其他职能问题。

(1)评价企业经营业绩。以盈利为目的的企业,总是千方百计地要以最少劳动耗费来取得最大经济效益。如果仅仅从物的角度看,即消耗了多少材料,消耗了多少人工,取得了多少产品等等,由于它们都是不同质的东西,是很难加以比较的,也不能全面说明问题。会计用货币作为计量尺度,就把不同质的东西(具体劳动)转化为同质的东西(抽象劳动),从而为人们计量和衡量经济效益带来了很大方便,为评价企业的经营业绩提供了许多数据。如收入、成本费用、利润,等等。

(2)预测经营前景。俗语说"人无远虑,必有近忧"。任何企业,都应当建立恰当的目标,为此又必须收集大量历史和当前的信息,据以对未来事态进程(发展趋势和变化程度)作出科学的分析与判断,我们称这一过程为预测。

然而,会计在预测中能发挥哪些作用呢?"逻辑的发展完全不必限于纯抽象的领域。相反,它需要历史的例证,需要不断解除现实。"(恩格斯)。由于会计能通过财务会计报告提供一个企业价值运动方面的历史信息,这样人们就可以运用科学的预测方法来预测企业的经营前景。应特别提到的是,为了充分发挥会计信息在预测经营前景中的作用,各国在制定会计准则时,都明确规定在财务报表以外的其他财务报告中应尽可能地揭示更多财务与非财务信息。

(3)参与经济决策。所谓决策,就是以预测的结果为基础建立起适当目标,拟订几种可以达到目标的方案,并从中选择最佳方案的过程。简言之,就是作出未来行动的决定。

如何做到决策的民主与科学化？这是决策科学应当研究的问题。不过，从决策的过程和方法来看，决策的前提是收集信息，信息是进行决策的基础。会计提供的信息，虽然不是决策所需信息的全部，但却居于重要的地位。当然，在企业决策过程中，会计只能支持决策，而无法代替决策，它所起的是一种"参谋"的作用。我们这里所说的"参与"也就是这个意思。

□会计目标(目的)

(一)会计目标的含义

目标：是行为想要达到的境地和标准。

会计目标：是指会计行为活动意欲达到的境地和标准。

会计目标是 20 世纪 60 年代后逐渐流行起来的概念。有了会计目标，就为会计活动指明了方向。当然，会计目标的提出，不能超越会计的职能范围，否则，会计目标就无法实现。因此，我们也可以把会计目标理解为：在会计职能范围内，依据会计信息使用者的需要而提出的标准，是会计职能的具体化。

那么，会计的目标究竟是什么？会计学术界的意见尚未统一。在西方国家最流行的会计目标理论有：受托责任学派和决策有用学派。目前，后者得到大多数人的支持。

受托责任学派：将会计信息的提供界定为受托责任的考核，即为考评企业管理当局管理资源的责任和绩效提供有用的会计信息。按照受托责任观，会计信息的提供立足于过去，以经营业绩为主。

决策有用学派：以信息使用者的决策需求为导向，即为会计信息使用者提供有助于决策的会计信息。按照决策有用观，会计信息的提供既立足于过去，又注重于未来。因为过去的事项是决策预测的基础，而未来事项的预测性信息与决策最相关。

(二)会计目标的内容

吸收国外经验，结合我国的实际，会计目标至少要明确或回答 3 个方面的问题——谁是会计信息使用者？会计信息使用者需要哪些信息？会计如何来提供这些信息？

1.谁是会计信息使用者(向谁提供会计信息)

历史地看，随着社会经济关系的日趋复杂，会计信息使用者的范围不断扩大,特别是在市场经济条件下,由于物质利益的多元化,使用者也出现多元化的格局。但我们可以将众多的使用者归纳为以下两个方面。

(1)企业外部使用者:

①国家——进行宏观经济管理

②投资者——进行投资决策、考评企业管理者的责任和绩效

③债权人——进行信贷决策

④其他使用者——财政、税收、审计等政府部门;注册会计师、经纪人、律师、证券分析师等社会公众;证券交易所,证券商,财经报刊和报道机构等等。

(2)企业内部使用者:

①企业管理者——进行内部经营管理

②职代会、工会——进行相关决策(如维护员工利益等)

③企业员工——进行相关决策(如调岗、调离等)

2.使用者需要哪些会计信息(提供哪些会计信息)

根据上一个问题阐述,使用者所需要的会计信息大体上有3个方面:

第一,为国家提供有助于宏观经济管理的信息。

会计所提供的信息,要能有助于国家进行宏观调控和综合平衡;有助于国家对财政、税收、金融、价格等经济政策的制定;有助于国家优化资源配置,优化产业结构等方面的决策。

第二,为企业外部有关各方提供有助于决策的信息。

会计所提供的信息,要能有助于企业的投资者进行投资决策;有助于债权人进行信贷决策;有助于企业外部的其他使用者作出各自的决策。

第三,为企业内部提供有助于经营管理的信息。

会计所提供的信息,要能有助于企业管理当局进行各种经济决策;有助于加强内部经营管理。

综上所述可知:

会计的基本目标是:为会计信息使用者提供决策有用的信息。

会计的具体目标是:向国家、企业外部有关各方、企业内部提供有助于进行宏观经济管理、投资决策、信贷决策、加强内部经营管理所必需的、以财务信息为主的经济信息。

3.会计如何提供这些信息

会计目标明确后,还应进一步明确会计应当收集哪些会计数据,以及如何加工和处理这些数据,以何种形式向会计信息使用者提供有用的信息,即如何提供这些信息?

关于会计如何提供这些信息,是属于会计要素确认、计量、记录、报告等程序方法及会计信息质量特征等问题。这些问题将在以后的有关章节中进行研究,这里不再赘述。

■会计的性质

从本来的意义上说,性质是指事物所具有的特质。例如,水的物理性质是液体、无色、无味;其化学性质是由 2 个氢原子和 1 个氧原子(H_2O)所组成。

由于会计是一种社会经济现象,可以从不同的方面去考察,这里所指的"会计的性质"是指会计的社会属性,即会计有无阶级性问题。科学的属性问题决定着该门科学的发展方向与道路,因此,会计的属性是会计的基本理论问题之一。

□会计属性的几种不同观点

我国会计学术界对会计属性问题的认识尚不一致。主要有 3 种不同的观点。

(一)会计具有阶级性

这种观点认为,会计具有强烈的党性和鲜明的阶级性,应有资本主义会计和社会主义会计之分,不同的阶级要求不同的会计。因此,资本主义会计的理论和方法不能用于社会主义。例如,要用"资金"代替"资本";用"资金占用 = 资金来源"会计等式代替"资产 = 权益";用收付记账法、增减记账法代替借贷记账法等等。

(二)会计具有技术性

这种观点认为,会计理论和方法在本质上是无所谓阶级性的,它只是文字和数量相结合的应用技术罢了。会计的性质,最重要的决定于会计方法,如会计核算的专门方法,既能替资本主义服务,也能替社会主义服务。它认为会计只有技术性而无阶级性。

(三)会计具有双重属性——技术性和阶级性

这种观点认为,会计作为一种管理活动,既有自然属性,又有社会属性。会计的自然属性与生产力的发展紧密相关,会计具有对一切生产过程进行反映和监督的一般职能,这主要体现在会计技术方法方面,它可以为任何社会服务,从这一方面看,会计具有技术性。会计的社会属性与生产关系、上层建筑的变革紧密相关,它必须体现统治阶级的意志,如成本开支范围的规定等,体现了不同社会制度的要求。因此,会计既有技术性,也有社会性。

□会计既有技术性又有社会属性

会计是应管理生产的需要而产生的,或者说,人类为了生存下去,就必须有会计。为管理生产而提供信息的会计,它同生产技术存在着密切的联系,对于不同的社会来说,没有什么本质的区别。会计在提供信息时,要联系到生产关系,但这绝不是会计方法的本身。会计的方法可以被人们用来反映生产关系,而作为核算的工具,并不表现为一定的生产关系,这同语言科学没有阶级性一样。因此,会计不存在着阶级性,更不必要有资本主义会计和社会主义会计之别。实践也已作出证明:不因为我们已经建立了社会主义社会,我们就把原有的会计理论和方法统统地扫进历史的垃圾堆,重新开始建立社会主义会计;相反,会计的技术方法(会计的核心)却完全可以为我们所用。当今,之所以会计是世界通用的商业语言,必须与国际会计惯例协调等等的提法可以成立,也是同这个看法有关的。

从上述可以看出,会计具有技术性,而不具有阶级性。但是,我们看问题必须全面,会计作为一门方法的科学,是紧密的依存于特定的社会经济,各项具体会计技术方法的选择与应用及其理论支持,是其社会经济环境中诸多因素综合作用的结果,如存货计价、折旧方法、会计要素的确认与计量等方法的选择与应用都与特定的社会经济环境密切相关。因此,会计也具有社会属性。

技术性支持会计的国际化;社会属性要求会计要适应特定的社会环境。如发达国家之间的会计惯例之差异就是社会属性作用的证明;制定国际会计准则中所碰到的许多难题也可以从这个方面去理解。

■会计的基本程序和方法

为了实现会计的职能,达到会计的目标,会计必须运用一定的运作程序和特定的技术方法。一般来说,会计的本质和对象决定了会计的职能,从而也就决定了会计的目标。会计的目标要求有与之相适应的会计程序和方法。会计的目标与程序和方法之关系,如同"过河"与"桥或船"之关系一样。因此,会计程序与方法问题,历来是会计的核心,从某种意义上说,会计学是一门方法学。

□传统的会计程序和方法

　　传统会计学,对会计程序和方法的研究主要是论述手工操作(手写簿记系统)下,会计信息的加工处理和报告的程序方法,即会计核算的程序和方法。

　　会计核算所运用的技术方法主要有:填制和审核凭证、设置账户、复式记账、登记账簿、成本计算、财产清查、编制会计报表等7个。但有的教材提8个,再加上货币计价。这些方法互相联系,紧密配合,构成了一个完整的方法体系。这种方法体系,一般通过各种不同的核算形式加以表现,如记账凭证核算形式、汇总记账凭证核算形式、科目汇总表核算形式,等等。

□现代的会计程序和方法

　　在市场经济条件下,由于会计信息也是一种物质利益,人们对会计信息质量提出了更高的要求;同时,会计对象的复杂化,也要求会计技术方法的复杂化。所以,以往所总结的会计方法已不能很好地解决现实的会计问题,应该注意会计程序的研究,为各种具体的方法提出理论的依据。这样,现在一般都把会计的方法扩大为会计的程序和方法。

　　会计的程序和方法,指的是会计数据加工处理的程序与方法。会计程序和方法所要解决的问题是,如何从无数的经济数据中辩认出含有会计信息的数据,使之能够进入会计信息系统,通过加工处理,转换成有助于决策的相关信息,再输送给会计信息的使用者。经过人类长期的不断总结,形成了今天的确认、计量、记录与报告等为主的会计基本程序及相应的技术方法。

(一)会计确认及相应的技术方法

　　所谓会计确认,是指依据一定的标准,辩认那些数据能否、何时输入会计信息系统以及如何进行报告的过程。

　　会计确认几乎涉及会计信息整个加工处理过程,但辩认能否及何时输入会计信息系统的确认是第一步的工作。

　　在市场经济条件下,作为会计的一般对象的价值运动,可以具体化为资产、负债、所有者权益、收入、费用和利润等要素,其数量表现就是会计信息。质量与数量必须统一,因此,只要符合它们的定义与特性,都可以进入会计信息系统,这也是确认能否进入会计信息系统最基本的标准——可定义性。

至于确认何时能进入会计信息系统,即时间标准问题,在商品经济条件下,由于各种原因,使经济业务发生的时间与相应的现金收支的时间不一致,往往会发生一些应收未收、应付未付等经济事项,因而在选择确认的时间基础时,就有以下两种基础可供选择。

(1)收付实现制:一切要素的确认,特别是对于收入和费用的确认,均以现金流入或现金流出的时间作为确认的时间标准。

(2)权责发生制:一切要素的确认,特别是对于收入和费用的确认,均以权利已经形成或义务(责任)的真正发生为基础。

出于会计信息对决策有用这一会计目标,也是为了较准确地考核企业各期间的经营业绩,企业的会计确认一般都选择权责发生制作为时间确认的基础。但是,目前对这种说法又有异议,认为现实中没有纯粹的权责发生制,也没有纯粹的收付实现制,往往是以一种基础为主,两种基础相结合。如现金流量表的编制,就以收付实现制为基础。

会计确认,在方法上一般是根据会计信息系统的要求,通过审核经济数据所代表的经济活动来进行的,其中很重要的方面是对凭证(包括原始凭证和记账凭证)的审核,因为凭证载明了经济活动的内容、时间、数额以及应作为何种要素而计入什么账户。对凭证的审核,既包括了对凭证外表形式的审核(凭证本身是否真实、合法、准确、完整,等等),也包括对凭证实质内容的检查(是否合理合法,等等)。从这里可以看到,会计具有监督并在一定程度上发挥反馈控制的作用,同会计确认这一程序(具体化为填制和审核凭证的方法)是分不开的。

至于会计报告的确认,则主要地取决于会计的目标,因为报告的信息必须有助于人们的决策。

(二)会计计量及相应的技术方法

会计计量这一程序主要解决会计的计量单位和计量属性等问题。

凡是计量都必须要有计量的单位,会计计量也不例外。会计作为对经济活动的一种计量手段,经历了从某种符号(如"结绳记事"时期所谓的"结"等)向各种实物量度过渡。到了商品经济时代,由于经济活动的复杂化,实物量度单位已无法对企业形形色色的经济活动进行连续、系统、全面和综合的反映,而货币作为商品价值尺度的表现形式,就必然要取代实物量度单位成为会计的统一计量单位。因此,现代会计所提供的信息,都是用多少金额即货币来表示的。事实上,会计运用了货币计量单位以后,各种会计技术方法才有了实质性的发展。

在商品经济条件下,体现价值运动的价值规律要发挥它的作用,商品的价值量——借助货币来表现的价格也会发生变化。因此,伴随着价值运动所引起的会计要素的变化(尤其指资产),又可分别从不同的角度和方面来进行计量。例如,某企业有一台机器,既可以按取得时的价格(历史成本)来计价,也可以按现在取得时的重置成本(现行成本)计价,还可以按现在出售的售价(现行市价)计价,等等。由于采用了不同的计量属性,同一项资产或相同的资产,就会被确定为不同的金额。现在一般都采用历史成本计价。因为历史成本这一计量属性客观可靠,有据可查,且容易取得。所以,现在世界各国会计实务中通行的是历史成本的计量属性,并用会计准则加以规定。当然,企业在特定的情况下,也可能采用其他的计量属性,如现行成本或现行市价等。

适应会计计量的需要,会计逐渐形成了"货币计价"这一专门方法。此外,成本计算方法的作用和意义虽然是多方面的,但它同会计计量的需要相关。例如,企业购进一批材料,要对它进行计量,应采用历史成本属性是毫无疑问的。问题在于:除材料的发票价格构成它的历史成本外,还要发生各种采购费用,也应包含在材料的历史成本中,为此,就必须进行材料采购成本的计算,才能最终确定该批材料的历史成本。

抽象地看,会计计量是一个对具体会计要素按货币量度进行量化的程序,但实际工作中,计量贯穿在会计核算活动的全过程,是其他程序的前提,又是其他程序的结果。因此,会计计量的程序和方法,历来是会计的核心。以后,将另辟专门的章节介绍。

(三)会计记录及相应的技术方法

会计记录,是指对价值运动过程中的会计要素,经过确认与计量而可以进入会计信息系统处理的每项数据,运用预先设置的账户和有关文字及金额,按复式记账的要求,在账簿上加以登记的过程。

会计记录是会计核算的一个重要环节,形成为会计核算的一个子系统——复式簿记系统。通过会计的记录,既对价值运动进行详细与具体的描述与量化,又起到了对数据进行分类、汇总及加工等方面的作用,只有经过这一程序,会计才能生成有助于经济决策的财务信息。

由于要经过确认才能记录,而记录就必须要用货币来量化表现,所以,记录中同样有确认与计量的问题。但在记录时主要运用的会计方法有设置账户、复式记账、填制记账凭证和登记账簿等技术方法。

（四）会计报告及相应的技术方法

报告是指把会计所形成的财务信息传递给信息使用者的手段。

通过记录生成的信息量多又很分散，还必须压缩数量，提高质量，使其形成财务指标体系，这才能便于信息使用者的使用。

如何传递信息，在目前条件下，只能运用财务报告的方式，包括财务报表和其他财务报告。因此，会计形成了编制财务报表这一专门的方法，在编制报表之前，为了保证报表的数据真实、可靠，必须做到账证、账账、账实相符，因而，必须进行财产清查，这也是会计的专门方法。

报表是对账簿资料的再加工，这也就存在着哪些数据应进入报表以及如何进入报表的问题，这是另一意义上的确认，有人称之为第二次确认。

以上介绍的财务会计系统在处理数据、生成并传递信息过程中所必须经历的4个基本的程序及所运用的技术方法，可以用图2-1来表示：

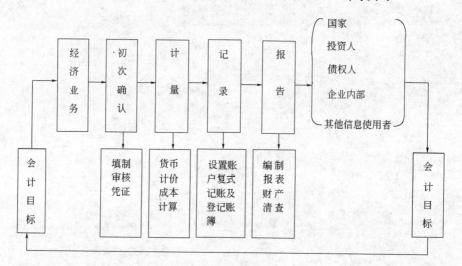

图2-1 会计程序与方法图

以上是对会计的程序和方法仅做了理论上最概括的说明。由于会计对象的特点及其同社会环境的关系，实际上有不同的程序和方法可供选择，会计有哪些程序与方法可供选择，应如何选择，利弊如何，等等问题，将在以后的有关内容中进行阐述。

◇ 思 考 题 ◇

1.你认为会计基本理论应包括哪些内容？为什么？

2.试根据你的理解给会计下一个定义。

3.谈谈你对会计对象的认识。

4.你对会计的职能有何认识？为什么？

5.你认为会计目标应解决哪些主要问题？

6.谈谈你对会计性质的认识。

7.试简要说明现代会计的基本程序与方法。

第三章

财务会计理论结构与会计准则

■财务会计理论结构
■会计准则

本章在阐述财务会计与管理会计、传统会计的区别和联系的基础上,归纳出财务会计的基本特征;对财务会计理论结构进行系统讨论;对美国财务会计概念框架(CF)作了简介。对会计准则的产生和发展、制定模式以及我国会计准则体系作了比较详细的探讨。

■财务会计理论结构

□财务会计的定义

财务会计迄今尚无严密的、统一的定义。

美国注册会计师协会(AICPA)所属的会计原则委员会(APB)认为:财务会计是会计的一个分支,它集中注意财务状况和经营成果的一般性报告即财务报表。这种报表提供了用货币表现企业的经济资源、债权以及导致经济资源和债权发生变动的经济活动的数量的一个不间断的历史。

美国会计学会(AAA)认为:财务会计是最终旨在编制整个企业的财务报表的会计程序,这种报表,既可供企业内部使用,又可供企业外部使用。与此相反,管理会计则直接积累和传递企业内部各个系统的信息,只供企业内部使用。

我国著名会计学家葛家澍教授认为:财务会计是在继承传统会计的基础上发展起来的一个重要会计分支,它基本上是一个财务会计信息系统,它立足于企业、面向市场。财务会计着重按企业外部信息使用者的需要,把企业视为一个整体,以各国(各地区)的会计准则或 GAAP 为指导,运用确认、计量、记录和报告等程序,提供关于整个企业及其分部的财务状况、经营业绩、现金流量等方面的财务报表和有助于使用者作出决策的其他报告手段。对财务报表,应由独立公正的注册会计师进行审计;对其他财务报告,在必要时则由注册会计师或外部其他专家进行审阅。

此外,还有许多关于财务会计概念的描述或定义。可见对财务会计进行科学严密的定义,并不是件容易的事。

□财务会计与管理会计、传统会计的比较

(一)财务会计与管理会计的比较

(1)从目标上看,财务会计侧重于为企业外部关系人提供信息服务,而管理会计侧重于为企业管理者提供信息服务。因此,前者常被称为外部会计,后者称为内部会计。

(2)从着眼点上看,财务会计主要着眼于企业过去的生产经营活动,进行事后归纳。而管理会计则主要着眼于未来的生产经营活动进行事前的筹划。

(3)从发挥作用的范围上看,财务会计主要解决全局性的问题,而管理会计既要解决企业管理的全局性问题,也要解决局部性问题。

(4)从系统结构上看,财务会计主要由确认、计量、记录、报告和表外信息披露等程序所构成,每一个会计处理程序和最终编制的财务报告必须符合ＧＡＡＰ或会计准则,而且要接受注册会计师的审计或其他专家审阅。而管理会计信息的加工和输出不受法定会计规范和固有会计程序的束缚,它主要通过预测、计划、计算、评估、比较等程序加工信息。

(二)财务会计与传统会计的比较

所谓传统会计,是指从中世纪以复式簿记作为记录的手段开始,历经四五百年,逐步形成的一套由许多惯例支撑的会计系统。

财务会计继承了传统会计中的精华,但又按照它自己的目标(向使用者提供有助决策的信息)发展了传统会计。确认、计量、记录和报告四大部分的传统惯例大体上也仍然是财务会计所奉行的惯例。比如:会计的确认,以权责发生制为基础,收入的确认,则遵循实现原则;会计的计量,以名义货币为主要计量单位,而以历史成本为主要计量属性;会计的记录,以借贷为记账符号、以复式记账为特征的复式簿记系统;会计的报告,基于复式簿记的机制,形成了科学严密的账户系统,可自动产生两份基本的会计报表;在确认和计量中,则奉行稳健性原则。

同时,财务会计是在传统会计的基础上发展起来的。现代财务会计要受GAAP或企业会计准则的约束,而传统会计则不然。在会计确认方面,按传统会计的观点,权责发生制是惟一的确认基础,而现代财务会计以权责发生制为

主,兼用收付实现制(如现金流量的确认)。在传统会计中,确认是针对收入和费用而言的,因而形成实现与配比原则,而财务会计把确认对象扩大为包括资产、负债等所有的会计要素,并通过财务会计概念公告提出了确认的基本标准。

在会计计量方面,传统会计强调会计信息的真实可靠,主要采用历史成本为计量属性,由于考虑谨慎性惯例,只对存货、有价证券等流动性较强的资产按"成本与市价孰低"的原则揭示于报表。财务会计在其发展过程中,由于经历世界性的通货膨胀和金融创新,特别是衍生金融工具的广泛采用,历史成本的局限性日益凸现出来,因此,多种计量属性并用是现代财务会计的发展趋势。

在会计记录方面,财务会计与传统会计均以复式簿记系统为基础,随着信息技术的发展,手工会计将为电脑会计取代。

在会计报告方面,财务会计中的"财务报告"比传统会计中的"会计报表"不仅外延上有所扩展,而且内涵上也更为丰富。就外延而言,财务报告除包括传统会计中的资产负债表和损益表外,还包括现金流量表、表外附注和其他财务报表,并且,财务报表必须经过独立审计师的审计,其他财务报表也应请外部专家审阅(葛家澍,1999)。

□财务会计的基本特征

我国著名会计学家葛家澍教授将现代财务会计的基本特征概括为以下 6个方面:

(1)它立足企业,面向市场,主要向企业外部利益关系集团报告企业下列整体信息:

①企业期初和期末的财务状况;

②企业在一定期间的经营、投资和理财等业绩;

③企业在一定期间的现金流入、流出和现金资源的变化。

(2)财务报告(其中心为财务报表)是财务会计信息传递的手段。其中,财务报表要遵守公认会计原则进行加工,并须经注册会计师审计。

(3)财务会计的数据处理与信息加工,凡进入财务报表的,必须经过确认、计量、记录等程序。在财务报表中揭示的信息要符合 GAAP 或会计准则的要求并予以"确认"。在其他财务报告中揭示的信息则称为"信息披露",有的是法律要求应予披露的,有的是管理当局自愿披露的。

(4)财务报告,特别是其中的财务报表,其数据皆来自过去的交易和事项,

基于可比和汇总的需要,财务报表中的项目都用货币金额来表示,因此:

①财务会计和财务报表提供的主要是历史信息;

②财务会计和财务报表提供的量化信息主要是货币信息;

③财务报表中确认的金额往往是加工、汇总的结果。这是为了按企业整体(或再按企业分部)来反映其财务状况、经营业绩、现金流量的需要。

(5)财务会计和财务报表是以一系列同外在经济环境相联系的基本假设为前提的,并在同使用者需要相联系的目标的指引下,运用一整套概念框架来建立和评估规范体系。

(6)由于一系列假定的存在和以权责发生制为确认的基础,财务会计和财务报表允许会计人员进行合理的评估和判断。因此,对财务会计信息的质量的要求只能是可理解、可比、相关与可靠的,而不可能绝对客观。

□财务会计理论结构

任何学科的理论体系一般都表现为一个概念体系,会计学也不例外。这是因为:概念是反映客观事物本质属性的一种思维方式,每门科学必须有一些基本概念作为这门科学理论的起点,否则就不可能将这门科学表述清楚,也就没有共同的科学语言;同时,一门科学的理论也必须通过严密的逻辑论证,才能形成,而概念是判断、推理的基础,没有概念,就无法构成判断和推理,也就无法阐明客观事物的规律性,更谈不上科学理论体系。所以,概念是认识过程中的"阶梯"。

会计发展到现代,会计理论也逐渐成熟起来,形成了一套比较完备的概念框架结构。作为会计理论重要组成部分的财务会计理论也呈现为一个概念体系(概念结构)。一般认为,财务会计理论结构的内容包括:会计基本前提、会计目标、会计要素、会计原则、会计程序和方法(会计要素的确认、计量、记录与报告)。

(一)会计基本前提

现代意义上的会计,是以商品经济为其客观环境的。会计总是处于一定环境下的会计。会计基本前提就是因商品经济客观环境对会计所提出的外部要求而致。因此,会计基本前提是指会计工作赖以进行的基本前提条件,是来自于会计客观环境的逻辑抽象,是环境赋予会计工作的基本特征。

在西方会计学界,将会计基本前提称为会计假设(Accounting Postulates)或会计假定(Accounting Assumptions),是指对会计学中的一些尚未确知(确切认识)的事物,根据客观的正常情况和发展趋势,作出的合乎情理的推断。这些推断,是以人们无数次会计实践的正确认识为依据作出的合乎逻辑的判断。并认为会计假设是普遍认可的基本概念,并具有5个特征:

(1)假设在本质上是普遍性的,而且是推导其他命题的基础;

(2)假设是不言自明的命题,他们或直接与会计职业相关或是构成其基石;

(3)假设虽是普遍认为有效的,但却是无法证明的;

(4)会计假设应具有内在一致性,它们不会互相冲突;

(5)每个会计假设都是独立的基本命题,并不与其他假设重复或交叉。

会计基本前提是会计准则建立的基础和约束条件。目前世界范围内被广泛认可的会计基本前提主要有4项:

(1)会计主体(Accounting Entity);

(2)持续经营(Going Concern);

(3)会计分期(Accounting Period);

(4)货币计量(Monetary Measurement)(含币值稳定)。

上述4个会计基本前提的含义和意义已在《会计学原理》等课程中学过,这里不再重述。下面仅分析一下为什么要有这些前提。

现代会计是依存于市场经济环境而发展起来的。在市场经济环境中,会计必然是要站在特定经济实体的立场上来开展会计工作,为特定经济实体及其相关利害关系人服务。这一特定经济实体就是会计主体,自然明确会计主体是进行会计工作的一项基本前提,它界定了会计工作的空间范围,从而也确定了会计信息的范围。

市场经济是充满风险和机遇的竞争经济,优胜劣汰是一条基本的市场经济规则。因此,部分会计主体之停业清算是不可避免的,但这毕竟是少数,且它们均会经历一段经营期间。正常经营与停业清算的会计处理,的确不同,可是基于上述认识,我们视会计主体持续经营为正常情况,停业清算为特殊情形,以此作为会计工作的基本前提条件之一,是能够得到市场经济环境的支持的。

既然会计主体持续经营是会计的基本前提之一,会计分期也就成了不可缺少的会计基本前提,这正是取决于市场经济中的决策主体——人的客观需要——了解企业的财务状况、经营成果和现金流量。有了会计分期和继续经营两项基本前提,就形成了权责发生制原则和配比原则,否则,营业收益就无法计算,也无法实现定期地提供会计信息。

货币计量则是一项来自会计所处市场经济环境和会计本质规定的基本前

提,这是不言而喻的。当然,该基本前提所附含的币值稳定,的确是一项假设,但它在目前基本上是成立的,作为便于进行会计工作而设定的会计工作之前提条件,其重要意义是显而易见的。有了货币计量和币值稳定的基本前提,就形成了历史成本原则,如果币值稳定的假设不存在,那么历史成本原则也就没有意义了。

由上可见,会计总是一定环境下的会计,4项基本前提均来自于会计运行环境的客观要求。会计基本前提在会计基本概念中的地位和作用是举足轻重的。如果没有这些基本前提,会计要素及其确认、计量、报告以及会计信息的质量特征等概念都会失去依据。

(二)会计目标

会计目标是指会计行为活动意欲达到的理想境地和标准。财务会计目标就是为会计信息使用者提供决策有用的信息。会计目标应解决3个问题:谁是会计信息的使用者;会计信息使用者需要哪些信息;会计如何来提供这些信息。会计目标的相关问题,我们已在第二章"会计的基本理论"中作了详细阐述。

(三)会计要素

1.会计要素的含义

会计要素是为实现会计目标,在会计基本前提的基础上,对会计对象的基本分类,是会计对象的具体化。

在第二章中,我们已经明确会计对象是价值运动。如果对会计对象的认识仅到此为止,实际上还是无法开展会计工作的,也无助于实现会计目标。因为价值运动是个非常抽象、概括的界定,要想实现提供相关信息这一会计目标,就必须对会计对象——价值运动进行科学的分类,揭示其既有联系又有区别的各个组成部分,以便加工整理其各方面的情况并予以综合报告,从而生动、形象、具体而又全面地将会计对象呈现出来。对会计对象的一系列具体的分类中,其中最概括、最基本的一个层次的分类就形成了会计要素。也就是说,会计要素是对会计对象的基本分类,是会计对象的具体化。会计要素是会计核算的基本单位,是会计确认、计量、记录和报告的基础。

那么,会计对象到底要分成多少个要素才是恰当的呢?这还要受制于会计的目标,服从于会计信息使用者的需要。也就是说,会计要素是在会计对象的范围内,依据会计目标而进行的对会计对象的基本分类,这种分类的基础应该服从于会计目标,它不能太细,也不能过粗。因为如果分得过细,就会导致同种性质的项目可能划归为两个不同的会计要素,从而使其不具有严密的概念特征;分得太粗,不便于会计更好地进行确认、计量、记录和报告,满足不了会计信息使用者的需要。

此外,会计要素的定义也要受会计基本前提的限定。例如,各国对"资产"的定义虽有一定差别,但较具有代表性的定义则应包括这样几个要点:(1)为某一特定主体拥有或控制;(2)因过去的交易、事项所形成;(3)可以用货币计量;(4)具有未来经济利益。会计要素受基本前提的影响可见一斑。

综上可见,会计要素是依据会计目标和会计基本前提,对会计对象的基本分类,是会计对象的具体化。

2.会计要素的内容

我国《企业会计准则》将会计对象分为 6 类会计要素,即资产、负债、所有者权益、收入、费用和利润。这 6 类会计要素可以分为两大类:

一类是反映会计主体的"财务状况"(Financial Position)的会计要素,包括资产、负债、所有者权益,这 3 项构成了反映会计主体在某一时点的财务状况的静态会计信息的基本框架,它们之间的数量关系是:资产 = 负债 + 所有者权益。

另一类是反映会计主体的"经营成果"(Results of Operation)的会计要素,包括收入、费用和利润,这 3 项构成了反映会计主体在某一期间的经营成果的动态会计信息的基本框架,它们之间的数量关系是:收入 - 费用 = 利润。

国际会计准则委员会在其 1989 年 7 月公布的《编制和呈报财务报表的结构》中,将会计要素分为 7 类:资产、负债、权益、经营业绩、收益、费用和资本调整(资产因价格变动的持有损益)。

美国财务会计准则委员会在其 1985 年 12 月发表的第 6 号概念公告《财务报表的要素》中,将会计要素分为 10 类:资产、负债、权益、业主投资、分派业主款、全面收益、收入、费用、利得、损失,并分别下了定义:

(1)资产(Assets):某一特定主体由于过去的交易或事项获得或控制的可预期的未来经济利益。

(2)负债(Liabilities):某一特定主体由于过去的交易或事项而现在承担的在未来向其他主体交付资产或提供劳务的责任,这种责任将引起可预期的经济利益的未来牺牲。

(3)权益或产权或净资产(Equity or Net Assets):在扣除某一主体的负债后,留剩的资产(净资产)之中体现的剩余权益(Residual Interest)。在企业中,产权就是业主权益(Owner's Equity)。

(4)业主投资(Investments By Owners)：由于其他主体为取得或增加在某一特定企业中的产权即业主权益,而把某些有价值的东西交付给企业,从而形成某一特定企业的资产的增加。业主投资最常见的形式是投入资产,但投入的标的物也可能包括劳务,或是企业负债的偿还与转让。

(5)分派业主款(Distributions To Owners)：由于企业对业主拨付资产、提供劳务或承担负债而形成的某一特定企业的净资产的减少。分派业主款减少了企业中的产权即业主权益。

(6)全面收益或综合收益(Comprehensive Income)：一个主体在某一期间与非业主方面进行交易或发生其他事项和情况所引起的产权(净资产)的变动。它包括这一期间内除业主投资和分派业主款以外的产权的一切变动。

(7)收入(Revenues)：一个主体在某一期间通过销售或生产货物、提供劳务或来自构成该主体不断进行的主要经营活动的其他业务所形成的现金流入或其他资产的增加,或负债的清偿(或两者兼而有之)。

(8)费用(Expenses)：一个主体在某一期间由于生产和销售产品、提供劳务或由于从事其他经济活动而发生的现金流出,或其他资产的耗用,或负债的承担(或两者兼而有之)。

(9)利得(Gains)：一个主体由于在其主要经营活动以外的或偶然发生的交易以及在某一期间除了由于收入或由于业主投资所引起的影响该主体的所有其他交易和事项导致的产权的增加。

(10)损失(Losses)：一个主体由于主要经营活动以外的或偶然发生的交易以及在某一期间除了由于费用或由于分派业主款所引起的影响该主体的所有其他交易和其他事项所导致的产权的减少。

这10项要素又可以分为两大类：

(1)从静态描述一瞬间的资产及对资产要求权的水平(余额),包括资产、负债和产权。即：

$$资产 = 负债 + 产权(净资产)$$

(2)其余7个要素则以动态描述在一定期间资产或对资产要求权的流动和变动的结果,他们的关系是：

$$全面收益 = (收入 - 费用) + 利得 - 损失$$

$$\frac{某一期间}{全面收益} + \frac{该期间}{业主投资} - \frac{该期间}{分派业主款} = \frac{期末}{净资产} - \frac{期初}{净资产} = \frac{期间内产权}{(净资产)的全部变动}$$

应当说明的是,全面收益是一项新创的名词,泛指所有业主投资及分派业主款以外的业主权益的变动。美国财务会计准则委员会(FASB)将现行损益表中的"收入 - 费用 + 利得 - 损失"的结果称为"净收益"(Net Income)或"盈利"(Earning)。本期盈利加上会计变更的累计影响数,前期损益调整数以及其他各项资产的持有损益(如资产重估增值或减值,长期投资未实现跌价损失等),即为本期的全面收益。全面收益与盈利的关系见如下例子。

+ 收入	100	+ 盈利	15
− 费用	80	− 累计会计调整	2
+ 利得	3	+ 其他业主权益变动	1
− 损失	8	= 全面收益	14
= 盈利	15		

(四)会计原则

会计原则:是指为实现会计目标,在会计基本前提的基础上确定的基本规范,是对会计核算和会计信息的基本要求。

会计原则是人们对会计实践经验的高度总结和理论概括,体现会计实践的基本规律和基本要求,因而具有普遍适用性。

会计原则为会计人员选择特定的会计程序和方法提供了基本的指导。会计人员只有在会计原则的指导下,才能保证会计核算和会计信息符合会计信息使用者的要求,实现会计目标。

在西方会计文献中,会计原则是一个多义词,经常与公认会计原则(Generally Accepted Accounting Principles, GAAP)、会计惯例(Accounting Convention)、会计准则(Accounting Standard)、会计概念(Accounting Concepts)等术语混用,但是,从理论上说,会计实务应该有一些原则可用来指导会计惯例、会计程序和方法或有关准则,这些原则通常被称为基本会计原则(Basic Accounting Principles),属于公认会计原则中的最高层次,因而也称为普遍性原则(Pervasive Principles)。

在我国,会计原则主要是指普遍适用性的一些会计原则即普遍性原则,通常称为"会计核算的一般原则或基本原则",简称会计原则。

根据我国《企业会计准则》、《企业会计制度》和《企业财务报告条例》等规定,我国会计核算的一般原则有13项。根据他们在会计核算中的作用,大体上可分为3类:一是衡量会计信息质量的一般原则;二是体现会计要素的确认和计量的一般原则;三是体现会计修正作用的一般原则。

1.衡量会计信息质量的一般原则

会计信息质量(特征):是指为了实现会计目标而要求会计信息应具备的

质量特征。

会计的基本目标就是为使用者提供决策有用的会计信息。很明显,会计目标不会自动地实现,只有通过良好的、必要的会计确认、计量、记录和报告等一系列的会计程序和方法,最终通过提供有助于决策的会计信息,才能实现会计目标。会计信息质量特征(Qualitative Characteristics of Accounting Information)正是选择或评价可供取舍的会计程序和方法的标准,是对会计目标的具体化。它主要回答:什么样的会计信息才算有用或有助于决策。会计信息质量特征比目标更具体地指导会计的确认、计量、记录和报告,他们是在进行会计选择时所应追求的质量标志。因此,会计信息质量的高低是评价会计工作成败的标准。会计信息必须符合或具备一系列的质量特征。

我国规定的 13 条会计原则中,体现会计信息质量特征的主要有:客观性、可比性、一贯性、相关性、及时性、明晰性等。

(1)客观性原则(Objective Principle)。客观性原则要求,会计核算应当以实际发生的交易或事项为依据,如实反映企业的财务状况、经营成果和现金流量。

客观性是对会计工作的基本要求。在进行会计核算时,会计人员应当以实际发生的交易或事项的证据(会计凭证)为依据,保证会计信息的真实性和可靠性;在选择会计程序和方法时,会计人员应当站在独立立场上,不偏不倚,不带主观倾向性,不能根据管理当局或其他利益集团的意愿行事。否则,失真的会计信息,不仅无助于使用者作出正确的决策,反而会误导使用者,导致决策的失误,如果是这样,会计也就失去了存在的意义。

应当指出,由于经济活动存在着不确定性,在会计中是不可能达到完全精确的,如折旧、摊销、预提、应计、递延等都难免要用到估计和判断。因此,在严格意义上,会计并不存在客观性的原则。但是,提出客观性要求仍有一定的意义,因为它可以把会计人员的估计和主观判断限制在确实需要的最小范围之内。

(2)可比性(Comparability Principle)。可比性原则要求,会计核算应当按照规定的会计处理方法进行,会计指标应当口径一致,相互可比。

为了达到可比性,相同的交易或事项应采用相同的会计程序和方法;相同的会计指标应当口径一致,即不同时期的同一会计指标所包含的经济内容应当相同,如资产负债表中的"货币资金"项目就应包括库存现金、银行存款和其他货币资金,等等。会计程序方法和会计指标的统一,是保证会计信息可比的基础,只有这样,才便于会计信息使用者比较不同企业或同一企业的不同时期的财务状况、经营成果和现金流量,从而满足使用者决策的需要。

(3)一贯性(一致性)原则(Consistency Principle)。一贯性原则要求,会计核算方法前后各期应当保持一致,不得随意变更。如确有必要变更,应当将变更的内容和理由、变更的累计影响数,以及累计影响数不能合理确定的理由等,在会计报表附注中予以说明。

在会计实务中,某些交易或事项往往存在着多种可供选择的会计程序和方法。如存货计价的先进先出法、加权平均法、移动平均法、后进先出法、个别计价法;计提折旧的年限平均法、工作量法、年数总和法、双倍余额递减法,等等。不同的会计程序和方法会导致不同的结果。在跨期使用会计程序和方法的条件下,为保证会计信息的可比性,避免使用者产生误解,一致性原则是不可或缺的。因此,会计人员对会计程序和方法的选择,应当慎重,一旦选用后,除非有正当理由,不得任意变更,而尽可能保持前后各期一致,以防止企业通过变更会计方法操纵各期会计信息,来蒙蔽会计信息的使用者。

一致性并不意味着企业绝对不能变更会计程序和方法,在符合一定条件的情况下,如原有会计方法所赖以存在的客观环境发生变化,或新的方法能够提供更为准确、更为有用的信息等,则应适时地变更会计方法,一致性不应成为阻止会计变更的借口。当然,会计方法的变更,必须在财务会计报告中作相应披露,将变更的内容和理由、变更的影响程度等,在报表附注中予以说明,以便报表使用者更好地理解和运用。例如,在报表附注中列示新旧方法所得出的结果及其差异等。

(4)相关性原则(Relevance Principle)。相关性原则要求,企业提供的会计信息应该能够反映企业的财务状况、经营成果和现金流量,以满足使用者的需要。

价值的信息在于其与决策相关,有助于决策。相关的会计信息有助于决策者预测过去、现在及未来事项的可能结果,据以作出最佳决策,从而具有预测价值;有助于决策者证实或更正过去决策时的预期结果,从而具有反馈价值。

如果会计提供的信息,不能满足信息使用者决策的需要,对决策没有什么作用,就不具有相关性。

(5)及时性原则(Timeliness Principle)。及时性原则要求,会计核算应当及时进行,不得提前或延后。

会计信息具有时效性。即使是客观、可比、相关的信息,若不能及时提供,也没有任何价值。因此,会计信息应在失去影响决策的能力之前提供给决策者,即必须在决策前提供。

(6)明晰性原则(Clarity Principle)。明晰性原则要求,会计核算和编制的财务会计报告应当清晰明了,便于理解和应用。

提供会计信息的目的在于帮助使用者作出决策。如果信息不清晰明了,不能为使用者所理解,无论质量再好,也只是无用之物。

会计信息能否被使用者所理解,取决于信息本身是否易懂和决策者的能力。会计人员应尽可能使会计信息清晰明了、易于被人理解,而使用者也应设法提高理解信息的能力,会计信息才能发挥最大的效用。

2.会计确认和计量的一般原则

我国规定的13条会计原则中,属于会计确认和计量的一般原则是:权责发生制、配比原则、历史成本原则、划分收益性支出和资本性支出原则。

(1)权责发生制原则(Accrual Basis Principle)。权责发生制原则要求,企业的会计核算应当以权责发生制为基础,即以款项的应收应付为标准来确认和计量各期间的收入和费用,而不以款项的实收实付(收付实现制或现金收付制—Cash Basis)加以确认和计量。

根据权责发生制,凡是当期已实现的收入和已发生或应当负担的费用,不论款项是否收付,都应当作为当期的收入和费用;凡是不属于当期的收入和费用,即使款项已在当期收付,也不应当作为当期的收入和费用。

有时,企业发生的货币收支业务与交易或事项本身并不完全一致。例如,销售已实现,但货款尚未收到;或款项已收到,而销售未实现;或前期付款,后期受益;或前期受益,后期付款;等等。为了合理地确定各期损益,衡量财务状况,就应当以权责发生制为基础。

收付实现制是与权责发生制相对应的一种确认基础,它以现金的实际收付作为确认收入和费用的依据。在编制现金流量表时,现金流量的确认要采用收付实现制;我国行政单位也采用收付实现制;事业单位除经营活动采用权责发生制外,其他业务也采用收付实现制。

(2)配比原则(Matching Principle)。配比原则要求,企业在进行会计核算时,收入与其成本、费用应当相互配比,同一会计期间内的各项收入和与其相关的成本、费用应当在该会计期间内确认。

配比原则是根据收入与成本、费用的内在联系,将一定时期内的收入与为取得收入所发生的成本、费用在同一期间进行确认和计量。它有两层含义:一是因果配比,将收入与其对应的成本、费用配比,如主营业务收入与主营业务成本、税金及附加配比,其他业务收入与其他业务支出配比;二是时间配比,一定期间的收入与同期间的费用配比,如当期收入与当期的营业费用、管理费用、财务费用等期间费用配比。

(3)历史成本原则(Historical Cost Principle)。这一原则要求,企业的各项财产在取得时应当按照实际成本计量。其后,如果发生减值,应当按规定计提相应的减值准备。除法律、法规和统一会计制度另有规定者外,一律不得自行调整其账面价值。

各项会计要素,都要以取得、发生或形成时的实际交易价格(实际成本)来计量,这主要是因为实际成本有客观依据,便于查核,也容易确定,比较可靠。因此,除法律、法规和统一会计制度另有规定者外,企业不得自行调整其账面价值。但是,如果资产已经发生减值,其账面价值已经不能反映其未来可收回金额,就应当按照规定计提相应的减值准备。

历史成本原则是由所有的会计基本前提共同确定的。首先,会计要计量的对象是特定会计主体的会计要素;其次,由于会计主体持续经营,因此,就排除了用清算价值来计量各项要素的可能性;再次,由于会计必须分期,成本就要分为两个部分:未耗用的,构成资产的价值,已耗用的,则成为应与收入配比的费用;最后,由于货币计量假设,各项要素都只能用货币单位加以计量。在这里,币值稳定假设可能引起争议。如果物价变动或货币购买力发生变动,坚持用历史成本来计量,很可能导致不相关信息,甚至出现谬误。所以,在物价变动会计中,成本原则往往要放弃。

(4)划分收益性支出与资本性支出原则(Income and Capital Expenditure Principle)。这一原则要求,企业的会计核算应当合理划分收益性支出与资本性支出的界限。凡支出的效益仅及于本会计期间(或一个营业周期)的,应当作为收益性支出;凡支出的效益及于几个会计期间(或几个营业周期)的,应当作为资本性支出。

企业在确认支出时,要区分两类不同性质的支出,将资本性支出列于资产负债表中,作为资产反映,以真实地反映企业的财务状况;将收益性支出列于利润表中,计入当期损益,以正确计算当期的经营成果。这是因为,资本性支出的效益可在几个连续的会计期间发挥作用,而收益性支出的效益只在当期发挥作用。

如果将资本性支出误记为收益性支出,就会低估资产和当期收益;将收益性支出误记为资本性支出,就会高估资产和当期收益。所有这一切,都不能正确地反映企业的财务状况和经营成果,从而不利于会计信息使用者的理解和决策。

3.起修正作用的一般原则

除了上述两类原则外,还有一些属于对上述原则加以补充、修正性质的原则,包括谨慎性原则、重要性原则和实质重于形式原则。在许多情况下,遵循上述原则的同时,还要考虑修正性原则的要求。

(1)谨慎(稳健)性原则(Prudential or Conservative Principle)。谨慎性原则(Prudential)又称为稳健性原则(Conservative),这一原则要求,企业在进行会计核算时,应当遵循谨慎性原则的要求,不得多计资产或收益,少计负债或费用,也不得设置秘密准备。

在市场经济条件下,企业的经营活动面临着竞争和风险,存在着很大的不确定性。因此,要求会计人员对于资产、收益或负债、费用、损失的确认,持稳健即谨慎态度,既不高估资产或收益,也不低估负债或费用。也就是说,凡可能的损失或负债,应充分予以估计;而可能的收益,一般不予以估计,或必须十分谨慎地予以估计。因此,在传统财务会计理论中,通常把稳健性原则概括为"预计可能的损失,而不预计可能的收益。"

谨慎性原则是一项修正性惯例。例如,计提资产减值准备、计提坏账准备、加速折旧法、存货计价的"成本与市价孰低法"等等,都是谨慎性原则的运用,体现了对历史成本原则的修正。

需要注意的是,谨慎性原则并不意味着企业可以任意设置各种秘密准备,否则,就属于滥用谨慎性原则,将视为重大会计差错,进行相应的会计处理。

谨慎性原则的应用,可能带有局限性。例如,一些企业或会计人员可能过分高估费用或低估收益,人为操纵损益。因此,一些会计学家不赞成把谨慎性原则列为基本会计原则,而称之为"惯例"(Convention)。还有一些会计学家认为所谓的稳健处理,事实上导致对企业资产或收益的低估。虽然会计上不宜低估费用和负债,但是也不应当低估资产和收益。因为这两方面的低估都可能误导使用者的决策。所以,自20世纪80年代以来,西方财务会计理论中,对稳健性原则的解释和应用,均发生了一定的变化,不再片面地强调预计可能的损失而不预计可能的收入。例如:FASB就明确提出:"稳健性表示对经营环境中不确定性的审慎处理。如果对未来收支事项存在两种相同的可能性,稳健性要求选择相对稳健的预计。但是,财务报告中的稳健性不应等同于有意或一贯地低估净资产和利润"。

为了克服稳健性原则在应用中的局限性,避免这一原则的滥用,我国规定"不得设置秘密准备"这一限制性条件。

当然,稳健性原则的正确运用,在很大程度上取决于会计人员的职业道德素质和对"不确定性"的正确判断。事实上,"既不高估资产或收益,也不低估负债或费用"在理论上好说,但在实际操作中很难把握,要想做到恰到好处或合理的估计,不是一件很容易的事。

(2)重要性原则(Materiality Principle)。重要性原则要求,在会计核算中,应当考虑成本和效用(效益)的约束条件,重要的会计事项必须严格确认、计量、记录和报告,予以充分、准确的披露;次要的会计事项,可以适当简化处理。这样,既可以保证会计信息的效用,又可节省提供信息的成本。可见,重要性原则是对客观性原则的进一步补充、修正。

"重要性"的根据取决于是否对会计信息使用者的决策产生影响。也就是说,足以影响使用者作出合理判断和决策的会计事项,即是重要事项,应当单独提供或揭示。

重要性原则的应用,很大程度上取决于会计人员的职业判断。一般来说,可以从性质和数量两方面加以综合考虑。从性质看,可能足以影响决策的,就视为重要事项;从数量来说,某一事项的数量达到一定金额限度时,就可能对决策产生影响。但这种判断限度只是相对的。例如,1 000 元的损失,对大企业可能是不重要的,但对小企业可能非常重大。此外,如果该损失是因自然灾害造成的,可能不重要,但倘若是贪污挪用等舞弊行为导致的,则十分重要,要视为重要事项处理。

可见,会计信息并非越多越好。呈报的信息太多,真正相关的信息就可能被掩盖,甚至产生误导。

(3)实质重于形式原则(Substance Over Form)。这一原则要求,企业应当按照交易或事项的经济实质进行会计核算,而不应当仅仅按照它们的法律形式作为会计核算的依据。

在实际工作中,交易或事项的外在法律形式或人为形式并不总能完全反映其实质内容。所以,会计信息要想反映其所拟反映的交易或事项,就必须根据交易或事项的经济实质,不能仅仅根据它们的法律形式进行核算。

例如,以融资租赁方式租入的资产,虽然从法律形式来看承租企业并不拥有其所有权,但是由于租赁合同规定的租赁期相当长,接近于该资产的使用寿命;租赁期结束时,承租企业有优先购买该资产的选择权;在租赁期内承租企业有权支配资产并从中受益。因此,从其经济实质来看,企业能够控制其创造的未来经济利益。所以,会计核算上将以融资租赁方式租入的资产视为承租企业的资产。

如果会计核算仅仅按照交易或事项的法律形式为依据,而其法律形式又没能反映其经济实质,那么,其最终结果将不仅不会有助于会计信息使用者的决策,反而会产生误导。

上述 13 条会计原则如图 3 – 1 所示。

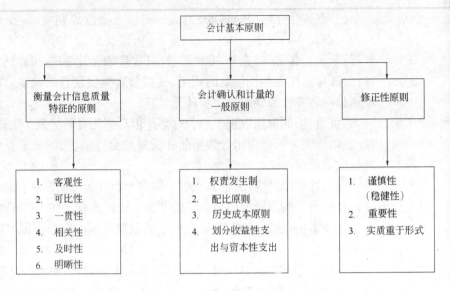

图 3 - 1　会计基本原则

(五)会计程序和方法

会计程序和方法是在会计原则的指导下,对会计要素进行确认、计量、记录和报告的会计技术方法。

从广义上说,会计方法包括会计程序,会计程序是会计方法的一个组成部分。会计程序仅仅指会计账务处理的步骤。例如,固定资产首先是以其购置成本作为资产价值入账,然后根据使用或磨损情况,通过计提折旧计入各期费用,这种账务处理的不同步骤,称之为会计程序;但计提折旧是采用直线法还是采用加速折旧法,则属于会计方法问题。

如上所述,会计程序和方法,实质上就是对会计要素进行确认、计量、记录和报告的技术方法。会计要素的确认、计量、记录与报告既是一个方法问题,又是一个理论问题。如怎样进行确认、计量、记录与报告是一个方法问题,但确认的标准、计量属性的选择、报告内容的选择等却又是个理论问题。因此,会计程序和方法也是财务会计理论的一个重要组成部分。

会计程序和方法是为实现会计目标服务的,是在一定的会计原则的指导下形成和发展起来的。从某一企业来说,其会计程序和方法是其根据自身的生产经营业务特点,对会计程序和方法选择的结果。会计程序和方法一经选择确定,就成为企业的会计政策(会计政策是指具体的会计程序和会计方法)。

综上所述,财务会计理论结构(体系),可概括如图 3 - 2 所示。

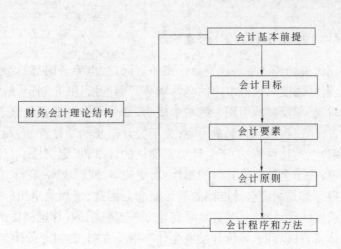

图 3-2　财务会计理论结构

□美国财务会计概念框架(CF)简介

从 20 世纪 70 年代中期以来,西方财务会计理论研究出现了一个新的发展趋势,即由准则制定机构直接着手研究财务会计概念框架,出现了以会计目标和基本概念为基础的财务会计理论新体系。

(一)财务会计概念框架的涵义

财务会计概念框架(Conceptual Framework of Financial Accounting,简称 CF):是以财务会计的基本假定为前提,以目标为导向而形成的一整套相互联系、协调一致的概念体系(理论体系)。

美国财务会计准则委员会(FASB)认为:概念框架是一部宪法,一种相互联系的基本概念与目标协调一致的体系。这些概念可用来指导首尾一贯的会计准则,并说明财务会计和财务报告的性质、作用和局限性。在制定、解释和应用会计与报告准则时,可能需要反复地引用它们。

概念框架是会计理论的组成部分,但不是理论的全部,理论还包括各种相互对立的学说、思想和观点。概念框架仅仅限于财务会计和财务报告的基本前提,目标是保证财务报表应予确认各项要素及其计量和其他财务报告中应予披露的内容符合框架中的概念。在财务报表中的确认和计量中,以及其他财务报告中的披露事项中,都应当运用前后关联并协调一致的基本概念,以基本假设为前提,力求与目标相一致。(葛家澍,1999)

(二)概念框架(CF)的意义

现代市场经济要求规范会计实务。因此,世界各国都纷纷通过制定会计准则、会计制度来规范本国的会计实务。如前所述,在制定、解释和应用会计准则时,必须反复地引用一些基本概念,如关于会计要素的概念:资产、负债、所有者权益、收入、利润、费用等;关于会计信息的质量特征:相关性、可靠性、可理解性、可比性等;关于会计要素确认的标准:可定义性、可计量性、权责发生制等;关于会计要素计量的属性:历史成本、现行成本、现行市价等等。所有这些概念都是制定会计准则的基础概念。因此,要想制定出一套有较强的内在一致性的会计准则,就必须研究建立一套科学的、首尾一贯的、相互关联的概念体系,并以此来评价和发展会计准则。否则,在制定会计准则时所依恃的基本概念本身都不能前后一致而相互矛盾,那么,制定出来的会计准则缺乏内在一致性也就势所难免。例如,以美国为代表的西方国家,在20世纪70年代以前,由于没有考虑为制定会计准则建立一套前后一贯的基本概念,导致了前后各期制定的会计准则相互矛盾、难以协调,从而招致人们的大量批评,甚至招致准则制定机构的改组,影响准则的权威性和公认性。为了吸取以前的经验教训,从70年代中期以后,开始重视对"CF"的研究,并取得了一定的成果。

西方会计学界认为,概念框架研究的意义主要是:

1.为评估和指导会计准则的发展提供一个"规范性"的理论基础

例如,FASB指出"CF"将能够指导首尾一贯的会计准则,并且将说明财务会计和财务报表的性质、作用和局限性,制定、解释和应用会计准则将反复地引用这些概念。这样,CF将促使准则制定机构保持有关准则的内在逻辑的一贯性,减少或避免不同准则的冲突,限制实务中相同交易的多种处理方法程序,尽可能做到规范化。

又如,在1982年,当时FASB的主席唐纳德·柯克认为:"有了概念框架,会计准则的制定就有了方向。否则,它们的制定将是缓慢的。如果缺乏概念框架,势必招致外界集团的批评,比如指责会计准则的发展是毫无目标与宗旨的"。或者说,"只有以概念框架为指导,将来的会计准则才能以更为合理和一致的方式制定。"

从以上这些引述我们可以发现,评估现有的会计准则和指导未来会计准则的制定,是CF最重要的作用。可以说,CF本身也正是因这一评估、指导和发展会计准则的需要而被研究和发展的。

2.有助于使用者理解财务会计和财务报告

概念框架可以增进报表提供者和使用者之间的沟通,帮助使用者了解财务会计和报告的一些基本概念与原理,理解报表各项目指标或会计信息的涵义、作用与局限性,据以作出恰当的分析判断和正确的经济决策。显然,使用者对财务报告的理解越全面,他们就越有能力有效地运用会计信息。所以 CF 可望加强财务会计和报告的有用性,并赢得人们的信任。

3.可以节省准则制定成本

由于经济形势的变化迅速,往往有许多具体的会计准则难以及时适应会计实务的发展。如果有一套严密的概念框架,可以相对减少准则文告的数量与复杂性,或者在某些环境条件变化之时,可以为特定会计问题的实务处理提供一定的指南。所以,美国会计学家所罗门斯认为:"概念框架应该使节约精力可以实现,许多会计问题具有共同的要素,当 FASB 接触到这些问题时,不应该每一次都予以考虑。"

4.抵制利益集团的政治压力

会计准则要涉及不同集团的利益,其制定过程往往被认为带有政治色彩或是一个政治化的过程(Politicalization Process)。不同的利益集团都试图施加压力来干预准则的制定,也包括通过立法机构或政府出面接管会计准则的制定权。所以,对民间性会计准则制定机构来说,应付这一方面的挑战和关键对策,就是为财务会计与报告建立一套能够为各方面利益集团普遍认可、接受的概念框架,缓和或抵消各方面的政治压力。

综上所述可见,现代市场经济要求规范会计实务,而要规范成功,取得较好的规范效果,就必须研究财务会计概念体系,并建立起一套科学的首尾一贯的概念框架。

(三)概念框架的主要内容

西方诸多国家及有关国际组织所构建的"财务会计概念框架",目前主要包括以下内容:会计基本前提、会计目标、会计要素、会计信息质量特征、会计要素的确认、计量、记录和报告。如图 3-3 所示。

在图 3-3 所字的概念框架图中,有关会计基本前提,会计目标,会计要素,会计原则等内容已在前面的相关内容中作了较为详细的介绍,下面仅就其中的会计信息质量特征和会计要素的确认与计量作些补充说明。

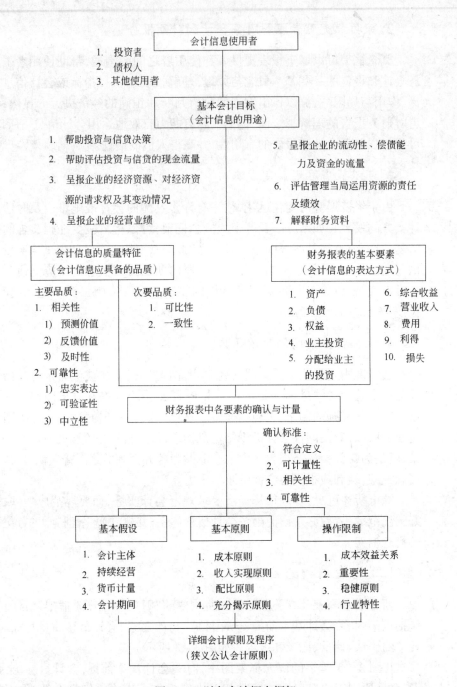

图 3-3 财务会计概念框架

1.会计信息的质量特征

美国财务会计准则委员会(FASB)认为,会计信息必须具备一系列质量特征,这些质量特征及其内在关系如图 3-4 所示:

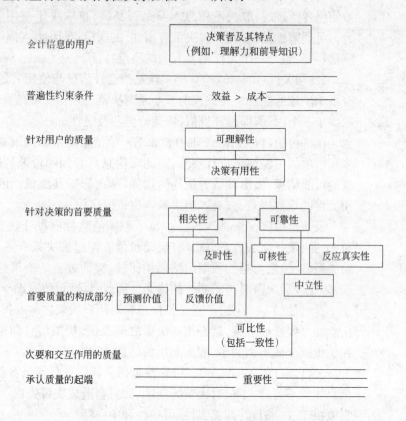

图 3-4 会计信息质量的层次结构

从上图中可以看出,在确定会计信息质量特征时,要首先考虑会计信息的使用者(决策者)及其特点。

信息能否对决策者的决策有用,取决于决策者是否能理解会计信息,故有"可理解性"(Understandability)作为决策者与决策有用性的连接点。

会计信息最重要的质量特征是"决策有用性"(Decision Usefulness),在这一最基本质量特征的前提下,并且符合效益大于成本和重要性这两个约束条件下,还应具备一系列其他质量特征;可理解性、相关性、可靠性、可比性,这是国际会计准则与世界许多国家会计准则中基本一致的观点。我国会计原则中有关衡量会计信息质量的一般原则与此大同小异。

(1)可理解性(Understandability)。可理解性是指会计信息能够被使用者所理解即会计信息必须清晰易懂。

信息若不能被使用者所了解,即使质量再好,也没有任何用途。信息是否被使用者所理解,取决于信息本身是否易懂,也取决于使用者理解信息的能力。可理解性是决策者与"决策有用性"的联接点,因此,它不仅是信息的一个质量特征,也是一个与使用者有关的质量特征。

(2)相关性(Relevance)。相关性是指会计信息与使用者的决策相关,并具有影响决策的能力。相关性的核心是对决策有用。一项信息是否具有相关性取决于3个因素,即预测价值,反馈价值和及时性。

预测价值(Predictive Value)。如果一项信息能帮助决策者对过去、现在及未来事项的可能结果进行预测,则此项信息具有预测价值。决策者可根据预测的可能结果,做出其认为最佳的选择,从而影响其决策。因此,预测价值是相关性的重要因素,具有影响决策者决策的作用。

反馈价值(Feedback Value)。如果一项信息能有助于决策者验证或修正过去的决策和实施方案,就具有反馈价值。把过去决策产生的实际结果反馈给决策者,使之与当初预期的结果相比较,验证过去的决策是否有误,总结经验,防止今后决策时再犯同样的错误。因此,反馈价值有助于未来决策。

及时性(Timeliness)。它是指信息在对用户失效之前就提供给用户。任何信息如果要影响决策,就必须在决策之前提供,相关信息如果不能及时提供,相关也就变成不相关了,成为无用的信息。

(3)可靠性(Reliability)。可靠性是指会计信息必须是客观的和可验证的。信息如果不可靠,不仅对决策无帮助,而且会造成决策失误。一项信息是否可靠取决于3个因素:即真实性、可核性和中立性。

真实性(Faithfulness)。所谓真实性就是要如实表达,即会计资料应以实际发生的经济业务为依据,内容真实,数字准确,资料可靠,记录和报告不加任何掩饰。

可核性(Verifiability)。所谓可核性,是指信息经得住复核和验证,即由独立的专业和文化素养基本相同的人,分别采用同一方法,对同一事项加以处理,能得出相同的结果。

中立性(Neutrality),所谓中立性,是指会计信息应不偏不倚,不带主观成分。将真相如实地和盘托出,结论让用户自己去判断。会计人员不能为了某种特定利益者的意愿或偏好而对会计信息作出特殊安排,故意选用不适当的计量方法,隐瞒或歪曲部分事实,来诱使特定的行为反映。

会计信息的可靠性,一方面取决于会计人员的工作质量,但又不完全为会计人员所左右,有时会计人员受环境和会计方法本身的局限,对提高会计信息的可靠性无能为力。

(4)可比性(Comparability)。可比性是指一个企业的会计信息与其他的同类会计信息尽量做到口径一致,相互可比。

不同企业的会计信息或同一企业不同时期的会计信息,如能相互可比,就会大大增强信息的有用性。一家企业的会计信息如能与其类似企业的会计信息相比较,如能与本企业以前年度同日期或其他时点类似的信息相比较,就不难发现他们之间相似相异之处,从而为决策分析提供依据。

为保证会计信息的可比性,就必须有统一的会计准则和会计制度,来保证不同企业的信息共性,这就是会计的一致性(Consistency)。没有这种一致性,就无法保证会计指标口径一致,相互采用的会计方法和程序前后各期具有连贯性。这就要求企业对会计方法或原则的选用应慎重,一旦选用,除非有正当理由,不得任意变动,以确保会计信息的可比性。可见,可比性包括了一致性的要求。

2.会计要素的确认与计量(Recognition and Measurement)

(1)确认的定义。FASB对确认的定义是:"确认是指把一个事项,作为资产、负债、所有者权益、收入、费用等正式加以记录和列入财务报表的过程。确认包括用文字和数字来描述一个项目,其金额包括在财务报表的合计数之内"。而且,确认包括对项目嗣后发生变动或清除的确认。例如,对于一笔资产或负债,不仅要记录该项目的取得或发生,还要记录其后发生的变动,包括从财务报表中予以清除的变动。

(2)确认的标准(条件)。FASB提出了4条基本确认标准:

可定义性——应予确认的项目必须符合某个会计要素的定义;

可计量性——应予确认的项目应具有相关并充分可靠的可计量属性;

相关性——项目的有关信息应能与使用者的决策相关,即具有影响决策的能力或对决策产生一定的影响。

可靠性——信息如实反映,可验证和不偏不倚。

凡符合4个标准的,均应在效益大于成本和重要性这两个约束条件的前提下予以确认。

在上述4条基本确认标准中,相关性和可靠性原是为实现会计目标而规定的会计信息的两个质量特征。当他们列为确认的基本标准时,意味着要根据某个项目是否具有相关性和可靠性,来决定它应否列入报表和在何时列入报表。

从上述确认的定义和标准,可以看出,确认与计量、记录乃至报告都有联系,广义上的确认概念,可以把会计的记录、计量和报告这 3 个过程都包括在内。它的主要特点是:

第一,何时和以何种金额并通过什么要素记录,具体表现为记账。

第二,何时以何种金额并通过什么要素列入财务报表,具体表现为结账和编制财务报表。

(3)计量。计量问题是财务会计的核心问题。确认是计量的前提,而计量是把已确认的交易或事项加以定量化(确定其货币金额),并予以入账和列入财务报表的必要手段。

计量问题主要涉及 3 个方面的内容,即计量单位、计量属性和计量模式。这些内容留待"会计计量理论"(第四章)一章中讨论。

■会计准则

□会计准则的产生与发展

会计准则(Accounting Standards)是进行会计工作的规范,是处理会计事项的标准,是评价会计工作质量的准绳。

20 世纪初,资本主义经济获得了前所未有的发展,社会化大生产的规模日益扩大,原有的独资、合伙企业组织形式,已不能适应社会化大生产的要求,在这种情况下,股份制企业应运而生。这样,企业外部形成了比独资或合伙企业更为庞大的利害关系集团,他们都因直接或间接的利益关系,在不同程度上需要关注企业的财务状况和经营成果,需要从企业对外发布的会计报表中取得有用的决策信息。然而,在当时,企业的会计核算完全是企业自己的私事,企业采用什么样的会计处理方法和程序完全取决于企业自身经营管理的需要。这样,就造成了企业的会计报表不能被报表的使用者普遍接受和理解,企业提供的会计报表缺乏可比性。再者,会计实务中,对资产的计价、成本的计算、收益的计量等,往往带有一定程度的主观判断,不同的会计人员对于同样的原始资料,即使排除有意舞弊的企图,如果采用了不同的会计处理方法,也会得出不同的结论,编制出结果不同的会计报表。

鉴于以上原因,西方国家的各界人士纷纷要求在尽可能科学、公正和客观的基础上,对各行业的会计核算进行规范,制定出统一标准的会计核算程序和方法。1929 年发生的经济大危机,使得人们对会计规范的重要性有了进一步认识。危机过后,人们在总结历史教训中认识到,企业弄虚作假,提供失真的财务报表,客观上对金融证券市场的混乱和经济危机起了推波助澜的作用。1933 年和 1934 年,美国相继通过了证券法和证券交易法,这是会计规范上升为法律形式的典范和开始。目前,世界上许多国家和地区都建立了自己的会计准则体系。我们简单介绍一下美国、英国和国际会计准则的发展情况。

(一)美国

美国的公认会计原则(Generally Accepted Principles, GAAP)是在证券交易委员会(Securities Exchange Commission, SEC)的支持下,由独立的民间会计组织制定的。

1.会计程序委员会(1936～1959 年)

美国会计程序委员会(Committee on Accounting Procedure, CAP),在 1936～1959 年期间共发布了 51 份《会计研究公报》(Accounting Research Bulletins, ARBs)。其中前 8 份研究公报专门阐述一些基本名词和概念,其余的都是针对具体的实务问题。

CAP 发表的 ARBs,主要是对现行的会计处理惯例加以选择和认可,而缺乏对会计原则的系统研究。大部分 ARBs 都是就事论事,缺乏前后一贯的理论依据,对同一事项的会计处理指南,往往前后矛盾,并允许会计方法程序的过分多样化,其强制性和权威性也不够。结果,CAP 招致实务界和理论界的普遍抨击,使其在 1959 年不得不停止工作。

2.会计原则委员会(1959～1973 年)

1959 年,成立了会计原则委员会(Accounting Principles Board, APB)取代了会计程序委员会。

APB 在 1959～1973 年共发表了 31 份《会计原则意见书》(APB's opinions),此外,还发表了 4 份说明(APB's statement)。APB 与 CAP 的一个重大区别是,其发表的文告权威性和强制性得到认可和提高。

但是,APB 的工作仍然不能令会计职业界和工商界满意。外界批评 APB 只对实务问题采取"救火机"的工作方式,而忽视了基本会计理论研究从而使它的"意见书"缺乏理论框架而出现了不一致。另外,APB 无法对经济环境的变化作出正确反映并无力抵制某些外界集团的压力。

3.财务会计准则委员会(1973~今)

由于会计原则委员会(APB)在工作上的失误,于是,在1973年成立了一个新的独立性的财务会计准则委员会(Financial Accounting Standards Boards,FASB),FASB取代了APB,作为专门的会计准则制定机构一直工作到现在。

FASB的主要任务是,针对重大会计问题,回顾前任机构制定的准则文告,并制定相应的财务会计准则及其解释文件等。FASB成立以来所发布的正式文告有4大类。

(1)财务会计准则公告(Statement of Financial Accounting Standards,SFAS)。FASB制定的准则公告,在程序上比APB和CAP更加科学严密,对实务处理的规范性要求比APB制定的"意见书"更为严格,它已尽量缩小不同备选方法的并存状况。而且,这些准则公告得到了证券交易委员会(SEC)的明确支持,其权威性大大增强。

FASB从1973年成立,到1999年6月共发布137份《财务会计准则公告》(SFAS),以后根据经济环境变化,还会继续发布。

(2)解释(FASB'S Interpretations)。解释是对现有准则的修正和扩展,它与准则公告具有同等的权威性。但是一般来说,解释的制定不必经过像准则公告那样严密的应循程序(Due Process)。

(3)财务会计概念公告(Statement on Financial Accounting Concepts,SFACs)。自20世纪70年代以来,FASB在制定财务会计准则公告的同时,还花相当一部分精力对一系列财务会计概念进行研究,以便为会计准则的制定提供一个良好的理论框架。FASB先后发表了7份正式的财务会计概念公告和一些公告草案。

(4)技术公报(Technical Bulletins)。FASB发布技术公报的目的在于,为财务会计与报告实务问题以及准则公告的执行提供指南。技术公报的发布有3个前提:不会导致大部分企业会计实务的重大改变;实施成本较低;不会与其他基本会计原则发生冲突。

尽管FASB在制定财务会计准则方面取得了很大的成绩,然而,它也经常因为未能及时提供紧急问题的准则执行指南而备受批评。为此,FASB采取了相应的对策:一是于1984年建立了紧急问题工作组(Emerging Issues Task Force,EITF);二是扩大技术公报的研究范围,使之提供更及时的实务处理指南。

EITF的组建是对两个现象的反应。一方面,会计人员在新情况、新问题面前找不到现有准则文告的支持,如利率互换和一些新的金融工具等;另一方面,又有许多会计人员抱怨准则过多过细。FASB建立EITF,试图同时解决这两个问题。

EITF 的成员主要来自会计师事务所,也包括了由财务经理协会(FEI)、管理会计师协会(IMA)等推荐的行业代表。SEC 的首席会计师作为观察员,也定期参加工作组的会议。EITF 在 FASB 制定和推广财务会计准则方面,起着越来越重要的作用。

4.推动"公认会计原则"(GAAP)发展的主要组织

(1)美国注册会计师协会(American Institute of Certified Public Accountants,AICPA)

(2)美国证券交易委员会(SEC)

(3)美国会计学会(American Accounting Association,AAA)

(4)美国管理会计师协会(Institute of Management Accountants,IMA).

(5)政府会计准则委员会(Governmental Accounting Standards Board,GASB)

(6)财务经理协会(Financial Executives Institute,FEI)

(二)英国

在英国早期,最有影响的会计职业团体是 1880 年成立的英格兰和威尔士特许会计师协会(Institute of chartered Accountants in England and Wales,ICAEW)。该协会在 1942～1969 年共发布了 29 项《会计原则建议书》(Recommendations on Accounting Principles,RAP),都是最佳会计实务的说明,不具有强制性,由企业自愿遵循,容许采用不同惯例。1969 年 12 月,该协会发布了一份说明书——《20 世纪 70 年代会计准则意图说明》(Statement of Intent on Accounting Standards in1970's),建议成立专门的机构来发布权威性的意见,以缩小企业之间在会计实务上的差异。

1970 年,该协会同爱尔兰特许会计师协会(ICAI)和苏格兰特许会计师协会(ICAC)一起,成立了会计准则指导委员会(Accounting Standards Steering Committee,ASSC)。该委员会在 1976 年发表了《公司报告》(Corporate Report)阐明了财务报告的目的及其实现的手段。

1974 年,英国 6 个会计职业团体(除上述 4 个特许会计师协会外,还包括成本与管理会计师协会,特许公共财务与会计协会),联合组成会计团体协商委员会(Consultative Committee on Accounting Bodies,CCAB),从此,会计准则指导委员会就归会计团体协商委员会领导,1976 年,更名为会计准则委员会(Accounting Standards Committee, ASC),负责制定英国的会计准则。到 1990 年 8 月,该委员会共发布了 55 个征求意见稿,2 个会计实务建议说明书,28 个讨论稿,65 个技术说明书,25 个《标准会计实务公告》(Statement of Standard Accounting Practice,SSAP)。《标准会计实务公告》具有一定的强制力,企业必须执行。会计准则委员会的成立,标志着英国式会计准则的结构体系的形成。

由于对原会计准则委员会(ASC)独立性存在着诸多批评,1990 年 8 月,会计职业界对其进行了改组,并更名为 Accounting Standards Board(ASB,即新会计准则委员会或会计准则理事会)。与 ASC 相比,ASB 具有较强的独立性。到 1995 年底,ASB 共发布了 8 号《财务报告准则》(Financial Reporting Standards, FRS)和 1 号会计原则公告。这些加上经确认有效的《标准会计实务公告》,构成英国会计准则的主要内容。

(三)国际会计准则委员会(IASC)

国际会计准则委员会(International Accounting Standards Committee,IASC)是一个国际性民间会计组织,于 1973 年 6 月 29 日由澳大利亚、加拿大、法国、原联邦德国、日本、墨西哥、荷兰、英国、美国等 9 个国家的 16 个主要会计职业团体,在伦敦发起成立的。目前,国际会计准则委员会(IASC)已发展到拥有来自 80 多个国家专业会计组织的一百多个会员。1997 年 7 月,我国加入了国际会计准则委员会。

由于国际会计准则委员会的成员不是各国政府,而是各国的主要会计职业团体,所以,IASC 不是一个超国家的权力机构,它所发布的国际会计准则(International Accounting Standards,IAS),并不具有约束性。截至 2001 年,共发布了 37 项国际会计准则,目前适用(实际生效)的有 35 项。今后还会继续发布。

2001 年,IASC 基金会管理委员会对 IASC 进行重组。重组后的 IASC 的核心机构包括:基金会管理委员会、准则咨询理事会、会计准则理事会(International Accounting Standards Boards,IASB)、常设解释委员会等。其中,IASB 负责制定国际财务报告准则(International Financial Reporting Standards,IFRS)。IFRS 还将涵盖财务信息方面的准则,如环境报告准则和可持续发展准则等。

IASC 过去发布的"国际会计准则"(IAS)及解释公告,在没有被 IASB 修订或废止之前,仍然有效。这意味着,目前所说的国际会计准则是由 IFRS 和 IAS 及其解释公告组成的集合体。

IASB 成立以来,在技术层面上主要围绕企业合并、股票期权、业绩报告、保险合同会计、首次采用 IFRS、完善现有准则进行讨论。

为了适应世界经济一体化潮流,重组后的 IASC 重新修订了其章程。确立了 3 大目标:

(1)制定一套高质量、可理解和可监督实施的、符合公众利益的全球性会计准则,这套准则要求财务报表及其他财务报告,提供高质量、透明和可比的信息,以帮助世界资本市场的参与者及其他使用者作出经济决策。

(2)促进这些准则的使用和严格的运用。

(3)实现国际会计准则与各国准则的趋同化(Convergence),不再使用"协调化"(Harmonization)一词,寻求高质量的解读方案。

从发展趋势看,高质量、可理解、可监督实施的全球性会计准则的时代即将到来。世界经济一体化将成为推动全球性会计准则的最根本推动力。在资本市场日趋全球化的发展进程中,国际投资者将不再容忍多套不同的会计游戏规则,具有"本国特色"的会计准则,其生存空间将日益狭小,过分强调'本国特色'有可能被国际资本市场拒之门外。(黄世忠,2002)。

另一方面,国际财务报告准则的"美化"和"欧化"势不可挡。这是由美国和欧盟的经济实力所决定的,因为在新的 IASC 框架下,提名委员会、基金会管理委员会、IASB 等重要机构基本上由欧美人士所垄断,欧美人士控制着重组后的 IASC 的人事权和财务权,且他们在工作语言及准则制定经验方面占据优势,除了按照欧美的会计思想模式制定和颁布国际财务报告准则外,IASB 别无选择。SEC 和 FASB 早期对 IASC 改革态度暧昧,但欧盟态度明朗后,他们立即改变消极观望的做法,转而全方位的积极介入,决心在控制国际会计准则改革的发展方向上与欧盟一争高低。

但是,全球性会计准则的推广运用任重而道远,需要在 5 个方面进行基础设施建设。

(1)建立一个高质量的独立的会计准则制定机构;

(2)建立一个高质量的审计准则制定机构;

(3)建立全球性的监督实施机构;

(4)建立全球性的公司治理结构;

(5)对国际会计准则和国际审计准则进行充分教育和培训。(David Cairns,2001)。其中,目前只完成了第一个。

另一方面,全面推行全球性会计准则面临着几大挑战:

(1)现行 IAS 因允许太多选择而"信誉不好",完善现行准则将是一项艰辛的任务。

(2)欧盟在 2005 年采纳国际会计准则的计划雄心勃勃,但其认可机制在最好的情况下,可能阻碍全球性会计准则的实施过程,在最坏的情况下,可能驱使越来越多的国家转而采纳美国的 GAAP。

(3)在美国上市的外国公司,如果按照国际会计准则编制财务报表,今后是否仍然必须再按美国的 GAAP 编制差异调整表？SEC 在这一问题上至今尚未明确态度。

所以,全球性会计准则的推广应用面临巨大挑战与考验。

□会计准则的制定模式

会计准则是当前世界流行的、用于规范财务会计和财务报告的手段,但名称繁多,例如:我国称为"企业会计准则"。美国称为"公认会计原则"(GAAP),具体是指《财务会计准则公告》(SFAS)、《财务会计准则委员会解释》(FASB'S Interpretations)、《会计原则委员会意见书》(APB'S Opinions)、《会计研究公报》(ARB)等文献。

英国的会计准则主要是指《标准会计实务公告》(SSAP)、《财务报告准则》(FRS)和《会计原则公告》等文献。

会计准则制定模式主要是指准则的制定方式和由此决定的准则的性质。其中:

准则制定方式——是指采用何种形式制定准则,即由谁来制定准则。如由政府制定还是由民间制定等。

准则性质——是指准则是否属于法规范畴,取决于制定方式。

准则制定方式和准则性质二者的不同组合,形成了不同的准则制定模式。根据这一主要区别,我们可以把会计准则分为官方、半官方和民间 3 种制定方式,并据以决定所制定的准则是属于法规、准法规(Quasi—Law)和执业守则等不同的性质。

3 种不同的准则制定方式和由此决定的准则性质,如表 3 – 1 所示。

表 3 – 1　会计准则制定方式和由此决定的准则性质

准则制定方式　　准则性质	官方	半官方	民间		
	政府制定（Ⅰ）	政府组织领导吸收民间人士(企业界、会计界)共同制定 （Ⅱ）	民间机构制定		民间机构制定（Ⅴ）
			政府机构支持(Ⅲ)	法制认可(Ⅳ)	
法规	√				
准法规		√	√	√	
执业守则	√	√	√	√	

资料来源:葛家澍.中级财务会计学.辽宁人民出版社,1999

1. 模式Ⅰ

在模式Ⅰ下,准则完全由政府制定,所制定的准则是国家法规的一部分,是会计人员的执业守则。我国的《企业会计准则》就是以《会计法》为依据,由财政部确定、公布实施的法规。

2. 模式Ⅱ

在模式Ⅱ下,准则由政府组织领导制定,但吸收学术界、会计专业团体、证券界、企业界等民间人士参与制定,所制定的准则具有半官方、准法规性质。例如:

(1)日本。日本的会计准则称为"企业会计原则",企业会计原则是由大藏省大臣的咨询机构——"企业会计审议会"制定,由大藏省大臣批准公布。同时,所制定的这部"准则"必须充分考虑日本的商法和证券法的有关规定。"企业会计审议会"共由 28 人组成,民间人士占了大多数,其中仅学术界就达 14 人。所以,该机构可视为半官方性质,制定的准则可视为准法规(Quasi – Law)。

(2)法国。法国的企业会计准则是 1949 年建立的全国统一会计制度。该制度最初是由法国财政部和经济事务部组建的一个"标准化事务委员会"所建立,并由两位部长批准公布。1957 年和 1979 年两次修订,均由"标准化事务委员会"改组而成的"顾问组织"负责。而"顾问组织"的成员,既有官方代表,又有学术界、企业界、会计专业团体的代表,类似于日本的"企业会计审议会"。

3. 模式Ⅲ和Ⅳ

在模式Ⅲ和Ⅳ下,准则由民间组织制定,但官方以不同形式给予支持。

(1)由政府机构授权制定并予以明确支持。例如,美国的准则制定机构是独立的民间组织 FASB,但其制定准则的权力则由依法有权制定准则的权威机构——SEC 转授予。SEC 同时明确表态:FASB 制定的 GAAP 具有权威性。

(2)由法律明确规定制定的准则具有权威性。例如,英国公司法明确承认:前会计准则委员会(ASC)制定的《标准会计实务公告》(SSAP)和现会计准则委员会(ASB)制定的《财务报告准则》(FRS)均有权威性。而 ASC 和 ASB 皆为非官方(民间性)的准则制定机构。加拿大与英国相同。

4. 模式Ⅴ

在模式Ⅴ下,准则纯粹由民间会计专业团体制定,尚未得到官方(政府)支持。例如,国际会计准则委员会(IASC)所制定的国际会计准则(IAS)就是这一类型。目前,绝大多数 IAS 仍只是号召其成员加以遵守,缺乏任何强制性和约束力。

当前,制定会计准则的不同模式似乎各有优缺点:

完全由政府制定准则的优点是:所制定的准则既有强制性也有权威性,具有较强的规范作用。其缺点是:在广泛吸收各有关方面,特别是企业外部使用者的意见不够,甚至只从一定时期的国家政策出发,形成以国家利益作为准则制定的主要导向,而忽视与企业有利害关系的其他集团和个人的利益,这样,就难以保证准则制定的独立与公允。

完全由民间组织制定准则的优点可能是:为了得到广泛的认可,所制定的准则会较多地考虑各方面对信息的需求,比较客观、公允。但最大的缺点是:缺乏权威性的支持,很难被普遍接受,从而不大可能成为名副其实的"公认会计原则"。正是基于这个原因,近年来,国际会计准则委员会(IASC)也积极地谋求得到证券委员会国际组织(IOSCO)的支持,把已发表的国际会计准则(IAS)尽快修改为 IOSCO 认可的"核心准则"(Core Standards)。这一事态说明,作为会计规范的准则,不论是国内的或国际的,没有官方的支持或法律的认可,是不行的。

因此,从理论上说,民间制定和政府制定都各有利弊,两者有可能相互补充。有些会计学者认为,理想的会计准则制定模式应当是民间组织和政府力量的结合。

□我国会计准则体系

(一)我国会计准则的制定过程

为了适应改革开放形式的需要,改革会计制度和实施会计准则是我国会计改革的重要内容。1988 年,财政部会计事务管理司开始草拟《会计改革纲要》,提出了研究和制定我国会计准则、改革现行会计制度的设想。在 1991 年发布的《会计改革纲要(试行)》中,明确了会计制度改革的方向,将制定和实施会计准则,建立起会计准则统驭会计制度的会计核算规范体系作为会计制度改革的目标。

为研究和制定我国的会计准则,财政部会计事务管理司于 1988 年 10 月正式成立了会计准则课题组。课题组在 1989 年 3 月提出了《关于拟订我国会计准则的初步设想(讨论稿)》和《关于拟订我国会计准则需要研究讨论的几个主要问题(征求意见稿)》,向社会有关各界广泛征集意见。1990 年 9 月,完成了《中华人民共和国会计准则(草案)提纲》,1991 年 11 月,提出了《企业会计准则第 1 号——基本准则(草案)》。1992 年 11 月,国务院批准了财政部《企业会计准则》,财政部于 1992 年 11 月 30 日,以财政部部长令,正式发布了《企业会计准则》,并于 1993 年 7 月 1 日开始实施。这标志着我国没有会计准则的历史已经结束。

制定出《企业会计准则》,仅是我国会计准则体系建设的第一步,接着就应该制定具体会计准则。1994 年,财政部会计司提出了《制定具体会计准则的目标、内容、组织和程序》,指出制定中国会计准则的总体目标是:从 1993 年起,用 3 年左右的时间,基本形成以基本准则和具体准则为内容的中国会计准则体系。1995 年财政部提出的《会计改革与发展纲要》明确提出了"九五"前期,基本完成包括基本准则和具体准则在内的企业会计准则体系的建设工作,并采取分批分步到位的办法实施。1995 年 1 月、7 月和 1996 年 1 月,分别公布了《具体会计准则》第一、二、三辑的征求意见稿共 30 个。

我国的具体会计准则采取陆续发布的方式。至 2003 年已正式发布的具体准则项目有:《现金流量表》、《固定资产》、《资产负债表日后事项》、《会计政策、会计估计变更和会计差错更正》、《存货》、《借款费用》、《无形资产》、《租赁》、《或有事项》、《收入》、《非货币性交易》、《债务重组》、《建造合同》、《中期报告》、《投资》、《关联方关系及其交易》共 16 项。

(二)我国会计准则的结构

我国的会计准则分为两个层次:基本准则和具体准则。

1.基本准则

基本准则是进行会计核算工作必须共同遵守的基本要求,它体现了会计核算的基本规律。

基本准则一般由会计基本前提、一般原则、会计要素准则、会计报表准则组成,是对会计核算一般要求所作出的原则性规定。基本准则也称为指导性准则,具有覆盖面广、概括性强等特点,起着概念框架的作用。

随着社会经济的发展,我国的基本准则需要进一步修订,也很可能由将来的"概念框架"所取代。

2.具体准则

具体准则是根据基本准则的要求,对经济业务的会计处理作出具体规定的准则,也称为应用性准则,具有针对性强、便于操作等特点。

我国公布的具体会计准则可分为3大类:

(1)共性业务准则。这是各行业共同经济业务的会计准则。如应收项目、应付项目、存货、投资、固定资产、无形资产等。

(2)特殊业务准则。这是有关特殊经济业务的会计准则。包括各行业共有的特殊业务和特殊行业的特殊业务准则。前者如外币业务、租赁业务等;后者如石油天然气上游业务、银行基本业务、期货业务等。除此之外,我国还要深入研究的特殊业务准则包括:社会保障会计、环境保护会计、人力资源会计、衍生金融工具会计、物价变动会计;特殊行业会计准则包括:石油天然气会计、商业银行及非银行金融机构会计(即金融企业会计)、农业会计、跨国公司会计、企业集团会计等。

(3)会计报表准则。这是有关基本会计报表的准则。如资产负债表、损益表、现金流量表、资产负债表日后事项、会计政策和会计估计变更等。

会计准则体系的建立不是一件一劳永逸的事情,而是一件长期的、艰苦的工作。随着经济环境的不断变化,将不断产生新的准则,已发布的准则也要不断地修订。

我国具体会计准则的内容结构分为引言、定义、正文和附则4个部分。"引言"主要说明准则涉及哪些经济业务,以及其他需要说明的事项;"定义"主要规定该准则中涉及的经济业务、报表事项和重要概念的定义;"正文"主要对会计核算业务和报告事项作出具体规定;"附则"主要说明生效日期和解释权限。

综上所述,我国企业会计准则的结构体系可归纳如图3-5所示。

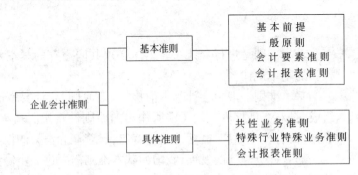

图3-5 会计准则结构体系

◇ 思 考 题 ◇

1.试对现代财务会计与管理会计、传统财务会计作一比较分析。

2.试说明现代财务会计的基本特征。

3.财务会计理论应包括哪些内容? 为什么?

4.你对会计信息质量特征有何认识?

5.你认为我国应否建立财务会计(或会计准则)概念框架? 为什么?

6.会计准则的制定模式有哪些? 各有何利弊?

7.说明我国会计准则体系的基本内容。

第四章

会计计量理论

- ■会计计量概述
- ■资产及其计量
- ■负债及其计量
- ■所有者权益及其计量
- ■收益及其计量

■会计计量概述

本节主要讨论：会计计量的涵义、计量单位、计量属性和计量模式等会计计量的基本理论。

□会计计量的涵义

会计计量是财务会计的核心问题，它在财务会计的理论和方法中占有重要地位。因为财务会计信息是一种定量化信息，一切会计要素，都要经过计量才能得到反映，计量贯穿于会计核算的全过程。所以，不少会计学家认为，会计就是一个计量过程，会计计量是现代会计发展的动力之一。那么，什么是会计计量？

会计计量——就是对会计要素按货币量度进行量化的过程，即确定其货币金额的过程。

金额取决于两个因素：计量单位（Measurement Unit）和计量属性（Measurement Attributes）。因此，会计计量主要解决计量单位和计量属性两个问题，或者说，会计计量主要由计量单位和计量属性两方面内容所构成。这里，会计计量类似于其他计量，例如：

在测量物品质量时：	X 物品	质量	20kg
在进行会计计量时：	X 财产	成本	20 元
或 X 财产		价值	20 元

很明显，无论是会计计量或其他计量，都是要对计量客体分配一定的数量，以表示该物体的特性，这种数量的分配应当遵循一定的规则。例如，计量质量只能用实物单位，如 kg、g 等等；计量价值只能用货币单位，如人民币元、美元、欧元等等。会计计量主要是价值计量，着重货币数额表现，这是会计计

量的一个基本特征。

会计计量之所以能用货币数额来表示经济主体的经济活动,是因为在商品经济条件下,经济活动都同商品价值分不开。企业的交易事项本身都意味着包含一定价值的数量关系变动。美籍日本会计学家井尻雄士认为,"会计计量就是以数量关系来确定物品或事项之间的内在数量关系,而把数额分配于具体事项的过程。"美国会计学会(AAA)在 1966 年的《基本会计理论说明书》中写道:会计从历史方面来看,主要是一种以货币形式来反映经济活动的手段。FASB 也认为:"正式由财务会计计量和列入财务报表的信息,必须是可以用货币形式定量的"。

可见,会计计量的基本特征就是价值计量。

□计量单位(Measurement Unit)

会计计量,必须运用一定的计量单位。在商品经济条件下一般都以货币作为标准计量尺度。因而有了"货币计量"基本假设。作为一种计量尺度,必须要有自身量度上的统一性,即要求货币单位统一、可比或它的量度单位在不同时期保持稳定。然而,现实经济中并不存在这样的理想计量单位,货币的量度单位就是货币的购买力(Purchasing Power)。实际的货币购买力是经常变动的。这就使财务会计不可能引用单一的计量单位。从理论上说,财务会计至少可以采用两种形式的货币单位——名义货币单位和一般购买力单位。

1.名义(面值)货币单位(Nominal Unit of Money)

名义货币单位,就是各国主要流通货币的法定单位,也就是未调整不同时期货币购买力的货币单位。如美国的美元、美分,中国的人民币元、角、分等。

名义货币单位的购买力是会发生变动的。根据"币值稳定"假设,一方面,财务会计忽略货币单位(购买力)的变动;另一方面,当货币的购买力发生变动(通货膨胀或紧缩)的幅度较小或在一定时期内可以互相抵消时,名义货币单位还是相对稳定的。这样,根据名义货币单位计量和编制的财务报表,较之其他计量单位,诸如一般购买力单位或人为设定的货币单位(如欧元,Euro)等,都更为简便,也相对可靠。所以,在传统的会计计量中长期普遍地被人们使用。

2.一般购买力单位(General Purchasing Power Unit)

一般购买力单位——以各国货币的一般购买力或实际交换比率作为计量

单位。

　　由于不同时期的货币购买力不断变动,有必要加以调整,而以一定时日的货币购买力(以一般物价指数近似地表示)调整或折算不同时期的名义货币单位,从而使不同时期的货币保持在不变的计量基础上,所以它又称为"不变货币单位"(Constant Money Unit)。

　　货币购买力变动通常采用一般物价指数来衡量。

　　一般物价指数是在某一时日的一组商品和服务的平均价格水平,相对另一特定时日的同类型商品和服务的平均价格水平的比率。假定以基年的物价指数为100,其他年份的物价指数变动就可以代表各该年份的货币一般购买力的变动。

　　例如,假定2002年(基年)居民消费品平均价格为200元,2003年为220元,则一般物价指数 $= \dfrac{220}{200} \times 100 = 110$,即表明2003年居民消费品平均价格比2002年上升了10%($\dfrac{220-200}{200} = 10\%$)。

　　利用基年或当年的一般物价指数对不同年份的一般物价指数加以换算,就可以得出相对可比的计量单位。即:

$$\dfrac{当年一般物价指数}{基年一般物价指数} \qquad\qquad 式(1)$$

　　或

$$\dfrac{基年一般物价指数}{当年一般物价指数} \qquad\qquad 式(2)$$

　　式(1)表示将基年的一般物价指数换算为当年一般物价指数的基础或系数。

　　式(2)表示把当年的一般物价指数换算为基年一般物价指数的基础或系数。

　　通过上述换算,就可以得出相对可比的计量单位。现举例说明。

　　设某企业2000年12月以1 000元购入一台机器,2001年12月以1 600元购入另一台机器。假定2000年的一般物价指数为105,2001年的一般物价指数为115.5。为使两年的数字可比,必须以某一年的一般物价指数进行换算。

　　如果以2000年为基年,则这两年购入机器的总成本应换算为:

$$1\ 000 + 1\ 600 \times \dfrac{105}{115.5} = 2\ 454.50(元)$$

　　如果以2001年为基年,则这两年购入机器的总成本应换算为:

$$1\ 000 \times \dfrac{115.5}{0.5} + 1\ 600 = 2\ 700(元)$$

　　显然,采用一般购买力单位和名义货币单位会得出不同的结果,见表4-1。

表 4 - 1　不同计量单位的比较

	名义货币单位	一般购买力单位
2000 年购入	1 000	$1\ 100(1\ 000 \times \frac{115.5}{105})$
2001 年购入	1 600	1 600
合　计	2 600 元	2 700 元

这里,2001 年的一般物价指数上升 10% ($\frac{115.5-105}{105} = 10\%$),说明其货币购买力下跌 10%。或者说,2000 年的 1 货币购买力单位等于 2001 年的 1.10 货币购买力单位($1 \times \frac{115.5}{105} = 1.1$)。

按照上述调整换算,可以使这两年(或任何其他年份)的计量单位基于同样的货币购买力水平,保持会计计量结果的可比性。

现行财务会计实务基本上还是采用名义货币单位,即未调整不同时期的购买力的货币单位。但是,当物价上涨时,货币的购买力将下降;当物价下跌时,货币购买力上升。这样,基于不同时日的名义货币单位的计量,是缺乏可比基础的,不能不考虑采用一般购买力单位的必要和可能。所以,FASB 在第 5 号《财务会计概念公告》(SFAC NO.5)中,虽然希望名义货币单位继续用于计量已确认的财务报表项目,但如果环境变动(如通货膨胀达到无法容忍的地步,即通膨率 3 年累计≥100%),它也许要选择另一种更为稳定的计量单位,如一般购买力单位。(这是物价变动会计要研究的问题,已在高级会计学中学过)

□计量属性(Measurement Attributes)

20 世纪 70 年代以来,西方财务会计在计量理论与方法上的一个主要发展,是开展计量属性的系统研究。

所谓计量属性,是指被计量客体的特性或外在表现形式。如对一张桌子而言,可以分别从长度、高度、重量等方面进行测量,也就有不同的计量属性。

在财务会计中,计量属性是指资产、负债等要素可用财务形式定量化的方面,即能用货币单位计量的方面。经济交易或事项同样可以从多个方面予以货币计量,从而有不同的计量属性。例如,资产的历史成本、现行成本、现行市价、可变现净值,等等。所以,FASB 认为,"每一个财务报表要素都有多种属性可以计量,而在编制财务报表之前,必须先确定应予计量的属性。"

可用于计量的属性主要有:历史成本、现行成本、现行市价、可变现净值、现值等。

(1)历史成本:资产是按照购置它们时所付出的现金或现金等价物的金额,或是按照作为购置它们的报酬所付出的公允价值加以计量的。负债是按照在债务交换中所收到的金额,或是在某些情况下(如所得税)按照在正常业务过程中为偿还负债预计所需付出的现金或现金等价物的金额加以计量的。

(2)现行成本:资产是按照目前购置相同或类似资产所需支付的现金或现金等价物的金额(其他等值)加以计量的。负债是按照目前清偿该债务所要求的非贴现(未经贴现)的现金或现金等价物的金额加以计量的。

(3)现行市价:资产是按照目前在正常清算情况下销售该资产可以获得的现金或现金等价物的金额加以计量的。负债是按照目前在正常清算情况下清偿该负债所要支付的非贴现的现金或现金等价物的金额加以计量的。

(4)可变现净值:资产是按照目前在正常业务过程中处置该资产可望获得的非贴现的现金或现金等价物的金额(应扣除直接费用)加以计量的。负债是按照目前在正常业务过程中清偿该债务所要支付的非贴现的现金或现金等价物的金额(应包括这项偿付的直接费用,如果有的话)加以计量的。

(5)现值:资产是按照在正常业务过程中预期该资产可以产生的未来净现金流入量的现值加以计量的。负债是按照在正常业务过程中清偿该负债预期需要的未来净现金流出量的现值加以计量的。

计量属性的选择取决于各个用户的信息需要。由于各种不同类型的用户对信息的要求情况是不可能完全相同的,因此,对计量属性的选择也就存在着差别。传统上,会计一直把历史成本作为其基本的计量属性(基础)。会计的持续经营与分期假设,以货币为计量单位并认定货币币值不变的假设,实际上都是为选择历史成本铺陈道路的。

上述5种较普遍认可的计量属性,各有利弊。下面将详细讨论它们各自的含义及优缺点。

(一)历史成本(Historical Cost)

历史成本——亦称原始成本,是指取得资源的原始交易价格,即取得或购置资产时所支付的现金或现金等值。

长期以来,按历史成本计量资产是财务会计的一条重要的基本原则。历史成本原则之所以受到普遍推崇与应用,是由于具有以下一些原因:

(1)长期以来,管理当局、投资人和债权人都是根据历史成本信息做出决策,因而历史成本信息还是有用的。

(2)历史成本是以实际交易而不是可能的交易所决定,并且它又是基于交易双方所认可,因而有较大的可靠性。

(3)财务报表的使用者总是习惯于传统的会计惯例。除非确已找到更为有用的计量属性,否则,人们不会轻率地放弃历史成本。

(4)在价格变化的情况下,虽然历史成本属性的相关性会下降,但实务界目前更倾向于在表外补充其他计量信息,这不仅可以提供所需的相关信息,而且风险较小。

但是,历史成本属性也有一定的局限性。在价格变动的情况下,一些局限性就成为问题和缺点:

(1)当价格明显变动(上涨或下跌)时,基于各个交易时点的历史成本代表不同的价值量,严格地说,它们是没有可比性的。

(2)由于费用是以历史成本计量,而收入是以现行价格计量,从理论上看,两者的配比似乎缺乏逻辑上的统一性。

(3)在价格上涨时,费用按历史成本计量将无法区分和反映管理当局的真正经营业绩和外在价格变动引起的持有利得(Holding Gains)。

(4)当价格上涨时,在以历史成本为基础的期末资产负债表中,除货币性项目外,非货币性资产和负债都会低估。这种报表就不能揭示实际的财务状况,从而对决策可能不相关,甚至无用。

正是由于历史成本属性存在一些局限性和缺点,人们才提出了一些其他的计量属性。

(二)现行成本(Current Cost)

现行成本——又称重置成本(Replacement Cost)或现时投入成本(Current Input Cost)。它通常表示在本期重置或重建(Reproducing)持有资产的一种计量属性。实际上,它往往有不同的涵义:

(1)重新购置同类新资产的市场价格;

(2)重新购置同类新资产的市场价格扣减持有资产已使用年限的累计折旧;

(3)重新购置具有相同生产能力的资产的市价;

(4)重新购置或制造同类资产的成本;

(5)重新生产或制造同类资产的成本扣减持有资产的累计折旧。

除非在原始交易时日,现行成本与历史成本代表相等的数量。否则,两者代表不同的数量。即使价格不变,资产的现行(重置)成本也不完全等于其历史成本。其原因:一是对资产的预期和供求关系可能发生变动;二是由于技术进步和生产成本变动,它们都可能造成重置成本和历史成本的脱节。特别是在价格明显变动的情况下,历史成本和现行重置成本必然代表不同的数量。这首先将给期间经营利润的确定带来问题。经营利润来自收入与费用的配比。在价格上涨的情况下,以历史成本计算的费用,将低于为补偿或重置已消耗资源的成本,所确定的经营利润难免出现高估,甚至造成虚盈实亏的现象,影响企业的再生产能力。

假定,某企业 2000 年 1 月 1 日购入一批存货 30 000 元,并在年底全部售出。这些存货的年末市价上升为 32 000 元。那么,经营收益的计算如下:

	历史成本	现行(重置)成本
销货收入	50 000	50 000
销货成本	30 000	32 000
销售毛利	20 000	18 000

很明显,企业在年末要维持原来的生产能力,必须采用重置成本来计算费用和确定收益。因为对经营成果而言,已耗用的相关成本应当是重置那些已耗资产的现行成本,而与过去某个时日为购买这些资产所支付的交易价格是不相关的。这时,重置成本与历史成本的差额即为资产的持有损益。

现行成本的主要优点是:

(1)可以避免在价格变动时虚计收益,确切反映企业维持再生产能力所需生产耗费的补偿。

(2)期末财务报表提供以重置成本为基础的现时信息,而不是过去的历史信息,以反映现实财务状况。

(3)以现行(重置)成本与现行收入相配比,具有逻辑上的统一性,可增进期间收入与费用配比决定收益的可比性和可靠性。

(4)便于区分企业的经营收益和持有损益,有助于正确评价管理当局的经营业绩。

现行成本的主要缺点是:

(1)现行成本的涵义不明确,由于各种因素的影响,事实上难以存在与原持有资产完全吻合的重置或重建成本。

(2)不能消除货币购买力变动的影响,财务报表项目之间仍然缺乏可比性。

(3)现行成本的确定较为困难,在计算上缺乏足够可信的证据,影响会计信息的可靠性。

(4)若将"持有损益"反映于收益表,无法解决资本保持,也就是仍不能保证已消耗的生产能力得到补偿和更新。

(三)现行市价(Current Market Value)

现行市价——又称脱手价值(Exit Value),主要是指资产在正常清理条件下的变现价值或现时现金等值。

脱手价值,最早是由澳大利亚著名会计学家罗伯特·钱伯斯(Robert Chambers)提出的。钱伯斯教授认为,企业是在市场中运行,由于市场瞬息万变,企业必须随时根据市场变化做出决策(诸如生产、改组、停业等决策)。在这时,需要了解资源的现时变现价值,才能反映企业及时适应市场变化能力的需要。很明显,过去的交易价格对企业预期要采取的决策或行为是不相关的,而未来的交易价格又未免有太大的不确定性,所以,现时的脱手价值或正常清理条件下的销售价格是对企业"现时现金等值"的或适应市场能力的一个较好指示器,是与决策相关的信息。如果企业仅有少量或不存在变现价值,企业适应市场变动的机会就非常有限,而变现价值越大,企业的适应能力就越大。

如果运用现行(脱手)价值属性,全部资产和负债应按它们的变现价值重新估计。变现价值等于市场价格扣除预计的销售费。作为脱手价值,它应根据卖方市场价格而不是像重置成本那样依据买方市场价格。应用脱手价值计量时,在会计上将完全放弃确认收入的实现原则。因为,所有的非货币性资产都是根据其现行脱手价值即立确认全部损益的。这样,经营收益在生产时即应确认,而持有利得或损失在购买或价格变动(而不是销售)时也可以确认。

假定某企业 2000 年 1 月 1 日购入 1 000 个配件,每件 6 元。在年内,售出600 件,每件 10 元,年内和年末的重置成本分别为每件 8 元和 9 元,年末的脱手价值为每件 12 元。则按现行脱手价值计量的收益表和资产负债表如表 4－2,4－3 所示:

表 4－2 收益表(脱手价值基础)

(2000 年 12 月)   单位:元

收入:销货 600 件×10 元	6 000	
存货 400 件×12 元	4 800	小计 10 800
成本:销售成本 600 件×8 元	4 800	
存货　　400 件×9 元	3 600	小计 8 400
经营收益		2 400
已实现持有利得		
销售部分 600 件×(8－6)		1 200
未实现持有利得		
存货部分 400 件×(9－6)		1 200
当期脱手价值收益		4 800

表4-3　资产负债表(脱手价值基础)

(2000年12月31日)　　　　　　　　　　单位:元

资　产:	金　额	负债与业主权益	金　额
现金	10 000	股本	10 000
存货[1]	4 800	留成收益	
		已实现[2]	2 400
		未实现[3]	2 400
合　计	14 800	合　计	14 800

[1] 年末存货按年末可变现价值计算:400件×12元 = 4 800(元)

[2] 已实现留存收益包括:

　　A.已实现的经营收益,销货收入 6 000 – 销货重置成本 4 800 = 1 200(元)

　　B.已实现的持有利得,销货重置成本 4 800 – 销货历史成本 3 600 = 1 200(元)

[3] 未实现留存收益包括:

　　A.未实现的经营收益,持有存货收入 4 800 – 持有存货重置成本 3 600 = 1 200(元)

　　B.未实现的持有利得,持有存货重置成本 3 600 – 持有存货历史成本 2 400 = 1 200(元)

现行(脱手)价值属性的主要优点:

(1)现行脱手价值可以表示来自资产销售的现金价值。这是一种机会成本,因为这一价值与企业进行下列决策更为相关:在用资产是否继续持有、是否出售、是否继续经营。

(2)可以提供评估企业财务适应性和变现价值的相关信息。

(3)由于它反映了现时出售和持有使用的比较,从而可以为评估管理当局的经管责任提供更好的依据。

(4)应用了这一计量属性后,在会计上再根据资产的寿命,分期把资产成本转作费用就没有必要了。这将消除费用摊配上的主观任意性。

但是,这一属性也有缺点:

(1)现时变现价值对企业预期使用的资产是不相关的。

(2)某些资产或负债,如无形资产、专用设备或厂房等,不存在可变现价值,它们的脱手价值难以恰当地确定。

(3)放弃实现原则,不等到销售发生就确认价值实现以及假定企业资源随时处于清算状态,都违背企业继续经营的基本假设。

(4)这一属性并未考虑一般购买力的变动,所以它仍不能消除通货膨胀的影响。

(四)可实现净值(可变现净值)(Net Realizable Valve)

可实现净值——也称预期脱手价值(Expected Exit Value),它要计量资产在正常经营过程中可带来的未来现金流入或将要支付的现金流出,但均不考虑货币的时间价值。

例如,涉及未来不确定时期已知数额的应付款和估计数额的其他负债(如商品保证义务),应按其未来的清偿价值计量;已知数额的应收款,则按未来的可实现净值计量。

可实现净值与现行市价(脱手价值)这两种计量属性,既有联系又有区别。其共同点是:都反映资产的变现(脱手价值)。不同点在于变现的时间——现行市价属性基于当期的脱手价值,即在当期正常清算情况下的处置变现价值;而可实现净值属性属于预期的未来销售或其他未来事项。如一项已完工资产将在近期内出售,其现行市价(脱手价值)和可实现净值是一致的。但假定资产在出售前还要继续加工,如未完工在制品,则这两种属性就存在差别。总之,现行市价属性是指该在制品在现时状态下即期处置可望获得的现金,而可实现净值属性则表示在制品预期最终完工销售所得现金流入在扣除为继续加工所需现金流出后的净额。它们的关系列示如下:

A 在制品	现行市价(元)	可实现净值(元)
现时售价	1 000	1 000
最终售价	——	1 500
继续加工费用	——	(300)
销售费用	(10)	(20)
	990	1 180

显而易见,可实现净值属性适用于预定期间将完成的交易,例如,计划未来销售的资产(如存货等)或未来清偿既定数额的负债。因此,其适用范围无法包括全部资产。

(五)现值与公允价值(Present Value and Fair Value)

把"未来现金流量的现值"当作一项会计的计量属性,原是《财务会计概念公告》第 5 号(SFAC NO.5)中的提法。但是,SFAC NO.5 在解释未来现金流量现值时,却把它作为已按历史成本、现行成本或现行市价初始计量后用于摊销的一种方法。

SFAC NO.7 则明确否认"未来现金流量的现值"是一项计量属性。因为,任何一种计量属性,都必须可用于交易或事项初始确认时的计量(初始计量),

而现值则不可能用于初始计量。现值总是将未来的价值考虑货币的时间因素折算为现在的价值。所以,初始计量不存在什么现值问题,但是运用未来现金流量的现值技术却可以寻求无法观察到、直接由市场决定的一种计量属性:公允价值。

公允价值是指一项资产或负债在自愿双方之间的现行交易中,不是强迫或清算销售所达成的购买、销售或结算的金额。

可以通过未来现金流量的估计,运用预期现金流量法计算现值。现值只是未来现金流量与折现率的结合,不同的未来现金流量的估计与不同折现率的结合,产生不同的现值。那么,什么现值代表公允价值? 要符合或大致接近交易双方自愿达成的金额,即应符合公允价值的定义。

(1)在通常情况下,最符合公允价值的定义是市场价格,即可观察到的,由市场决定的金额。

正由于市场价格是会计计量的基本属性,因此市场价格就成为公允价值的首选标准。但是,会计人员有时无法观察到这种由市场机制决定、得到人们共同接受的金额,从而不能把它们转化为历史成本或现行成本,或现行市价。例如,交易双方签订一项合同,一方有权收取金融资产,另一方有义务在未来支付金融负债,其偿付的金额、时间安排均不确定。这时,就需要采用未来现金流量的估计值计算现值,进而确定交易双方均认可的公允价值。

(2)根据 SFAC NO.7 的说明,现值和公允价值的关系可概括为以下几点。

第一,如前所说,"现值只是未来现金流量和折现率的结合",未来现金流量是估计值,折现率也可以是某个随机的利率。这样,得出的现值,不可能个个同决策有关。而一个符合确认标准的计量属性,不但可用来计量,即具有可计量性,而且要具有相关性。因此,现值本身不是会计计量的目的,它仅仅是一种达到某种计量属性的手段和技术,现值不能代表一种可以应用的计量属性。

第二,现值要成为一种计量属性,必须能够反映被计量的资产或负债的某些可观察的计量要求;自愿交易的双方是持续经营的,交易的对象不是通过清算或强迫的交易,所达成的金额是交易双方自愿接受的,这样,这种现值就变成公允价值。

人们在初始计量中运用现值,只是一种假象。实际上是通过现值技术来寻找公允价值,而以公允价值作为初始计量的计量属性,一旦初始计量采用公允价值,其后续计量所用的公允价值必须重新开始计算。

第三,借助于现值计量,应能捕捉到形成公允价值的各项要素,这些要素

导致不同类型的未来现金产生经济差异。例如,有带来未来现金流入 10 000元的 5 项资产:

①在 1 天内带来固定合同现金流量 10 000 元的一项资产,它的现金流量是确定的收入。

②在 10 年内带来固定合同现金流量 10 000 元的一项资产,它的现金流量也是确定的收入。

③在 1 天内带来固定合同现金流量 10 000 元的一项资产,它的最终收入金额是不确定的,可能小于 10 000 元,但不超过 10 000 元。

④在 10 年内带来固定合同现金流量 10 000 元的一项资产,它的最终收入金额是不确定的,可能高于 12 000 元,低于 8 000 元,或是这两者中间某个其他金额。

⑤在 10 年内带来固定合同现金流量 10 000 元的一项资产,它的最终收入是不确定的,可能小于 10 000 元,但不超过 10 000 元。

从上列 5 项现金流量的例子可以看到,这些不同类型的未来现金流量之所以发生差异,是由于存在下列 5 项要素:

①对未来现金流量的估计,或者在较复杂的案例中,对一系列未来现金流量按其发生的不同期间估计;

②对这些现金流量的金额,与时间安排的可能变量的预期;

③用无风险利率表示的货币时间价值;

④内含于资产或负债中的价格上的不确定性;

⑤其他难以识别的因素,包括不能观察和市场不完善。

第四,用于估计未来现金流量的技术是多种多样的,它取决于所涉及的资产或负债从一种情况到另一种情况的环境。然而,在计量资产或负债时,还是有下列 4 条一般原则可用于现值技术:

①在可能的范围内,对未来现金流量的估计,应当反映未来事项和不确定性的假设,这些假设是市场参与者在决定是否通过"一项公允的现金交易"去取得一项或一组资产所必须考虑的。

②用于现金流量的折现率的内含假设,应当同估计现金流量时所内含的假设相一致。否则,一项假设的影响将被重新考虑或被忽略掉。例如,一项借款合同现金流量的利率为 12%,这个利率未考虑到该借款可能违约而发生拖欠;另一项借款合同的利率也是 12%,但这一借款在预计现金流量时已考虑到违约拖欠。在后一种情况下,12%的利率就宜用作后一借款未来现金流量的折现率。

③现金流量与利率的估计应当中立而无偏见,被估计的资产、负债或一组

资产或负债,总会有无关的干扰因素影响客观估计,我们要摆脱这些因素的影响,否则,计量将不可能公正。例如,为了表示一项资产表面上的未来盈利能力,故意压低所估计的净现金流量就是计量中的偏见。

④估计的现金流量或利率,应反映一系列可能的结果,即考虑到每一个估计数及其出现的概率,而不只是反映单一的、最可能的、最小或最大的可能金额(这是针对估计现金流量的传统法而言的)。

(3)现值计量有两种方法——传统法与预期现金流量法。

为了反映恰当的公允价值,在需要运用未来现金流量来估计现值时,有两种现值的计量技术,一是传统法;二是预期现金流量法。

①传统法(Traditional Approach)。按照传统法计算现值,通常使用单一的一组与估计现金流量呈正比的利率。

例如,一次现金流量有 1 000 元、200 元和 300 元 3 种可能,其概率分别是 10%、60%和 30%。按照传统法,只考虑一种可能,即最大可能或最优的现金流量。在本例中,是概率为 60%(最大可能)的 200 元,即按现金流量 200 元并选用恰当的利率折现。

传统法的优点是简单易行。如果具有合同约定的现金流量的资产和负债,运用传统法计量的结果同市场参与者对该项资产或负债的数量表述能够趋于一致。

不过采用传统法,关键在于识别和选择"与风险成正比"的利率。为此,需要找到可比较的两个因素:①被计量的资产或负债;②市场中存在的、相应的可观察到的利率,具有相似的未来现金流量特征的另一参照性质的资产或负债。在较为复杂的计量问题中,要找到第②项因素相当困难。例如,某种非金融资产或负债,既没有市场价格,也找不到类似的参照物。

②预期现金流量法(Expected Cash Flow Approach)。按照预期现金流量法,在计算未来的现金流量时,应当考虑到每一种可能的现金流量的发生概率,加权平均,以求得可能的现金流量的平均期望值。仍按上例,在预期现金流量法下,现金流量的期望值应是:$100 \times 0.1 + 200 \times 0.6 + 300 \times 0.3 = 220$ 元。

FASB 在《财务会计概念公告》第 7 号(SFAC NO.7)中推荐该方法。

对于预期现金流量法,持有两种不同的看法。一种看法认为,预期现金流量法的现金流量估计值(期望值)不能如实反映现金流量的实际情况。例如,有一项资产或负债,可能产生两种现金流量:20 元和 1 000 元,其概率分别为 90%和 10%,若按预期现金流量法,其预期现金流量为 $10 \times 0.9 + 1\,000 \times 0.1 = 109$ 元。有人认为,109 元不能代表最终可能收入或支付的金额。

但是,SFAC No.7 认为(另一种看法),在会计计量中,使用现值技术是以估计公允价值为目的。在本例中,10元由于产生的概率达90%,似乎最可能代表最终收入或支出的现金流量,但是它不能代表资产或负债的公允价值,因为这一金额排除了尚有10%的概率产生1 000元现金的收入或支出,因而它未能反映未来现金流量的不确定性。在市场交易的人们,将认为公允价值应贴近109元的折现值,既不是10元的折现值,也不是1 000元的折现值。因为在上述情况下,既没有人愿意以10元折现的价格出卖这项资产,也没有人愿意以1 000元折现的价格买进这项资产。

③按预期现金流量法进行现值计算。如果现金流量的时间安排是不确定的,预期现金流量法同样可应用于现值技术。

假定现金流量10 000元可能在1年、2年、3年内收到,其相应的概率为10%、60%和30%,则预期现值计算如下:

在1年内收到,折现率5%的现值   9 523.8

概率   × 10%   952.38

在2年内收到,折现率5.25%的现值   9 027.3(传统法下的最佳估计值)

概率   × 60%   5 416.38

在3年内收到,折现率5.5%的现值 8 616.1

概率   × 30%   2 584.83

预期现值(预期现金流量法下的现值)   8 953.59

从上面的计算可知,预期现值(预期现金流量法下的现值)8 953.95元,与传统法下的现值最佳估计9 027.3元(本例中,概率为60%)是不相同的。

总起来说,FASB的《财务会计概念公告》第7号(SFAC NO.7)主要是为了说明:如果会计计量时,无法采用某种可观察到的,由自由市场客观决定的市场价格(其转化形式是历史成本、现行成本或现行市价)信息时,就只能转向采用未来现金流量的估计值。但现金流量的简单加总或其现值均不是计量属性,运用未来现金流量的折现值是为了探求(反映)资产或负债的公允价值——在当前非强迫或非清算的交易中自愿双方之间达成的资产买卖或负债清偿的金额。

应用未来现金流量,探求公允价值的过程,主要包括3个步骤:估计未来现金流量;计算现金流量的现值;确定现值是否可反映公允价值。

在会计计量中,运用现值技术,主要目的在于捕捉一系列现金流量中不同范围的经济差异。运用现值进行初始计量后,还要在后续时期重新开始计量。

有两种方法可以估计未来的现金流量——传统法和预期未来现金流量法。传统法只使用一组最好即最优的现金流量期望值,而不考虑由于不确定性和风险产生的各种可能的现金流量。与传统法相反,预期未来现金流量法考虑到所有可能的现金流量期望值,而不是一种最好(最优)的期望值。在计算现值时,传统法也只使用单一的、与风险呈正比的利率,预期未来现金流量法则使用不同时期的不同利率。

现值的计量也可用于负债。来自一笔贷款的收入就是贷款人将未来流入量的许诺作为一项资产而付出的代价。应付债券的公允价值,就是该证券在市场上作为资产交易的价格,这样,使用现值技术去评估一项公允价值,可以把它转换为一项负债的估计。但使用现值技术计量负债时,不同于计量资产的特点是:必须反映借款人的资信(Credit)状况。资信的好坏决定借款利率的高低。所以,这时采用预期现金流量法更有效,因为一个企业发生负债,意味着该企业将会有现金向外流出。从概率看,此项现金流出是一个随机变量,它有一个可能的取值范围。如果流出的金额很低,违约的概率也低;如果流出的金额很大,违约的概率也大。企业的资信状况可以较明显地反映在按预期现金流量法进行现值计算的结果中。利用现值技术最相关的负债,通常反映企业业被支付的资信状况。

□计量模式(Measurement Model)

在前面,我们分析了会计计量对计量单位和计量属性的选择。会计计量就是要解决采用什么计量单位和何种计量属性进行计量,也就是不同的计量模式的选择问题。

计量单位与计量属性的不同组合,形成了不同的计量模式。某种计量单位与计量属性的组合,构成特定的计量模式。

从理论上说,由于存在着多种可能的计量单位(如名义货币单位、一般购买力即不变购买力单位)和计量属性(如历史成本、现行成本、现行市价、可实现净值、公允价值),因此,它们之间的不同组合可以产生十几种不同的计量模式。但是,最常用的计量模式主要有:

(1)历史成本/名义货币;

(2)历史成本/不变购买力;

(3)现行成本/名义货币;

(4)现行成本/不变购买力。

财务会计可能,或者有必要选择不同的计量模式,提供满足使用者决策需要的会计信息。例如,财务会计中的分支——物价变动会计,正是对这些不同计量模式的应用。

现行财务会计采用的计量模式主要是"历史成本/名义货币"模式。

会计计量模式的选择与应用,受制于一定的客观条件。其中主要有以下几个方面。

1.物价变动程度

当物价变动幅度较小时,各种计量属性和计量单位之间的计量结果,并不存在显著差异。选择基于"历史成本/名义货币"的传统计量模式是相对可取的。因为,在这时选择其他计量模式将增加信息加工成本,即确定其计量属性和计量单位的作业量增加,而所产生的边际效用相对有限。

但是,如果出现显著性物价变动时,传统的计量模式无法反映既定资源和经济交易的现时财务状况与经营成果,选用其他计量模式则可能有着更大的优越性。

2.使用者的特定决策需要

使用者的不同决策需要应用不同的会计信息。基于历史成本和名义货币单位的计量结果,虽然有助于考核管理者的"经管责任",但未必可以满足其他方面的决策需要。例如,当面临一项投资决策时,决策者要着重考虑的是该投资资源的未来经济效益,即产生未来净现金流量的能力。又如,在企业兼并过程中,相关的信息是被兼并企业资源的现行市价(脱手价值),而并非历史成本。为了提供对特定决策相关的信息,就有必要应用不同的计量模式。

3.计量技术手段的发展程度

早期的会计实务主要依赖人工核算,计量技术与手段的发展相对简陋。因此,历史成本之外的其他计量属性虽然在理论上是可行的,但是在操作过程中存在较大的困难而无法采用,或是其处理成本显著超过其效用。然而,随着会计电算化以及商务活动网络化的普及,计算机系统可以及时、有效地搜集和处理大量的市场价格资料,以及计算不同的预期交易模式和计量结果,信息处理成本相对低廉,计算相对准确,从而为应用非传统计量模式提供了操作可行性。

4.不同的资本保全概念

计量模式的选择与不同的资本保全(Capital Maintenance)概念密切相关,主要有财务资本保全和实物资本保全。

(1)财务资本保全。根据这一概念,只有当企业期末净资产的财务或货币金额,在扣除了这一期间对所有者的分配和所有者的投资以后,超过期初净资产的财务或货币金额时,才算赚得了利润。

财务资本保全既可以用名义货币单位计量,也可以用不变购买力单位计量。其计量属性要求采用历史成本属性。

根据财务资本保全概念,当资本按名义货币单位定义时,利润代表了这一期间内名义货币资本的增加。因此,在这一期间内所持有资产在价格上的提高,通常称为持有利得,在概念上是利润。然而,只有到发生交换业务使得资产被处置时,才能确认这种利润。这一保全概念导致了"历史成本/名义货币"计量模式,这是目前大多数国家所采用的计量模式。

当财务资本保全的概念根据不变购买力单位定义时,利润代表了这一期间投入购买力的增加。因此,在资产价格提高中,只有超过价格一般水平的部分,才能看作是利润。其余部分应作为资本保全调整数,从而作为权益的一部分进行处理。这一保全概念导致了"历史成本/不变购买力"计量模式。

(2)实物资本保全。根据这一概念,只有当企业期末的实物生产能力或营运能力,在扣除了这一期间对所有者的分配和所有者的投入以后,超过期初的实物生产能力时,才算赚得了利润。

实物资本保全概念要求采用现行成本计量属性。其计量单位既可以是名义货币单位,也可以是不变购买力单位。也就是说,这一概念既可以选择"现行成本/不变购买力"计量模式,也可以选用"现行成本/名义货币"计量模式。

根据实物资本保全概念,当资本按实物生产能力定义时,利润代表了这一期间实物资本的增加。所有影响企业资产和负债的价格变动,都被认为是企业实物生产能力计量上的变动。因此,它们应作为权益中的一部分的资本保全调整处理,而不作为利润处理。

国际会计准则委员会在其发布的《编制和呈报财务报表的结构》中指出:对计量模式和资本保全概念的选择,将决定在编制财务报表中会计模式的使用。不同的会计模式表现出不同程度的相关性和可靠性,如同在其他方面一样,管理当局必须在相关性和可靠性之间作出权衡。

纵观上述,本节(会计计量概述)主要讨论了4个问题——会计计量的涵义、计量单位、计量属性和计量模式等会计计量的基本理论问题。计量单位、计量属性和计量模式的研究已经促使会计计量理论的丰实和拓展,并将对财务会计报告产生重大的影响。

下面几节内容,将以会计计量的基本理论为基础,着重讨论具体会计要素的计量问题。

■资产及其计量

　　资产是一个最基本的会计要素,资产计价又是会计计量的重要组成内容。实际上,财务会计的许多方法及其理论都与资产计价问题有关。本节主要讨论:资产的定义及性质、资产计价的目的、资产计价基础(计量属性)等。

□资产的定义及性质(特征)

　　资产是一个重要的概念。长期以来,人们一直试图给资产以明确定义,并进而阐述资产的基本性质。于是出现了各种不同的资产定义。归纳起来,资产的定义约有3类:

　　(1)资产是实实在在的东西,即人们都可见到的物质实体。

　　(2)资产是指成本,即已经发生的成本。("成本"是指未耗成本,未耗成本仍具有未来经济利益,应作为资产处理。而已耗成本应根据其消耗情况转化为费用或损失)。

　　(3)资产是指未来的经济利益。现在,人们一般认为,作为会计上的资产,其定义应包括这样几个要点:①因过去的交易或事项所形成;②为某一特定主体拥有或控制;③具有未来经济利益。对资产的定义不论怎样描述,都应包含这些要点。

　　美国财务会计准则委员会(FASB)对资产的定义是:"资产是某一特定主体由于过去的交易或事项而获得或控制的可预期的未来经济利益。"(SFAC No.6, Par.25, 1985)

　　我国企业会计制度和会计准则对资产的定义是:"资产是指过去的交易、事项形成并由企业拥有或者控制的资源,该资源预期会给企业带来经济利益。"

　　这两个定义几乎没有什么区别,比过去其他的各种定义更为全面和严谨。据此,资产具有如下几个基本特征。

(一)资产的实质是未来经济利益

　　这就是说,资产单独或与其他要素结合在一起时具有直接或间接地产生未来的净现金流量的能力。

资产具有为企业服务的潜能或某些特定的权利。例如,它可以用于产品生产,或清偿债务,等等。在确认资产时必须考虑两点:一是是否真正含有未来经济利益;二是未来经济利益的全部或任何部分是否继续保持。如果不含有未来经济利益或这种利益已经不能保持,就不能列作资产。或者说,未来经济利益为零或负的时候,就不应列作资产。例如,当一项资产的剩余成本恰好等于其残值时,已经丧失了服务潜能,从而不再是资产。

(二)资产必须为特定主体所拥有或控制

这就是说,这种未来的经济利益应归属于特定主体而限制其他主体利益的取得,具有排他性。如果各个主体都能分享这种利益,它就不是特定主体的资产。资产必须是处于特定主体拥有或控制之下。

这里,"拥有"是指特定主体对资产具有法定所有权;"控制"是指特定主体对资产所包含的未来经济利益具有控制权,即不为他人获得。实际上,在许多情况下,企业往往依赖于利益的企图而不是根据严格的法定所有权来确定资产。例如,融资租赁设备的法定所有权属于出租人,但承租人可以把这项设备作为资产入账,因为承租人可以控制该设备的未来经济利益。

所以,所有权不是资产的必备条件。例如,企业用 100 万元购买一块土地,准备用于开采矿产,但由于在购买后遇到一场特大洪水,其开采潜能和重售价值趋于零。尽管其所有权仍然存在,但从会计角度来看,这块土地已不能列作资产,而应转作损失。正如 FASB 所指出的"权利的法律强制性并不是企业拥有资产必不可少的先决条件,只要企业可能用其他方式来取得所包含的未来经济利益。例如,通过某一形式和过程来保证所得的未来经济利益不为他人获得"。(SFAC No.3, Par.119, 1980)

(三)资产必须是由过去的交易或事项所形成

这就是说,导致企业有权取得或控制上述未来经济利益的交易或其他事项业已发生。例如,厂房业已购建,设备业已购置,收取应收账款的权利业已发生,等等。

如果经济利益只能产生于未来而不能在现时存在或处于企业控制之下,或促使企业能获得或控制这项未来经济利益的事项尚未发生,就不能作为资产。例如,某地的石油储藏可能早已存在,但只有当企业已获得允许开采权时才能列为企业的资产,这样,就把可能在未来成为但现在尚未成为企业资产的项目排除在外。又如,仅仅在预算中计划购买的机器设备并不是企业的资产。

(四)资产可能是有形的,也可能是无形的

不论资产采用何种形态存在,只要是预期的未来经济利益或者说预期会给企业带来经济利益,都应列为资产。例如,存货、机器设备、厂房等可以作为企业的资产,它们具有实物形态;而预付费用、对外投资、商标、商誉、专利权等支出,也可以作为资产,因为它们对企业存在着未来经济利益。

如果仅有实物形态,但不能产生未来经济利益,如已陈旧过时的存货,或因生产线改组而无法使用的专用设备等,都不应再作为资产,而应作为费用和损失。

□资产计价的目的

由于会计着重于用货币单位来表示经济活动和经济关系的数量方面。因此,以货币形式对资产进行定量,实际上就是一个计价过程(Valuation Process),货币计量也就表现为资产的计价。

资产计价的目的,部分地同会计的目的相同。资产计价的目的是会计目的的一个重要组成部分,是会计目的的一个具体体现。资产计价的主要目的如下。

(一)为计算收益和资产增值提供基础

收益决定是财务会计的一个重点。传统的收益计算程序,是通过期间收入与费用的配比来完成的。这里,收入是由商品或服务的售价决定的,而费用则来自企业为产生收入而投入的资源。就特定期间而言,一是投入资源可能在期间内全部消耗,它转作费用的量就是对投入资源(各项已耗资产)的初始计价结果;二是投入资源可能部分已消耗,而部分尚未消耗,这时,初始投入资源应一分为二,已耗部分转作费用,未耗部分转作资产供后期使用。很明显,无论在哪一种情况下,费用都表现为资产价值的分配和分摊,或者说,都是从资产价值转化而来,从而都要以资产计价为依据才能确定。

资产增值的计量也需要通过资产计价。资产增值就是净资产的增加,而净资产的增加则表现为期初与期末资产计价结果的净增加额。如果将报告期内由于资本交易而引起的净资产增减变化(如股东投资、分配股利)除外,或没有资本增减业务时,那么,净资产的增加额一般应等于本期的净收益。或者说,本期净收益就表现为净资产的增加,它是报告期内来自资源从投入到产出所增加的价值。

但是,净资产的增加还可以包括现金收入价值比资源的可变现价值的贴现值的增值。例如,原先按成本入账的存货,在产品完工或销售后获得收入时,其可变现价值的贴现值就有所增加,那么,当应收账款可以收回或转化为现金时,所增加的可变现价值的贴现值,也反映为现金收入价值的增加。其他类型的资产,则通过应计利息、应收租金和其他收取现金的权利而增加其价值。

(二)为投资者揭示财务状况和企业的经营责任

定期向投资者提供关于企业的资产、负债和权益的总括信息,即通过资产负债表反映企业在特定时日的财务状况是财务会计的传统目标。

财务状况,可以看作是资产计价的直接表现及其结果。例如,在20世纪20年代末,美国会计学家约翰·坎宁(John B. Canning)就说:"毫无疑问,会计人员将把财务状况解释为企业经营上提供的直接正值计量(Directive Positive Measure)所表明的资金状况"(John B. Canning. The Economics of Accounting, 1929, P22)。

财务状况还可以向投资者展示企业的经营责任及其履行情况。这种经营责任主要表现为投资者投入企业的资源是否得到完整的保持,这必须通过期初期末的资产计价结果及其比较,才能确定。经营责任还包括企业对委托资产在使用过程中获得的经济效益,即受托资产有否实现价值增值。如前所述,资产增值也可以表述为净资产的增加,所以也需要运用资产计价的方法和概念才能得到表现。

(三)为债权人提供企业偿债能力的信息

在19世纪末和20世纪初,资产负债表主要是为债权人提供财务信息的。为了保证贷款的安全性,债权人十分关心企业的偿债能力。当时,由于缺乏可靠的信息,债权人不得不着重依靠各种形式的贷款担保品,因而又关心担保品变现价值的计量。这种变现价值与企业的偿债能力密切相关,可来自对企业期末持有资产的计价。这时,不仅要按资产的取得成本计价,而且应考虑资产的现行价值或可实现价值。正确运用资产计价,可以向债权人提供如实反映企业偿债能力的财务信息。

(四)为管理当局提供经营决策信息

就管理目的而言,资产计价过程可以提供与经营决策相关的信息。但管理当局所需要的信息不一定和投资人、债权人所需要的信息相同。投资人和债权人特别关心对企业过去经营活动和财务状况的评价,以便对企业的未来活动作出合理的预测。但管理当局必须通过过去经营活动的评估和其他信息,不断地进行决策,以决定企业的未来行动。所以,管理当局更需要对经营过程加以不同的计量。例如,管理当局必须经常对比资产的使用效益和它的清理变现价值。而且,机会成本、边际成本和差别成本以及预期现金流量的现值,对许多经营决策都是相关的,也都要运用资产计价的概念和方法。虽然,这方面的有些计价信息可以不列入主要服务于投资人和债权人的资产负债表,但应通过一些辅助报表和补充报告等形式,提供给管理当局。

从上述讨论中不难发现,资产计价大致有两种不同的基本目的:一是应反映出经管责任,即经管责任观;二是应对决策有用,即决策有用观。在前一种目的下,要求资产计价的结果应尽可能客观、可靠,因而倾向于采用历史成本计量属性;在后一种目的下,要求资产计价的结果能与决策相关,因而倾向于采用现行成本计量属性。

□资产的计价基础(计量属性)

资产计价——是一个把有意义的定量货币数额分配于各项资产的过程,即运用一定的计量单位,选择被计量对象的合理计量属性,确定应予记录各项资产金额的过程。

资产计量单位和计量属性的组合是进行资产计量的重要条件。对同一资产项目,如果采用不同的计量模式,则会产生不同的计量结果。下面仅讨论资产计量属性问题。

资产计量属性,亦称资产计量基础或计价基础。资产计价应以一定的交换价值或转换价值为基础,这是资产的特点所决定的。由于企业的经营活动面临两种市场(卖方市场与买方市场),相应地就有两种类型的交换价值——产出价值和投入价值。产出价值反映企业在未来出售或处置资产将可获得的预期现金数额,它通常以企业产品的交换价格为基础;投入价值则反映在经营过程中为了使用而获得各项资产所付出的代价,即投入资源的计量。

(一)产出价值基础(Output Value Base)

产出价值,是以资产或劳务通过交换或转换而最终脱离企业时所获得现金数额或其等价物为基础。因此,如果资产具有完全确定的产出交换价格,且可能于未来特定期间按此价格收到,可以视同应收款项;当未来交换价格不很确定时,可用现行的产出交换价格来代替;当不存在正常交易市场或根据形势,需要在不同市场上处置资产时,清算价值(迫售价值)也许是最恰当的计量基础。

目前,按照西方会计理论中以产出价值为基础的资产计价属性,主要有以下几种。

1.利用未来现金流量现值确定的公允价值

资产具有未来服务潜力,即能够带来未来的现金流入。如果预期的现金流入要等待一段时间才能收到,根据货币时间价值概念,则其现值要比现在就能收到的实际金额为少。并且,等待的时间越长,其现值就越小。现值要通过折现程序来确定。折现不仅包含实际利息(资金的机会成本)的估计,还包括预期现金流入量的不确定性,等待的时间越长,可能收到数额的不确定性越大,其折现值相对越小。

未来现金流量的现值不是一种计量属性。因为不同的现值,代表不同的现金流量估计数与不同折现率的结合。未来现金流量的现值要在符合公允价值的定义——自愿的交易双方在现行交易中,而不是在被迫或清算销售中,购入、出售或清偿所达成的金额的情况下,贴近公允价值,才是一项计量属性。

公允价值在计量金融资产和金融负债时特别有用。正如 FASB 所说,在计量金融工具时,公允价值是最相关的属性。而在计量衍生金融工具时,公允价值是惟一相关的计量属性。

2.可实现净值(现行产出价值)

如果企业的产品是在有组织的市场销售,其可实现净值就是近期实际售价的合理估计数(扣除必要的销售费用)。因此,现行产出价格就可以作为商品存货及接近完工阶段的产品或副产品的预期现金流入贴现值的近似替代价格。但是,如果该产品在短期内不能出售,那么其现行市价(作为预期售价或代用价格)就应予以贴现;当存在追加生产成本和销售费用时,则应从现行售价中扣除这些成本和费用,以确定可实现净值(即现行市价的近似值)。

用可实现净值对资产进行计价,要有一定的条件:

(1)它主要适用于为销售而持有的资产。如商品、投资、不再使用的厂房、设备、土地等。

(2)它只是未来售价的近似价格,用它来代替未来售价,不一定表示未来的买主将要实际支付的数额。

(3)它必须考虑或扣除在正常经营中所需的合理销售或变现费用。

(4)由于企业的所有资产并不都能根据现行售价来计价,这就要应用不同的计价属性作为替代价格,这样加总得出的资产总额可能变得毫无意义。

3.现行市价(现时现金等值)

资产在正常清理情况下出售时可得到的现金或现金等价物,可用类似性质和状态物品的市场价格来计量。

这种计价概念的重心在于突出每一时点上的资产的价值,其理论依据是过去的价格与现在无关,而未来的价格只是一种推测而已。因此,现行市价属性避免了要将过去、现在和未来价格加总起来的做法,可以保持资产计价时间基础的一致性。

这种计价属性的主要缺点是:它所计量的财务状况,不能概括全部不具有同时期市价的资产项目。因为,有些不可销售的专用设备以及大多数无形资产,无法获得现行市价,只能采用其他的替代方法,而这些替代方法会损害现行市价计量基础的一致性。并且,现行市价(或现时现金等值)属性具有"非相加性"的特征,即各项资产的现时现金等值之和,并不等于资产总体的现金等值。例如,某企业将资产分项出售时,流动资产300万元,固定资产600万元,无形资产100万元,共计1 000万元。若资产整体出售,可能大于或小于1 000万元。

4.清算价值

资产计价还可以运用清算价值。除了来自不同的市场条件外,清算价值与可实现净值和现行市价较为相似。现行市价是处于正常经营并有正常利润情况下的价格;可实现净值至少是有规则进行清理的价格;清算价值是一种迫售价格,即按被迫清算时大大低于成本的价格出售。可见,清算价值在正常情况下,没有多大的现实意义。因此,这一计价基础一般只适用于下列两种情况:

(1)商品或其他资产已丧失正常用途,或已陈旧过时,从而已经失去正常的市场;

(2)企业预计在近期内中止营业,以致不能按正常市场条件进行销售。

(二)投入价值基础(Input Value Base)

资产的投入价值,是指为了取得资产而支付的价格,这种支付价格可包括实际的和预期的。

一般认为,投入价值基础比产出价值基础更加恰当。因为投入价值有可能加以验证,并在实现后呈报收入。投入价值可以用历史成本、现行成本、未来预期成本等来表示。

1.历史成本

历史成本是资产计价所使用的传统属性。资产在取得时,一般都是根据其取得经济业务的原始交换价格入账,历史成本代表资产在获取时的投入价值。因此,成本是获得某一特定资产的交换价格。如交换中所付代价是非货币性资产时,则以所放弃资产的现行价格作为取得资产的成本。

历史成本的主要优点是它的可验证性。历史成本是市场上形成的,是买卖双方同意的交换价格,具有合法的依据。历史成本还与收益计算中的实现和配比等原则密切联系着。每个期间的净收益一般是实际产出价值超过实际投入价值的差额,后者往往地以所耗资产的取得成本计价的。

但历史成本作为资产计价的属性也有缺点。

首先,历史成本的客观可信性是相对的。虽然在交易日,资产的历史成本有凭证为据。但是,资产因耗用而对其初始交易成本(历史成本)的调整、分配和账面余额的计算未必是完全客观的。例如,在多次购买存货时,对发出存货成本的计价可以有多种方法,每种方法的结果不一样,亦难以说明何者是客观可信的。又如,固定资产的取得成本可能是客观的。然而,其损耗价值(折旧)、剩余价值(账面余额)的确定,涉及对该资产的使用寿命、残值的估计,以及不同折旧方法的选择,同样带有很大的主观性和不可验证性。

其次,资产的价值可能经常变动,自始至终用历史成本作为计量属性,在价值长期发生变化之后,相同的资产在不同的时期取得的成本将会有很大的差异,从而使资产负债表上的汇总加计失去可比的基础,资产的各项合计数就变得难以解释。

最后,按历史成本计价,还可能使利得和损失在其实际发生期间不能得到单独确认。

2.现行重置成本(现时投入成本)

现行重置成本,表示现行为取得相同资产或其等价物所需的交换价格。

当存在可自由购售这些类似资产的完善市场时,这种重置交换价格就能反映出资产的现行成本。

这一资产计价属性有以下几个优点。

(1)现行重置成本表示企业在现在为取得该项资产或劳务须支付的数额,因此它代表了企业投入价值的更佳计量,以便能与现时收入相配比。

(2)它使营业损益和持产损益分开确认成为可能。

(3)以各项资产现时价值相加的总数比之不同时期所发生的历史成本总和,更富有意义。

现行重置成本的主要缺点是缺乏足够的可靠性。除非能在市场上找到与所持资产完全相同的资产,否则,一些主观因素就必然会影响到现行成本的确定。此外,资产可提供效益的现值并不一定与资产的现行成本相一致,即企业取得资产的目的是为了取得资产的效能,由于同一资产在不同的企业具有不同的效能,因此,用市场上取得的交换价格(现行成本)并不能表示资产对企业的价值。

3.未来预期成本

未来预期成本,又称未来成本的现值。大多数非货币性资产可代表预先取得未来物品或服务的现金流量。这些物品或服务之所以要预先取得,是因为:

(1)成批大量取得的所费成本较少;

(2)有些资产,如房屋和设备,实际上是代表一连串的不能分割或单独取得的未来服务;

(3)为了确保以后的需要,必须预先购买未来的服务,如租赁;

(4)为了保护其他投资(如租赁改良)而要取得财产上的权利。

在这些情况下,资产或服务在未来使用时的预期成本(或约当成本),也许是最恰当的计量属性。所以,可以采用未来预期成本的折现值对资产或服务进行计价。

一般地说,资产的现值要少于其未来提供服务时所花费的数额总和。例如,预先购买的10年期租赁权,将可能比同一期间(10年)内每年支付的10次付款总和为少,这里的差额一部分是由于利息因素,另一部分可能是由其他因素所造成的。但不论是何种情况,如果租赁合同的其他条件都相同,租赁权的现行计价都不应超过未来10次租金支付的折现值。当然,这种概念同样可以适用于厂房与设备及其他资产的计价。资产的现值被认为等于未来服务成本的现值,其折现值仍属于投入交换价格而不是产出价值。

4.标准成本(Standard Costs)

标准成本主要是成本控制的一个重要手段,但它也可作为资产计价的一种有用属性。因为标准成本可理解为:利用在可望水平的生产效率和生产能力条件下的应有成本(假设成本)对预期产出资产提供的一种计价。

以标准成本为基础的计价,是以生产产品所需要的适当数量物品和服务的适当交易价格为依据的投入价值计价基础。这里的"适当"是针对正常生产效率和正常市场供求关系或原材料价格而言的。

标准成本的主要优点是剔除了无效成本。因为这些无效成本不能带来未来经济效益,不应结转到未来期间与未来收入相配比,或者说,资产和服务的价值不应包括无效成本。

但从计价的观点看,标准成本未必优于实际成本。因为在高效率条件下生产的产品不一定比低效率条件下生产的产品具有更大的价值。产品对企业的价值取决于其未来的服务潜力或预期的售价,往往与实际的耗费(历史成本)或应该的耗费(标准成本)没有直接的关系。此外,这种计价的恰当性很大程度上取决于所选择的标准成本的类型及其适用的方法,从而缺乏了某些客观性。因为标准成本主要用于成本控制,易把某些正当的无效成本排除在外,从而导致资产计价的低估。

总之,资产计价是要为企业产生未来现金流入的资源提供相对的计量。但资产计价可适用于不同的目的,如显示企业的财务状况,确定收益,为有关的会计信息使用者提供特定决策所需要的相关信息,等等。这就可能要求会计人员根据不同的计价目的,采用不同的计价属性和方法,这使得多种不同计价属性的共存既可能又合理。

不管选择哪一种计量属性,都必须考虑到这一计量属性的可靠性(客观性)和相关性。而可靠性和相关性常常是相互冲突的,为了强调相关性而改变计量属性时,可靠性可能有些削弱,反之亦然。有时候,可靠性和相关性的得失,可能并不明白,只能依赖会计人员的职业经验来判断。表4-4列示了资产计量可供选择的计量属性及其可靠性和相关性的强弱程度。

表4-4　计量属性及其可靠性和相关性的强弱程度

计量属性	时态	类型	交易	可靠性(客观性)	相关性
历史成本	过去	购入或取得	实际		
现行成本(重置成本)	现在	购入或取得	假设		
清算价值	现在	出售	假设	强↑	弱
未来预期成本	未来	购入或取得	假设		
现行市价(脱手价值)	现在	出售	假设		
可实现净值	现在	出售	假设	弱↓	↓强
公允价值(未来现金流量现值)	未来	出售	假设		

综上所述,各种资产计量属性概念及其适用的一般条件如表4-5所示。

表4-5 资产计价属性及其适用条件

计价属性(概念)	适用条件
产出价值基础:	可以得到产出价值的可靠证据时
1.公允价值(按未来现金流量现值估计)	预期现金流量(或其等价物)已知或可以较确切地估计且间隔期较长
2.可实现净值(现行产出价值)	能在有组织市场出售,现行售价能表示未来产出价格
3.现行市价(脱手价值或现时现金等值)	当正常清理为最佳选择时,要求表示未来产出价格或现时出售的价格
4.清算价值	当企业不可能在正常市场出售其产品或劳务时
投入价值基础:	不能可靠得到未来产出价值时
1.历史成本(原始成本)	新近取得资产具有实际投入交易价格
2.现行成本(重置成本、现行投入成本)	可以获得现行重置成本的可验证证据
3.未来预期成本(未来成本的现值)	预先购入未来服务而不是需要时才购入,即未来服务成本已知或可估计时预先购入
4.标准成本	当其表示正常情况下高效率和能量充分利用时的现行投入成本

关于各种资产的具体计价方法与理论,已在有关的专业课中学过,不再赘述。

■负债及其计量

本节主要讨论:负债的定义及特征、负债的确认、负债的计量、可转换债券、或有负债、特殊的负债事项等。

□负债的定义及特征

时至今日,人们对负债的认识和描述不尽相同。一般来说,负债是企业资产总额中属于债权人的那部分权益,它是指由于过去的交易或事项而现在承担的将在未来用企业的资产或劳务偿还的各种债务。但在财务会计文献存在着一些不同的表述。

美国财务会计准则委员会(FASB)在其颁布的《财务会计概念公告》第6辑(SFAC NO.6)中,将负债定义为:"负债是将来可能要放弃的经济利益,它是特定主体由于已经发生的交易或事项,将来要向其他主体交付资产或提供劳务的现有义务。"

国际会计准则委员会1989年对负债的定义是:"负债是指由于以往事项而发生的企业的现在义务,这种义务的清偿将会引起含有经济利益的企业资源的外流"。(IASC 1989,P49)

我国《企业会计制度》和有关准则对负债的定义是:"负债是指过去的交易、事项形成的现时义务,履行该义务预期会导致经济利益流出企业"。

根据上述几个最具代表性的定义,负债具有以下特征。

1.负债必须是现时存在的义务

这就是说,负债是由过去的交易或事项所引起的。它可能产生于商品或劳务的购买交易,也可能产生于企业应承担的且已存在或预期可能发生的损失。但是,对未来交易或事项导致的或有义务,只有存在合理的可能性时才能列为负债。

2.负债必须是一项强制性的义务

这就是说,企业所承担的负债,使之不存在避免未来牺牲的可能性。这种强制性的义务,通常源于财务文书、法律和合同之类的人类发明创造。但也有些负债是由公平义务或推定义务产生的(其含义见后述——负债的确认中讨论),这些公平或推定义务,通常要像法定义务一样,用同样的方式偿付。

3.负债必须以债权人能接受的经济资源来清偿

这就是说,债务通常要用企业的资产或劳务来偿还。尽管企业有时可以通过承诺新的负债或转化为所有者权益的方式来结清现有负债,但是这并不能改变负债的这一特征。在上述方式中,前一种方式只是负债偿付时间的延期;后一种方式相当于以增加所有者权益而获得的资产偿还了现有负债。

4.负债必须有可确定的到期值或合理估计金额

在大多数情况下,负债的金额和偿付时间均已由合同的条款所规定,其金额是确定的。但在某些情况下,待付的金额取决于未来的事项,如按租赁资产所获收入的一定比例计算租金等。在这种情况下,即使其金额很不确定,但由于负债确实是存在的,因此,不能因为存在计量上的困难而将这些不肯定性情况下的负债排除在其定义之外。也就是说,对于金额不肯定的负债,可以通过合理估计的方式予以计量。

5.负债一般都有确切的受款人和偿付日期

这就是说,在正常情况下,负债应有确定的受款人,或其债权人是已知的或是可知的,且有确切的到期日。但这并不是确认负债的必要条件。只要受款人和偿付日期可以通过合理估计加以确定,即使在尚不知道具体受款人和偿付日期的情况下,也可以确认负债。

□负债的确认

尽管负债的定义简单明了,但判断会计实务上某一特定交易或事项是否会导致一项负债,则需要建立起一些更为具体的确认标准或规则。负债的确认标准或规则,通常有如下几个。

1.依据法律概念

在传统会计中,确认一项负债的重要依据,是企业是否承担了此项债务的法定偿还义务,这种通过签订正式合同所产生的并将根据法律强制执行的债务,便是所谓的法定义务(Legal Obligations)。负债的狭义定义仅包括法定债务。

2.依据公平或推定义务概念

由债权人和债务人双方所同意且不需要通过法律强制执行的债务,称为公平义务(Equitable Obligations)。公平义务大多是遵从社会习俗和商业惯例即源自道德或道义的拘束而具有约束力的,而不是因为法律的规定。例如,某一企业对于一家没有供应来源的客户,可能负有一种完成和交付某一产品的公平义务,纵然依照法律责任,不交付产品只需退回客户的定金就够了。

在特定情况下成立、推断或悟出的,而不因为与另一主体订立了协议合同或因为政府强制执行的债务,称为推定义务(Constructive Obligations)。例如,某一企业可能因为常年惯例而对其职工负有付给休假工资或年终奖金的推定义务,即使它并不受支付合同的约束,也从未公布此项方针。

当然,公平或推定义务与法定义务之间的界限并非总是明白无误的,有时甚至是极端困难的。

3.依据一项经济业务的经济实质

一项经济业务是否具有经济实质,主要取决于它是否能够提供与决策相关的信息,即所确认的负债应具有相关性。在一项业务的经济实质是否应确认为负债的争论中,无条件抵消权合同(Unconditionally Offsetting Contracts)事项最具代表性。

所谓无条件抵消权合同,是指企业为未来购买商品或劳务而于现在签订的合同,在这样的合同中,买方承诺货到时付款。

例如,企业与供应商签订一项在 3 个月后购买材料的合同。签订合同这一事项是在企业经营中发生的且在收到材料时引起的未来支付义务的财务事项,但此时在企业和供应商之间并没有发生实际的交易,尽管双方之间已经产生一种"可履行承诺"(Executive Commitment),即待执行合同(Executory Contracts),在传统的会计实务中,企业不确认因此项业务所引起的负债。理由是,在收到物品之前,买方的支付义务与收款权利可以相互抵消,也就是说,在收到物品与承担合同付款义务之前,存在一个无条件的抵消权——合同所约定的物品金额与付款金额相等而可予抵消。

但是,近年来的西方会计理论认为,当买方通过签订合同承诺到期支付货款则无法取消或退出交易,即使买方尚未收到物品,也不能忽略所承诺支付义务的确认与报告,否则将低估负债。

无条件抵消权合同的传统处理方法有着诸多缺陷:

第一,这种合同是由过去事项所引起,且将用资产来偿付,它符合负债的定义。

第二,传统的处理方法假定:因为合同所约定的物品金额与付款金额相等而可予抵消,从而与投资者和债权人的决策毫不相关。而实际上,报表使用者对合同所约定的物品价值和所承诺的付款金额所寄予的期望并不相同。

第三,这个义务是现实存在的,即使不要求强制执行,但源于公平或推定的考虑都符合负债的特征;并且在许多场合下,这种付款义务不论从其支付时间,还是从其支付的额度,都具有较大的肯定性(从反证中也可以看出,当付款义务超过物品的价值时,企业并不取消合同,而是通过确认损失继续持有合同)。它确实能影响到未来的现金流量,也就是说,它与报表使用者的决策是相关的。

第四,资产负债表要描绘的乃是财务状况的概貌。一项负债同一项具体的资产来抵消,即使这项资产是那笔债务的担保品,也破坏了资产和权益对比的全面形象。

4.依据负债金额的可计量性

在大多数情况下,负债的金额是确定的,因为负债产生于已明确地限定支付时日与支付金额的交易或合同,对这种负债的确认,显然比较容易。但是,在某些情况下,负债的金额具有很大的不确定性,例如,或有事项所导致的或有负债的确认,就是一件较困难的事。因此,在诸如负债金额的确定需依据未来经营情况而定或存在或有负债的情况下,由于负债确已存在或为稳健需要,可根据合理估计数来确认负债,即应计负债(预计负债)。应计负债的确认同其他负债的确认并无二致,但却存在着由会计人员主观确定的较大任意性。任何应计负债,倘若与日后实际发生的负债不一致时,都会导致损益表和资产负债表数字的歪曲。除非有合同或市场价格作佐证,否则,应计负债在本质上都是任意的,它易受企业管理当局的操纵。

□负债的计量

从理论上讲,负债的计量应以未来应付金额的现值为基础。而未来应付金额通常是由负债发生日的有关交易或契约合同决定的。在大多数情况下,由于签订合同而产生的义务,其金额和支付时间均已由合同、契约所规定。但在少数情况下,负债的金额可能要取决于未来的经营活动,如按使用租赁资产所获收入的一定比例计算应付租金等。在这时,即使其金额只能采用估计数表示,但负债确已存在,并且有估计的未来支付价值。当然,负债由于有不同的种类,其计量也有一定的区别。

(一)流动负债的计量

流动负债是指在一年或一个营业周期内支付的义务,如应付账款、应付票据、应付工资、应交税金、预提费用、预收账款等。

大部分流动负债是货币性负债(Monetary Liabilities,指那些将用货币来清偿的债务),如应付账款、应付票据、应付工资、应交税金等,它们必须于最近未来的某一时日用固定金额的货币来偿还。虽然负债的现时价值应是其未来应付金额的折现值,但就流动负债而言,由于要在短期内偿付,其折现值通常并不重要,因而其金额可按其面值即未来应付金额计列。但是,如果该负债可以采用两种或两种以上的备选方式予以清偿时,则应以可资选择方式中的最低金额予以计列。例如,信用条件为 2/20,N/30 的付款业务,则该负债的金额应为发票价格减去 2%的现金折扣。若按总价计列,就会高估负债,因为按照良好的商业习惯是不需要按总价支付的,如果以后真的按总价支付了该项货款,其多付的部分就应作为未获取折扣,并将其视作经营效率不高造成的损失(作为财务费用)。

一些应计负债实际上和应付费用相联系。根据配比原则,费用应在资源或劳务被消耗以获取收入的过程中予以确认。但在某些情况下,企业是依照合同的规定条件事先取得并使用这些资源和服务(如租赁资产、银行借款等),而对它们负有支付义务。通常,应计负债是在会计期末相应于应付费用而入账的,它们可以根据有关的合同价格或市价计列。如果不确认应计负债,将导致当期费用低估,以致高估当期收益,也会低估负债,歪曲财务状况。

流动负债还包括一些非货币性负债(Non – Monetary Liability),即将来用一定数量和质量的商品或劳务(并非固定金额的货币)来偿还的现有义务。它们通常产生于客户为获得商品或劳务而预付给该企业的款项,如预收账款、预收租金等。这类负债一般应根据特定数量和质量的商品或劳务,按双方认可的价格来计量。

从理论上说,预收账款包含两个部分:一是商品或劳务的成本,二是出售这些商品或劳务的利润。因此,有人认为,预收账款应分离出负债和递延收益两个部分,即成本部分列为负债,利润部分作为递延收益列入资产负债表的权益项目。(递延收益——Deferred Income,指企业已收到但不记入本期的收益,有时也指包括收益在内的收入项目即递延收入——Deferred Revenue,该收入的实现需递延至相关费用确认之时。而递延贷项——Deferred Credits 则是递延收益和递延收入的同义词)。

但是,各个国家的会计准则一般都规定,预收账款应列为流动负债,对其中所包含的成本和利润不加区分,理由是:

(1)预收账款是一项筹资业务,而不是一项收入赚取业务,即对企业将提供物品或劳务的经营活动的一种临时性融资安排,这才是预收账款的真正目的。

(2)因预收账款而招致的企业必须提供物品或劳务的义务是现时存在的,属于当期经营活动的一部分,只有在极少数情况下的预收账款才会超过一年或一个营业周期,因而符合流动负债的定义。

(3)根据收入实现原则,收入是在特定时点予以确认,即收入确认的关键事项是物品或劳务已经提供,而不是收现。因此,收到的预收账款不代表产生任何收入或利润,也不能确认为递延收益。

当然,在个别情况下,收到的预收账款也可能是递延收入而不是非货币性的流动负债。这时,企业收入的赚取活动已经完成,如物品或劳务已经提供。但是,由于应收账款的不确定而有可能要确认递延收入。例如,在房地产或大额商品的销售中,如果顾客支付的定金未达到规定的最低限额,其能否继续支付存在不确定性时,有必要将这部分预收账款作为递延收入,而不是一项负债。因为在这时,企业已经提供物品,不再对顾客负有支付义务。

(二)长期负债的计量

长期负债是指超过一年或一个营业周期的支付义务,如长期借款、应付公司债券、应付抵押(按揭)贷款、租赁负债等。

就长期负债而言,由于货币时间价值影响较大,因而其现时价值应根据合同要在未来支付的所有款项(本金和利息)按适当的折现率计算的折现价值。

1.公司债券

公司发行的长期债券,其价值应是本金和各期利息按恰当的折现率计算的折现值。

所谓恰当的折现率应根据现时证券市场上类似风险条件的债券收益率来确定,一般选用债券发行日的收益率作为折现率。之所以如此,是因为用发行日的收益率计算出来的负债现值相当于负债的"历史成本",也就是说,发行日的收益率可视为企业所承担的实际利率,具有客观性的优点。

同资产的历史成本计价一样,如果在该债券存续期间一直采用发行日的收益率,则长期负债的持有利得和损失就得不到确认,即每期的利息费用是由长期负债的期初数乘以发行日的收益率来计算的(实际利率法下)。由于实际利率变动的幅度一般不大,因此,债券存续期实际利率的任何变动都不予考虑,而且按发行日的收益率计算的利息费用总额必然等于用各期现行利率计算的利息费用和负债持有利得或损失之和。

债券折价或溢价发行时,任何特定期间的利息费用应等于按协议支付的利息费用(名义利息 = 面值×票面利率)减去溢价的当期摊销额或加上折价的当期摊销额。每一会计期间终了时的负债的账面价值都应等于债券的到期价值(面值)加上未摊销的溢价或减去未摊销的折价。由此可见,未摊销的溢价或折价应作为债券计价的一部分,在计算各会计期间的利息费用时,必须以名义利息加(减)当期折价(溢价)的摊销额。参见下列各账户:

应付债券—面值	应付债券—溢价	应付债券—折价
余额:债券面值 (A)	余额:未摊 销溢 价(B)	余额:未摊 销折 价(C)

综上所述,公司债券的计量可归纳如下几点:

(1)初始计量:债券的价值应是其本金和利息的折现值。折现率一般采用债券发行日的市场收益率。

(2)日后计量:

$$\frac{每期末债券}{的价值(现值)} = \frac{到期值}{(面值)} + \frac{未摊销}{溢\quad价} - \frac{未摊销}{折\quad价} = A + B - C$$

(3)利息费用计量

$$\frac{每期利息}{费\quad用} = \frac{名义利息}{(票面利息)} + \frac{当期折价}{的摊销额} - \frac{当期溢价}{的摊销额}$$

溢价或折价的摊销,既可采用直线法,也可运用实际利率法。

2.可转换债券(Convertible Bonds)

可转换债券是一种特殊形式的长期负债,它具有普通债券的全部特征,又赋予债券持有人在既定日期之前按照设定的价格(或比例),把债券转换为发行企业股票的权利。债券持有人有权选择将债券持有至到期日或在此之前转换为股票。

在西方财务会计理论和实务中,对如何处理可转换债券是颇有争议的。这主要是因为,可转换债券属于一种"复杂融资工具"(Complex Financial Instrument),它同时为两种或两种以上融资工具的混合,本身虽然是债券,但又附带可换股权利。这一复杂特征导致对其分类、确认及计量方面产生一系列问题。其核心问题是如何处理换股权,因为在负债确认与计量方面,这种债券与其他债券并无太大的区别。

第一种观点认为,应把这种债券视为一般债券而忽略其换股权。其依据是:债券和换股权是不可分割的。换股权自身,无论归类为负债或业主权益,并没有市场价值,没有必要进行单独确认与计量。

第二种观点认为,换股权属于权益性证券,它的价值应当从债券价值中分离出来,列入业主权益下的"缴入资本溢余"(资本公积)。其理由是:可转换债券之所以有吸引力,就在于它提供关于持有债券或换持股票的灵活性,是对投资者的一种潜在效用,所以,可转换债券的利率往往会低于一般的同类风险债券。换股权价值就是指若发行普通债券时,其发行价格与发行可转换债券价格之间的差额。美国早期的会计准则曾经采纳这一观点,但是由于受到企业管理当局的抵制(即不愿意把换股权分离出来单独列示于业主权益)而未能普及。

第三种观点认为,应当根据可转换债券的主导性特征来决定其分类与确认。例如,FASB 于 1990 年发表的一份讨论备忘录《负债与权益性融资工具的区别及对同时具备两者特征融资工具的会计处理》中指出,应当根据在发行日的下述 4 个主导特征来确定可转换债券为负债或业主权益项目:

(1)如果发行日的合同条款规定倘若不换股,发行企业需支付利息和偿还本金,则可转换债券应当确认为负债。

(2)如果合同规定发行企业要向债券持有人实行换股权时转移融资工具的义务,应当确认为负债。

(3)根据具有最大值基本融资工具的特征来归类,即如果债券性融资部分的价值大于权益性融资部分的价值,则确认为负债。

(4)依据最有可能的结果来分类,倘若换股结果的可能性相当高,则应确认为业主权益项目。

第四种观点认为,债券和换股权是两个必须分开披露的负债项目。因为换股权使企业承诺向债券持有者转移股票的义务,换股权自身也可以视为一项负债。企业可能回购自己的股票以满足这一支付义务。当换股权被实施时,企业可能已按市价售出这些债券。换股过程可视为卖出债券取得现金再购取股票的交易。通常,只有当企业股票市价较高(大于设定的换股价)时,债券持有人才会实行换股权,因此允许债券转换为股票就意味着企业可能承受一定的损失——按较低的设定价格转让具有较高市价的股票。由于业主权益交易不能产生损益,可能导致企业承受损失的换股权不符合业主权益的定义,而应视为负债。另外,倘若换股权未予以实行,则关于换股权特征的初始价值也不具备业主权益的特性,因为该债券持有人并没有享受股东的任何权利。

国际会计准则委员会在其第 40 号准则《融资手段》(征求意见稿)中,要求凡附有可以转换为债券发行者权益股份的债券,均应分别确认负债和股东权益并分开处理。

我国财政部在其应付项目会计准则征求意见稿中建议,可转换债券和附不可分离认股权证的债券作为负债处理;附可分离认股权证的债券,将其发行收入按债券和认股权证的公允价值在两种证券之间进行分配,分别作为负债和所有者权益处理。

□或有负债(Contingent Liability)

或有负债,是指其最终结果如何,目前尚难确定,须视某种事项是否发生而定的未来支付义务。它是由于过去的某种约定、承诺或某些情况而引起的,其结果尚难肯定，可能是要企业负责清偿的真正债务，也可能不构成企业的债务，因此，或有负债只是一种潜在的债务，并不是企业目前真正的负债。

从理论上说，或有负债可分为两类：

（1）直接或有负债——由于企业的自身行为或活动可能导致的未来支付义务，诸如产品质量保证、未决诉讼或求偿要求、违约罚金、税务争议等。

（2）间接或有负债——取决于第三者的行为，非企业所能控制的事项导致的未来或有义务，诸如应收票据贴现或背书承兑、应收账款转让、担保他人债务等等。

或有负债的共有特点是，它们的存在带有一定的不确定性，尤其在现在难以确定它们的受款人和偿付日期，其金额分布可能在从零到很大的区间。所以，只有在或有负债可能性较大且可以合理地估计其金额时，才能加以入账和报告。

可见，或有负债不同于其他负债之处主要在于其发生与否及具体金额在现时仍存在不确定性，不能完全符合负债的确认标准。但是，按照稳健性原则要求，又有必要预计可能的损失或负债。基于这两方面的原因，财务会计上对或有负债的处理侧重于披露。负债"充分披露"原则提供有关或有负债及其未来决定事项的资料，增加财务报表的信息含量，为使用者的正确决策提供依据。另外，传统的会计理论认为，对或有负债的处理，应基于未来支付责任的预期发生程度——倘若一项潜在的支付义务的发生可能性很大，就应当确认为负债列示于资产负债表；如果它的发生可能性较低，则仅需在报表附注中加以说明而不必列为负债。例如，企业对产品承担售后服务责任，即必须在规定的期限内对产品的质量负债或有义务进行维修。如果根据过去的经验，这种售后服务支出的可能性较大，就应在资产负债上列为一笔或有负债（预计负债）。

也有一种观点认为，或有负债的确认或报告，可能对企业产生一些负面作用。例如，在未决诉讼事件中，企业可能面临败诉及承担赔偿的支付责任。如果这种支付责任的可能性很大，企业必须按预计的赔偿金额确认一项负债。但是，将这一或有负债列示于资产负债表，将为诉讼案对方提供企业已承担过失的证据，导致可能的败诉损失成为现实，这等于是企业对不利因素的"自我预言实现"（Self-fulfilling Prophecy）。所以，有的学者认为，企业在确认和报告或有负债时可能面临两难选择——必须权衡向报表使用者提供全部相关信息的责任和尽可能防止或减少企业损失之间的矛盾。

FASB 在第 5 号《或有事项会计处理》准则公告中提出，企业必须对或有损失或或有负债根据发生可能性的下列标准进行分析：

(1)很有可能(Probable)——未来事项发生的可能性相当大;

(2)尚有可能(Possible)——发生的概率低于很有可能而高于不大可能,即介于很有可能与不大可能之间;

(3)不大可能(Remote)——未来事项发生的概率较低。

如果或有损失的发生概率是很有可能,必须予以确认,记入当期损益;倘若是尚有可能,仅需在报表附注中说明;而不大可能的,则可予以忽略。相应地,在确认或有损失情况下,若可以符合下列两个条件,还应确认或有负债:

(1)在年度报告公布前的有关资料表明这一或有事项可能导致在结账时已存在资产价值减损或支付义务;

(2)可以合理地估计或有损失的金额。

简言之,在西方现行会计实务中,如果或有负债发生的可能性较确定,而且其金额可以合理地予以估计,就有必要正式确认并报告于资产负债表;倘若无法满足这两个条件,按照充分披露的要求,也应将或有负债通过报表的附注予以反映。

我国财政部2000年4月发布的《或有事项》会计准则中指出了或有负债的定义、确认条件及其计量原则。

该准则将或有负债界定为以下两种义务之一:"或有负债,指过去的交易或事项形成的潜在义务,其存在须通过未来不确定事项的发生或不发生予以证实;或过去的交易或事项形成的现时义务,履行该义务不是很可能导致经济利益流出企业或该义务的金额不能可靠地计量"。这就是说,该准则认为或有负债包括两类义务:一类是潜在义务;另一类是不完全符合负债确认条件的现时义务。这里所指的现时义务符合负责定义,属于负债的范畴,只是不完全符合负债确认条件而没有确认而已。

该准则规定,如果与或有事项相关的义务同时符合以下条件,企业应将其确认为负债:

(1)该义务是企业承担的现时义务;

(2)该义务的履行很可能导致经济利益流出企业;

(3)该义务的金额能够可靠地计量。

这就是说,只有同时满足上述3个条件的或有事项所形成的义务,才能确认为负债。否则,只能作为或有负债在财务报表附注中披露。

该准则规定,按上述确认条件确认的负债,其金额应是清偿该负债所需支出的最佳估计数。如果所需支出存在一个金额范围,则最佳估计数应按该范围的上、下限金额的平均数确定;如果所需支出不存在一个金额范围,则最佳估计数应按如下方法确定：

(1)或有事项涉及单个项目时,最佳估计数按最可能发生金额确定;

(2)或有事项涉及多个项目时,最佳估计数按各种可能发生额及其发生概率计算确定。

"涉及单个项目",指或有事项涉及的项目只有一个。比如一项未决诉讼、一项债务担保等。

"涉及多个项目",指或有事项涉及的项目不止一个。比如产品质量保证。在产品质量保证中,提出产品保修要求可能有许多客户,相应地,企业对这些客户负有保修义务。

综上所述可以看出,我国会计准则有关或有负债的确认、计量与披露之规定,与国际通行做法基本一致:因或有事项形成的义务,如果符合负债的确定条件(标准),就应确认为负债并列示于资产负债表(预计负债);否则,不能确认为负债,而应作为或有负债在报表附注中加以说明。

□若干特殊的负债事项

西方资本市场发展和融资工具应用的增加,给企业负债的产生、持有和终止都带来很大的变化,实务中出现不少"创新性"融资方式,从而产生一些特殊的负债事项,诸如表外融资、长期负债提前退除和债务重组等。下面将予以扼要地说明。

(一)表外融资(Off – balance Sheet Finacing)

表外融资,指债务人有可能避免在资产负债表上报告相应负债的一种融资安排。

租赁就是表外融资的一个典型例子。承租人租入一项长期资产,实质上类同于购买资产并且承诺一项长期支付义务。但是,承租人和出租人可能将租赁合同安排成一种非资本化租赁形式,则承租人不需在资产负债表中报告这项租赁资产和租赁负债。

又如,一家企业可能设立一家全资子公司。这家子公司着重于财务或融资活动,它购入资产,然后回租给母公司,或者是进行公开集资后贷款给母公司。事实上,母公司将承诺及担保子公司的支付义务。倘若母公司与子公司的主营业务分属于不同行业,母公司可以不把子公司报表进行合并,从而避免报告对子公司的承诺或担保支付责任。

表外融资的动因来自企业管理当局对负债水平的关注。企业的负债总额对计算负债比率、净资产报酬率及偿债能力等多项财务指标影响重大,而外部投资者、债权人将利用这些财务指标评估企业的风险和进行投资、信贷决策。一般而言,在总资产既定条件下,负债越大,风险就越高,相应地,企业的举债能力就越低,或借款成本就越高。而且,在长期负债的情况下,企业的风险暴露水平相应增大。长期负债的利息费用是固定性支出,当利润下降时,企业可以减少或不付股利,但不能不付利息。因此,企业在发行债券时一般被要求签订债务契约,并限定企业的负债比率或总负债水平。如果违约,企业可能面临强制性清偿全部债务乃至面临破产清算的风险。所以,不少企业设法应用表外融资的形式,避免在表上表现负债的增长。

表外融资在实务中发展很快,涉及越来越多的融资活动,尤其是在期货、期权、循环贷款等多种衍生金融工具的应用中包含表外融资的设计。从会计确认角度看,大多数的表外融资活动由于不符合负债、资产的定义或确认标准,可不在财务报表中确认。但关键的问题是,表外融资不仅事实上增加企业的负债水平,而且还伴随着极大的风险,如金融市场变动(汇率、利率骤变)和交易对方违约等都可能使企业蒙受重大损失。所以,在会计上不能忽略表外融资交易的报告。以美国为例,FASB 先后修订关于租赁会计和合并报表的会计准则,要求企业将长期租赁作资本化处理并同时确认租赁负债,以及更改原先允许对涉及不同行业的子公司不编制合并报表的规定,来防范企业忽略对子公司承诺或担保支付责任的报告。

由于表外融资活动及其涉及的金融工具都相当复杂,西方国家在目前仍缺乏规范性会计处理,准则制定机构仍限于制定这些交易的信息披露要求。如 FASB 在 1990 年和 1991 年公布了 SFAS105《金融工具表外风险和集中信用风险的信息披露》和 SFAS107《金融工具公允价值报告》,其中规定,对具有表外风险的金融工具应披露下列信息:

(1)有关金融工具的面值或契约合同规定的价值;

(2)所涉及的金融工具的性质和有关契约条款,包括说明它们的信用风险(即交易对方违约将导致损失)和市场风险(即市场条件变动可能导致的金融工具的价值损失);

(3)这些表外融资交易涉及的现金流量;

(4)相关的交易披露政策;

(5)如果这些融资工具附带抵押品要求,则应说明对抵押品的可获取性以及有关抵押品的性质和状态;

(6)金融工具风险暴露的集中程度,如来自某一交易对手或整组的对方企业,以及受不同行业、地区及经济环境特征的影响程度。

此外,FASB还要求,如果可以合理地估计,必须披露表外融资活动中涉及的金融工具的公允价值、有关的估计方法及其假设条件。公允价值应是在现行情况下交易双方公平交换有关金融工具可望产生的现金流量,或者也可以利用它们的现行市价。

显然,表外融资的应用增加了会计对负债确认与计量的难度,但是不能对它们忽略不计,至少有必要从披露角度提供表外融资及有关融资工具的性质、现金流量影响和风险暴露的相关信息,作为使用者评估、判断和决策的参考依据。从发展的观点看,金融市场和金融工具的发展对财务会计的理论和方法将产生越来越大的影响。

(二)债券的退除

公司债券发行后,通常要等到期满日,由发行企业支付债券本金(也可发行新债券抵付)后,才能终止及剔除这笔负债,这又称债券的退除(Retirement)。

但是,在某些特殊情况下,长期债券可能被提前终止,其所代表的负债亦将被提前剔除。如发行企业赎回债券、债务重组,以及所谓的"实质上退除"。债券提前退除,将会产生债务人和债权人如何确认、计量和报告有关负债的注销或调整及其利得或损失处理等会计问题。

1.债券赎回

债券一般会跨越较长时期。其设定利率是基于初始发行日的市场利率而定,在整个寿命期内保持不变。但市场利率在债券寿命期内可能显著波动,从而影响债券的价值。债券持有人可以通过公开市场转让债券,避免不利市场利率变动的风险。而发行企业无法利用二级市场买卖债券来避免风险。为维护发行企业的基本权益,债务契约中一般会列明一个"赎回"条款,允许发行企业在到期日之前按事先设定的价格(面值的一定比例)赎回债券。通常,企业在债券的现行市价大于设定的赎回价时,会应用这一赎回权。如果赎回时用现金支付,方称之为"退除",若是发行新债券取代旧债券,则称之为"退还"(Refunding)。

在赎回债券时,赎回价格与原债券账面价值之间的差额,理论上可以有不同的处理方法:一是全部确认为当期的非常利得和损失,其依据是赎回决策属于本期经营决策,产生的利得和损失也应由本期承担;二是把这一差额作为递

延损益并分期摊销,具体又可分为:

(1)按退除债券的原剩余寿命期摊销。这是因为债券赎回利得和损失来自原有债券赎回条款。若未实行赎回权,企业在这段剩余寿命期内可能还要支付较高的利息。

(2)根据新发行债券的寿命期摊销。其依据是获取更合理的配比效果。由于用较低(有利)利率的新债券赎回较高利率的原债券,企业可以获得的利息节约,也应当在新债券受益期内摊销。

(3)直接确认为当期的正常损益项目。因为债券的价值随时间的流逝而改变。

2.实质上退除(In Substance Defeasance)

实质上退除,是指债券到期之前,企业另拨付一笔资金设立一个不可撤回的信托基金,由该基金产生利息收入,用于支付债券的各期利息和最终清偿本金。这是将未到期债券的支付责任转给该信托基金,企业不再对债券进行未来支付,因此,可视为实质上已退除这笔长期负债,并将其从资产负债表中剔除。

这种"实质上退除"一般在市场利率显著升高时应用。例如,企业在5年前发行10年期利率为8%、面值100000元的债券。目前的市场利率13%。这时企业拨付80000元设立5年期信托基金,其产生的现金流入足以支付该债券未来5年的各期利息和到期本金,从而可以提前注销这项长期负债。这时在会计上将产生两个问题:

第一,如何处理注销长期负债而形成的账面利得或损失。

如上例,企业现时支付80000元即可注销100000元的长期债券,这项可观的利得能否在当期确认?一种观点认为可以确认,因为企业已经"实质上"注销了长期债券,不过这一利得应列作"非常项目",表示该债券退除交易是"非正常的"及"偶发的"。第二种观点认为这一利得应当递延,并在原债券剩余寿命期内分期确认,因为这一利得产生于原债券的注销。第三种观点认为不能确认这一利得。因为该债券并没有正式退除,企业仍没有在法定意义上结束对该债券的未来支付责任,因此,相应的差额应确认为业主权益的一个调整项目,递延至原债券期满后再予以确认为非常利得。

第二,能不能确认长期负债的注销。

早期的流行观点认为,如果企业设立的信托基金是专门用于偿付债券利息和到期本金,而且是不可撤消的,则企业对债券的未来支付责任可以视同已经解除。因此,FASB于1983年发布的SFAS76《债务的清偿》中规定企业可以注销"实质上退除"债券所代表的负债。

但是,理论界对此规定有很大争议。不少会计学者提出,"实质上退除"是不能成立的。尽管企业设立专门信托基金来支付债券利息和到期本金,但并没有解除企业的法定支付责任。特别是从理论上说,一方面如果信托基金产生的现金流入不足以支付利息或到期本金,债务人必须予以补充支付;另一方面债务人并没有放弃对信托基金产生利益的控制,如可享受基金结束时的剩余价值,相反,债权人并非信托基金的签约人,不能控制或直接提取基金的现金流入。换言之,债权人仍然只享有对债券的索偿权,而没有对基金的索偿权。"实质上退除"并没有改变企业和债券持有人之间的债务人和债权人关系,企业也没有理由注销相应的长期负债。这一观点在 20 世纪 90 年代以来逐渐占上风,促使 FASB 在 1996 年公布 SFAS125《金融资产转让与服务效用及负债撤除的会计处理》,取代原先的 SFAS76。SFAS125 规定,除非债务人已经对债权人作出支付(如现金、劳务、发行新债券)或是由法院判决解脱债务人的支付责任,在其他情况下都不能注销债务。

(三)债务重组(Debt Restructuring)

债务重组,指债权人按照其与债务人达成的协议或法院的裁决同意债务人修改债务条件的事项。

债务重组通常适用于债务人面临财务困难而不能正常履行其支付责任的情况。此时,债权人往往要承受一定的损失,但相对于让债务人破产而无法收回债权利益仍然是可取的。

债务重组方式一般有:

(1)以低于债务账面价值的现金或其他资产清偿债务;

(2)债务转为资本;

(3)修改其他债务条件,如延长偿还期限,减少本金或利息,等等;

(4)混合方式,即上述两种或两种以上方式的某种组合。

债务重组的会计处理可以分是否涉及修改其他债务条件来考虑。

在不涉及修改其他债务条件的情况下,债务重组的会计处理问题将主要集中在:

(1)对债务人而言,要不要将重组债务的账面价值与转让的非现金资产或股权的公允价值之间的差额确认为债务重组收益。

美国的会计准则规定应将这一差额确认为债务重组收益,即以"非常利得"入账。我国《债务重组》准则不允许确认为债务重组收益,而是要求债务人将重组债务的账面价值与转让的非现金资产或股权的账面价值(而非公允价值)之间的差额确认为资本公积或当期损失。既不采用公允价值,又不确认重组收益,主要是因为公允价值不易合理确定,而且是为了防范企业利用关联方之间的债务重组交易操纵利润,并非会计理论所使然。

(2)对债权人而言,要不要将受让的非现金资产或股权按公允价值入账。美国的准则要求债权人将受让(收到)的非现金资产或股权按公允价值入账。我国的准则要求债权人将受让(收到)的非现金资产或股权按重组债权的账面价值入账。理由同上。

在涉及修改其他债务条件的情况下,债务重组的会计处理问题将主要集中在:

(1)将来应付金额(应收金额)的计算应否包括或有支出(或有收益)。

我国准则规定,如果修改后的债务条款涉及或有支出的,债务人应将或有支出包括在将来应付金额中,或有支出实际发生时,应冲减重组后债务的账面价值;结清债务时,或有支出若未发生,应将该或有支出的原估计金额确认为资本公积;如果修改后的债务条款涉及或有收益的,债权人不应将或有收益包括在将来应收金额中,或有收益收到时,作为当期收益处理。显然,上述规定体现了稳健性原则的要求。

(2)将来应付金额(应收金额)小于重组债务(债权)的账面价值的部分应否确认为债务重组收益(债务重组损失)。

我国准则规定,债务人将来应付金额小于重组债务的账面价值的差额,不确认为债务重组收益,而应确认为资本公积;债权人将来应收金额小于重组债权的账面价值的差额,应确认为当期损失。美国准则要求确认为重组收益和重组损失。

(3)将来应付金额(应收金额)大于重组债务(债权)的账面价值时,应如何进行处理。

我国准则规定,债务人将来应付金额等于或大于重组债务的账面价值时,债务人不作账务处理;债权人将来应收金额等于或大于重组债权的账面价值时,债权人也不作账务处理。美国的准则没有涉及这一问题,因为其准则将范围限定在对债务人处于财务困难并且债权人作出了让步的债务重组,没有涵盖将来应付金额大于或等于重组债务的账面价值的债务重组。我国《债务重组》准则涉及的范围,比其他国家的相关准则的范围要宽。比如 FASB 于 1977年发布的第 15 号财务会计准则公告——《债务人和债权人对困难债务重组的会计处理》的范围,比我国准则的范围要小。

■所有者权益及其计量

本节主要讨论:所有者权益的性质、权益理论分类及其变动。

□所有者权益的性质

所有者权益代表所有者(股东或出资人)对企业的一种静态要求权(Claim),又称为业主权益(Owner's Equities),在股份制企业,通常称为股东权益(Shareholder's Equities)。

迄今为止,所有者权益尚未有一个令人信服的定义。

FASB 的定义:所有者权益是某个主体的资产减去负债后的剩余权益。

国际会计准则委员会也下了一个类似的定义:所有者权益指在企业的资产中扣除企业全部负债以后的剩余权益。

上述两个定义所涉及的仅仅是所有者权益的计量方面,而未涉及到所有者权益的性质。

我国企业会计制度和有关会计准则的定义:所有者权益是指所有者在企业资产中享有的经济利益,其金额为资产减去负债后的余额。显然,这个定义不仅指出了所有者权益的性质,而且说明了所有者权益的计量。

在计量方面,所有者权益不必像资产和负债那样单独计量,因为它既不能按现行市价,也不能按主观价值来计价,而只是根据一定的方法计量特定资产和负债所形成的结果,即企业资产总额减去负债总额后的剩余权益或净资产。

在财务会计理论中,所有者权益的定义与内容从属于资产和负债的定义,尤其是在资产已经确定之后,所有者权益就取决于负债的确认和计量,因为它表示资产减去负债后的"剩余权益"。但也有些学者认为,这样理解未必恰当,它导致把不能列为负债的要求权都归入所有者权益,其中包括一些不完全具备所有者权益的项目,如优先股权和少数股东权益等。这些项目实际上是所有者权益和负债的混合体,或者是介于两者之间的另一类要求权。从理论上说,有必要对所有者权益作出更为严格的定义,而不是简单地视为资产减负债后的剩余权益。比如说,可以再设立一类"准权益"(Quasi – Equities),用于归属不能充分满足所有者权益的剩余权益。

目前,财务会计中存在着多种理论来说明对所有者权益的确认和计量,其中较有代表性的权益理论主要有下述几种。

(一)业主权理论(Proprietary Theory)

这一权益理论产生于最初对复式簿记所作的解释。在会计恒等式中,资产－负债＝业主权益,即业主居于权利的中心,资产是业主所有的,负债则是业主的义务,业主权益就代表企业所有者所拥有的企业净值。在企业初创时,其净值等于业主的投资。在企业的经营过程中,其净值就等于业主的初始投资和新增投资加累积净收益减业主提款和分派业主款。所以,业主权理论是一种净财富概念,即代表所有者(业主)拥有的净财富(净价值)。

按照业主权理论,收入即为业主权益的增加,费用为业主权益的减少,收入大于费用而形成的净收益,直接归属于业主权益的增长。由于收益代表财富的增加,它应立即记为业主资本或权益的增加。发放现金股利应视为业主资本的撤出,留存收益则是业主权益的一部分。股票股利仅仅表示业主权益之间的内部转移,并不代表股东的收益。然而,债务利息代表业主的一项费用,应在决定业主的净收益之前予以扣除。公司所得税在业主权理论下也应视为一项费用,或者说它只是股东应纳的所得税而由企业代为支付而已。

总括收益观是基于业主权理论的,因为这时的净收益应包括在期间内影响业主权益的全部项目,而仅仅排除股利发放和资本交易。但是,业主权理论并未指明净收益是怎样计算的,它只是强调业主权益变动的性质及其在资产负债表上的分类。

业主权理论特别适用于独资企业组织,因为在这种组织形式中,企业的业主和管理者通常是一种个人关系。当然,这一理论对合伙形式的企业也是适用的。在独资或合伙企业中,由于各期净收益是直接加入业主的资本账户,业主权理论显然占有支配地位。

对公司组织形式来说,业主权理论的适用性有一定的限制,但是并非不能适用。相反不少会计学者认为,公司的资本股本、缴入溢余和留存收益都是股东的净财富,从而含蓄地体现着业主权理论。例如,亨德里克森在1992年版的《会计理论》一书中就列举出:公司净收益通常被视为股东净收益,在财务报表上必须列示每股盈利,有时还列示每股净资产,对附属公司非合并投资的会计处理也和业主权理论有关。母公司在附属公司每年收益中的比例份额都被加入投资账户,而依据就在于附属公司的收益是属于股东的,其中母公司就是大股东。

（二）主体理论（Entity Theory）

主体理论认为，企业主体本身是独立存在的，甚至具有自身的人格化。企业的创立者和业主并非与企业的存在相同。虽然这一关系也适用于其他组织，如大学、慈善机构和政府组织等。但主体理论主要适用于公司组织。

主体理论依据的会计恒等式是：资产 = 负债 + 业主权益，即资产 = 权益（负债 + 业主权益）。虽然这一等式的右方项目有时也统称为负债，但它们实际上是对企业不同权利的权益。负债和业主权益之间的主要区别在于：如果企业进行清算，债权人权利的确定可以不受其他项目价值的影响，而股东权益则是以初始投入资产的价值加上再投资收益价值及随后的重估价来计量，但是，股东收受股利和分配清算投资的权利，应视为权益持有人的权利，而不是对特定资产所有者的权利。

因此，根据主体理论，负债是企业自身的特定义务，资产代表企业自身收受特定物品和服务或其他利益的权利。所以，资产的计价必须反映企业已获得利益的计量。

企业的净收益通常以股东权益的变动来表示，但不包括由于股利分派和资本交易所引起的变动。但这并不等于说，净收益是像业主权理论的涵义那样作为股东的权益。它是代表扣除其他要求权（包括长期债券利息和所得税）之后权益状况的余剩变动。公司净收益既可以用于发放股利，也可用于扩大投资，只有投资价值的增加或股利分配部分才属于股东的个人收益。

如果从严格的主体理论概念来看，企业赚取的收益是企业自身的财产，只有股利分派部分才代表股东的收益。因此，留存收益应视为"公司自有的权益"。由于公司收益不增加股东权益，所以股票股利也应作为股东的收益。此外，主体理论还认为，债务的利息应视为收益的分配而非费用，即对各种权益持有人进行的分配，均属于公司收益的分配。例如，AAA 的会计概念和准则委员会在 1957 年就指出：利息费用、所得税和纯分红计划的分配，都不能作为决定企业净收益的因素。

既然净收益不被视为直接属于股东的收益，收入和费用也并不代表股东权益的增减，这样，收入只是企业的成果，费用就是企业为获得收入而消耗的物品和服务。所以，费用只是收入的减项，其差额则代表必须以股利形式分给股东和以再投资形式留给企业的公司收益。

除了公司组织形式外,主体理论对独立于个别业主生命而持续存在的非公司形式也是相关的。它还适用于合并报表的编制。但在这时,相关的概念是经济主体(Economic Entity),而不是法律主体(Legal Entity)。而企业的权益所有者集团除了母公司股东、母子公司的债权人之外,还应扩大纳入子公司的少数股权持有者。

有些学者认为,业主权理论和主体理论可能导致不同的资产计价基础。根据业主权理论,资产应按现行价值计价,因为业主权益被视为业主的净财富。而根据主体理论,企业并不关注现行价值,因为它所强调的是对业主和其他权益持有人的成本受托关系。但亨德里克森认为,现行价值对决定企业收益也是重要的,因为它可计量对企业的未来服务以及管理当局未来决策的基础。所以,这两种权益理论对资产计价基础的影响是次要的。

(三)剩余权益理论(Residual Equity Theory)

剩余权益理论最早是由美国会计学家佩顿在 20 世纪 30 年代初期提出的。他认为,剩余权益是主体理论的不同种类权益的一种。根据主体理论,股东是像其他的权益持有人一样(而不是作为业主)持有权益,但在会计上,股东权益代表一种剩余权益的特定关系。因此,在资产的计价、收益和留存收益以及其他权益持有人的利益等方面的变动都会反映在普通股股东的剩余权益中。所以,剩余权益理论是介于业主权理论和主体理论之间的一种概念。它所依据的会计恒等式是:资产-特定权益=剩余权益。这里的特定权益包括债权人的要求权和优先股股东的权益。但是,在企业面临重大损失或处于破产清算时,普通股股东权益可能消失,从而优先股股东或是债权人将成为剩余权益的持有者。

剩余权益理论的主要目的是为了更好地向普通股股东提供有助于他们进行投资决策所需要的信息。在长期持续经营的企业中,普通股股票的现行市价取决于未来股利的预期。而未来股利反之又取决于对总收入减特定的契约义务、对特定权益持有人的支付和再投资需要等方面的预期,这样,通过考察基于现行价值计量的剩余权益的变动趋势,就可以计量投资价值的变动趋势。

通常,普通股股东被认为对企业的收益及最终清算中的净资产拥有剩余权益。既然财务报表并非根据可能清算的基础编制,提供有关剩余权益的信息,将有助于预测普通股股东可望获得的未来股利(包括清算股利)。因此,收益表或收益与留存收益表将反映在扣除优先要求权(包括优先股股利)之后剩余权益持有人的可获得收益。而在资产负债表上,普通股股东的权益将与优先股股东和其他权益持有人的权益分开列示。资金表(现金流量表)同样要列示可供企业用于支付普通股股利和其他目的的资金。

(四)企业理论(The Enterprises Theory)

企业理论的概念比主体理论更为宽泛,但它的范围和应用尚未明确。主体理论认为企业是一个单独的经济主体,主要是为其权益持有人的利益而经营。但企业理论则把企业看成一个社会组织,是为众多利益集团的利益而经营。在最广意义上,这一利益集团除了股东和债权人之外,还包括职工、顾客、政府的征税与立法机构,直至一般公众。因此,广义的企业理论又可理解为会计的社会税。

这一概念最适用于现代大公司,因为它们有义务考虑其活动对不同利益集团和整个社会的影响。从会计的角度看,这意味着适当的报告责任不仅限于股东和债权人,而且还应面向许多其他集团和社会公众。大型公司不能仅仅为股东的利益而经营,它们还要兼顾其他集团的利益。例如,公司员工(主要是通过工会组织)也要利用会计数字提出他们对增加工资和其他福利的要求。顾客和立法机构则关心公司产品价格变动的公正性,政府则要关心价值变动对国家总体经济状况的影响。

因此,根据这一企业的广泛社会责任概念,最相关的收益概念是增值概念(Value-added Concept)。企业的总增值额是其生产物品和服务的市场价格减去从其他企业获取物品和服务而转移的价值。这样,增值表将包括对股东支付股利、债权人的利息、员工的工薪、政府机构的税收和企业留存收益等全部支出,总增值概念还包括折旧,不过这应属于总产值概念而不是净收益概念。

根据企业理论,比增值概念更狭义一些的是"企业净收益"(Enterprises Net Income)概念。这一概念除了包括传统股东的净收益外,还包括利息费用和所得税。它之所以包括所得税,是因为所得税是代表股东向政府缴纳的。如果要采用更广的收益概念,企业净收益甚至还应包括公司其他福利项目的支付。此外,留存收益的地位类似于主体理论概念。它代表收益权益持有者的部分权益,或是代表未分配权益——企业自身的权益。主体理论侧重于前者,而在企业理论中,再投资于企业的收益并非仅仅有利于剩余权益的持有人。投入资本用于保持市场地位、提高生产效率或促进一般的扩展,这不仅对股东有好处,还有利于提高职工的工资福利和增加政府税收。实际上,如果不能增加未来的股利,股东可能不能有收获。

(五)基金理论(The Fund Theory)

这一权益理论摒弃了业主权理论中的个人关系和主体理论中把企业作为一个经济或法律主体的人格化,而以经营活动趋向单位作为会计处理的基础。这一方面的权利称为"基金",包括了一组资产和代表特定经济职能或活动有关义务和限制。

基金理论所根据的会计恒等式是:资产 = 资产的限制。这里,资产代表基金或经营单位的未来服务。负债代表对特定或一般基金资产的限制,投入资本代表使用资产的法定或财务限制。也就是说,除非得到部分或完全清算的特定授权(有少数例外),投入资本必须保持完整。但是,即使是投入资本的部分清算也需要有充分的披露。对留存收益的分派代表了管理当局、债权人或法律所施加的限制。未分配留存收益也代表一种限制,即资产应于指定目的的一种余剩综合限制。因此,全部的权益就代表了来自法律、合同、管理、财务或公正因素等方面的限制。

基金概念在政府机构或非盈利组织中最为适用。例如,在一所大学中一般运用的基金包括捐赠基金、学生贷款基金、工厂基金、附属企业基金和本期教育活动基金。每一项基金都有既定目的的特定资产限制。然而基金概念也适应于公司组织的某种特定权益方面,诸如财务报告中的偿债基金、分支机构会计、不动产和信托会计等方面都直接运用了基金概念,而且合并报表的编制也属于一种应用。另外,它还能适用于财务会计的其他领域。在区分流动资产和固定资产或是区分不同的权益时,基金理论显然是有用的。

根据基金理论,尽管收益概念可以保留,但它不是财务报告的核心。相反,基金表将更清楚地反映各项基金的运用情况。主要的财务报表则是关于基金来源和运用的统计总汇。如果要编制收益表的话,它只是作为基金表的附表,即说明经营活动中提供的资金。由于基金理论并没有限定为某一特定权益持有人服务,所以所有的利益集团都可以从财务报表中得到其所需要的信息。

我国在过去的一段很长的时期内采用了基金理论,即要求资产之使用要专款专用,将资产限定为流动资产、固定资产和专项资产,并为之设立了 3 个相对应的基金,即流动基金、固定基金和专用基金。这种做法对国家的宏观经济管理能发挥一定的积极作用,但将收益置于从属地位则不利于经济的发展。

（六）指挥者理论（Commander Theory）

美国会计学者路易斯·戈德博格（Louis Goldberg）在1963年提出，几种主要的权益理论偏重于业主（如业主权理论）或是经营主体（如主体理论），但是为什么不考虑企业管理者的观点？他认为管理者是企业经营活动的指挥者，应当是企业内部活动的焦点。管理者和企业的业主之间存着不同的解释。管理会计的产生和迅速发展就说明了会计活动不能忽视管理者的职能及其行为。

指挥者理论从协助管理人员控制资产及其增值的角度来说明会计活动，它强调管理者的目的与需要应当与业主或企业自身的目的和需要是同样重要的。在不同的权益理论中，业主权理论、主体理论和基金理论分别着重于所有权、拟人化主体和基金类别，指挥者理论则强调控制职能，任何具有支配资源的人士都属于管理者。这一理论认为，控制的涵义是广泛的，足以纳入与企业资源相关的利益人士或团体。会计职能是履行经营责任的一项基本要素。管理者如何根据相关利益人士或团体的目的最有效地分配和使用企业的资源是至关重要的问题，至于资源增值的归属问题则是第二位的。根据指挥者理论，会计上应根据组织内部不同层次管理者（指挥者）的控制责任权限来确认收入和费用，或者说应当根据责任会计模式来设置会计报表，借以反映不同控制层次管理者对企业整体利润的贡献。

也有会计学者认为，指挥者理论较之其他权益理论具有更广泛的适用性，可以应用于解释不同类型组织的会计活动。因为"指挥者"的涵义是很广的，可以包括不同的人士。例如，在独资企业或合伙企业中，业主或合伙人同时具备所有者和指挥者的身份。在公司的组织形式中，管理者和股东都可归属于"指挥者"，因为他们对公司的资源都进行一定的控制，如管理者控制资源的利用，股东则控制其投资收益的分配。从这个意义上说，指挥者理论并不是完全排斥业主权理论或主体理论，但是，它要强调对权益的理论解释，即不能忽略管理者的利益及控制职能的信息需要。

上述几种权益理论是从不同的角度说明企业的经济状况，从而强调了不同的权益持有人或利益关系集团的权益。显然，以它们为依据的收益概念或者对权益的披露其方法是不同的。这些理论除了影响企业的资产计价和收益的内涵之外，还将侧重于另外两个问题，一是谁是企业净收益的受益者；二是在财务报表中应如何反映权益关系。这些问题对财务会计目标是有重大影响的。

各种权益理论都有助于对会计理论的解释和理解，也有助于为会计理论的扩展奠定逻辑基础。但要在每种情况下都能运用最合理的权益理论,并在相同情况下一贯地使用单一的权益理论则应持谨慎态度。从前面的分析中可以看出,每一权益理论都是针对不同的组织形式和不同的会计目的而提出的。而现行会计实务则似乎总在走一条折中道路,这在基金理论的应用中也有所体现。例如,一方面主张将子公司的权益中属于母公司的那一部分增记母公司的投资账户,这是业主权理论的体现,而在另一方面却又主张少数股权应与多数股权同等考虑,这明显是主体理论的观点。此外,将业主权理论运用于大型公司的做法,也体现了权益理论在会计实务应用上的不一致。

在上述 6 种权益理论中,以业主权理论和主体理论最为人们广泛接受。

□所有者权益的分类

如上所说,权益代表不同所有者对企业的要求权。为了如实反映各个权益持有人的利益,在财务会计上要求对权益进行必要的分类,而分类形式将取决于企业的组织形式和权益持有者的特点。

在独资企业,整个所有者权益通常表现为一个数额,即代表业主对企业的所有权。由于独资企业对业主的投入和提款没有什么限制,而且除了债权人之外没有其他优先要求权,所以,业主权益一般不需要再分类。但是,资本和收益还是要有区分的。收益只能是在各个会计期末计算得出后转入资本账户。资本账户还要包括业主的增加投资或提款,其余额代表在各个会计期末的业主权益。

在合伙企业,所有者权益的性质类似于独资企业,但合伙企业的权益需按每个合伙人的权益进行分类,分别记录其投资的增减。另外,还要对每一合伙人设立单独的提款账户,以便控制其提款是否符合合同的规定。但提款账户属于过渡性账户,应在期末结转至相应的资本账户,借以反映每个业主的权益及其变动。

在公司企业,所有者权益涉及的权益关系比独资和合伙企业复杂得多,也需要更为详细的分类,其目的是为了更好地向股东、债权人和其他利益集团提供有关管理效率、经管责任和涉及他们过去和将来经济利益的信息。为此目的,要求所有者权益的分类应有助于提供下述 4 个方面的信息:

(1)公司的资本来源;

(2)向股东分派资本的法律限制;

(3)向现有或潜在的股东分配股利的各种限制;

(4)各类股东在部分或完全清算时的求偿顺序。

(一)揭示资本来源

按来源对所有者权益进行分类是最传统的分类方式。在西方国家通常分为以下4项：

(1)投入资本(含股东和资本或股本溢价)；

(2)留存收益(净收益超过股利支付后的数额)；

(3)资产重估盈余(资产因货币购买力和物价变动的重估价盈余)；

(4)非股东对企业的捐赠。

我国将所有者权益分为以下4项：

(1)实收资本(股本)；

(2)资本公积(包括资本或股本溢价、接受捐赠资产、拨款转入、外币资本折算差额等)；

(3)盈余公积(包括法定盈余公积、任意盈余公积、法定公益金等)；

(4)未分配利润。

这种分类在影响权益的初始交易中可以大致揭示出企业所有者权益的主要来源。但是，当由于分配股利(股票股利)或把资本公积、留存收益转为资本(股本)时，按初始来源分类的关系就会变得模糊或消失。

(二)揭示法定资本

在公司组织形式下，股东通常只有有限责任，即他们的责任仅限于投入资本，而不对企业的债务承担个人责任。债权人只能指望从企业的资产得到偿付。为了保护债权人的利益，各国立法机构对股份公司都制定一些法律限制，即要求企业必须保持一定的最低限额法定资本(即注册资本)，它不能用于分派股利，以便为债权人提供必要的保护。因此，在理论上，应从所有者权益中分出法定资本，单独列示和报告。但在实务中，除小型或初创公司之外，一般不在财务报表上揭示法定资本。因为大型或盈利性企业的法定资本，通常只占股东权益总额的很小比重，对股利发放和债务清偿不会有太大的影响。

(三)揭示收益(股利)分配的限制

揭示股利分配上的限制，对报表使用者来说是相关的。在公司组织形式下，股利的分配确实要受到多方面的限制，既有法律方面的限制，也有会计和财务方面的限制。

区分投入资本和留存收益一般被认为能反映出股利分配上的限制。从会计角度而言，区分投入资本和留存收益是会计上自我施加的限制。如果股利是从投入资本溢价中支付的话,按照会计原则的要求应将其视作清算股利,即资本的返还而不是利润的分配。

留存收益不可能全部作为现金股利分配给股东。事实上,"留存收益"是留置于企业备用的收益,这一名称本身就意味着它不是用于股利分配的,而对于一个处于发展阶段的企业,它可能是准备用于永久性投资的,它实际上已起到了资本的作用。因此,公司的财务政策一般都不允许股利支付额等于留存收益,否则无异于分配公司的资本。

由于将所者权益的一部分归类为留存收益并不表示今后可能将此数额用来发放股利,甚至连这个意图都没有。所以,所有者权益的分类应当揭示出可作为现金股利的数额。通常的方法就是将留存收益划分为拨定的(Appropriated)和未拨定的(Unappropriated)两类。我国现行会计实务中将留存收益划分为盈余公积和未分配利润两部分的做法较为可取。其中盈余公积中的很大一部分是视作投入资本的,可以抵消通货膨胀对企业投入资本的侵蚀。不过,做这样的区分,仍有可能令人产生误解,因为未拨定的留存收益可能仍受到管理或财务政策方面的限制——即使是"未拨定留存收益"也并非都用于发放股利。

所有者权益的传统分类,未能揭示优先股所拥有的优先权的限制。按惯例,未宣布发放的股利是不能确认为负债的,但积欠的累积优先股股利这一潜在的债务,通常并不采用拨定留存收益的方法。有人建议,应采取附注或拨定的方式揭示积欠的优先股股利。

(四)揭示清算分配的限制

根据公司章程或合同契约的规定,在企业清算时,债权人的要求权总要优先于股东,而某些股东的要求权又优先于另一些股东,如优先股股东的要求权就优先于普通股股东的要求权。因此,如果这些优先清偿额在企业净资产中已占有相当大比重,或者企业很可能面临部分或完全清算,则应在财务报表上反映清算分配的限制即优先清偿权,尤其是企业正进行或计划进行清算时,所有者权益按初始来源分类就失去作用,而按清偿顺序进行的分类将更为恰当。由于财务报告的目的已发生变化,所有者权益的分类方法也应随之变化。这时,剩余权益理论将支配所有者权益的陈报。

在现行会计实务中,由于所求目标太多,从而使所有者权益的分类难以保持一致。尽管可以按照资本来源、法定资本、收益分配及清算分配之限制来对所有者权益进行分类,但从会计角度看,依据资本是否受到约束来对投入资本和留存收益进行分类似乎是符合逻辑的。但实际情况却是多数企业的留存收益中很大部分已经成为永久性投入资本的重要组成部分。有人建议,为保持存在于传统会计结构中的逻辑性,对所有者权益分类的主要基础应是其来源。这种来源不应被留存收益转为资本所打乱。转作投入资本的留存收益之数额应予以标明,以揭示正式资本化的留存收益。

□所有者(股东)权益的变动

在公司企业的经营过程中,股东权益将发生一些变动。影响股东权益变化的事项主要集中在 4 个方面,即投入资本增加、投入资本减少、经营损益以及企业合并。

(一)投入资本增加

投入资本是指对公司的投入价值,即通过股东认购和购买股票(及增发股份)或将债权转为股权,或是由公司购入和出售库存股份以及将留存收益转入投入资本等形式转化为股东权益及其增加。

1.股东的认购

当企业通过出售以前未发行的股票而获得现金或其他等价物时,就能增加投入资本或股东权益。通常在会计处理上还要分为票面价值或设定价值(股本)和超过面值的盈余(缴入资本溢余)两个部分来反映。根据惯例,股东对股本的认购和购买还是有区别的。也就是说,当企业收到认股书时,能否确认为投入资本的增加则要取决于公司获得的权利或面对股东承担的义务。

一种观点认为,已经认购而未发行的股本只能代表增加资本的承诺,而不是投入资本的增加。尤其如果公司对认购书并不收取股款,或者收款期是无期限的,则股本认购书不能代表投入资本,不能予以确认并且列示为业主权益项目。

另一种观点认为,已经认购的股本无论是否发行都应作为法定资本的一部分。如果股份认购人的法定权利已经确定,公司可望在一定的合理期限内通过适当的程序收取股款,这时,已认购股本就可以视为永久性投资而纳入投入资本。

2.债券的转换

在一些情况下,债权人可将所持有的可转换债券(Convertible Bonds)换取公司的股票,这时将增加投入资本。这项转换交易的确认方法有两种:

(1)将长期债务的账面权益(债券的票面价值加减未摊销溢价或折价)在发行新股时分别重新归类为股本和缴入资本溢余,从而不确认转换损益。

(2)按债券或股票的现行市价记入股东权益账户,其现行市价超过债券面值的部分作为转换损失,如果现行市价低于债券的账面价值,则反映为转换利得。

3.优先股的转换

优先股虽然属于权益性证券,但又不同于普通股。它不承担企业经营的风险,因而没有剩余索取权,也不参与企业经营活动的决策。在一般情况下,优先股具有类似债券利息的设定股利率,并且较之普通股有着优先参与企业税后利润的股利分配。为了增进优先股对投资者的吸引力,以及降低设定优先股利率,有些企业发行的优先股附加可转换为普通股的契约,通常是事先设定优先股和普通股的转换比率(转换比率是基于优先股发行日市价和当时普通股市价之间的比例关系而定的),当优先股持有人根据既定契约转换普通股时,会计上要求把优先股的票面价值加上既定比例的优先股缴入资本溢余转为普通股资本账户。如果这一价值不同于所转换的普通股的面值或设定价值,有必要区分普通股股本(面值)和普通股缴入资本溢余分别入账,由于优先股和普通股都已属于股东权益,两者之间转换不能确认任何损益。

4.股票股利与股票分割

股票股利虽属于一种财务安排,但它是否影响投入资本或股东权益的变动,则要视如何确认股票股利业务的性质和加以资本化的金额而定。

在现行实务中,主要的观点认为股票股利并不是收受人的收益。

(1)根据主体理论,公司企业是一个独立的实体,除非将企业的资产分出一部分给股东,否则股东就没有得到收益。这样,现金股利就代表资产的转移,是收受人的收益,但股票股利没有把企业资产分配给股东,就不能作为股东的收益。

(2)留存收益是股东权益的一部分,当企业收益再投资时,股票股利并不增加企业的股东权益。

但另一种观点认为,留存收益代表企业自身的权益,而股东权益仅包括股东投入的资本,即为股本和缴入资本溢余。因此,股票股利和现金股利一样,都使股东获得新的东西,应当视为股东的收益。也就是说,股票股利是把一部分未分配的公司权益转移给股东,从而会增加投入资本或股东权益。

在计量方面,股票股利是否增加股东权益取决于其入账的价值。根据上述的第一种观点,股票股利仅反映在外的股份数额的变动,并不改变资本的来源。如果是为了反映法定资本总额变动,须从留存收益或缴入资本溢余中将股票股利金额转入股本账户,通常应按票面价值(有面值股票)或设定价值(无面值股票)计算。这也代表股利资本化的最低数额。

但是,如果把股票股利视为股东的收益,其金额应当是按照股份的现行市价计算的。因为股东可以把这些增发的股份按现行市价出售,从而他们的投入资本和有关权益(即代表股东个人的股本和缴入资本溢余的份额)就会由于股票股利而增加。

股票分割(Stock Split)是类似于股票股利的财务安排,但又有着不同的目的。所谓股票分割是将现有的在外流通普通股数量按一定的比例增加(如 2 对 1),其目的是为了降低每股普通股的股价,增加市场的流动性。如原在外流通股股份为 200 万股,经过 2 对 1 的股票分割后,新的在外流通股股数为 400 万股,而且每股面值亦相应降低一半。但是股票分割不会导致股东权益的变动,因为它并没有产生任何资产或业主权益的再分配。

5. 认股权

认股权(Stock Option)是指企业给予其员工或其他人员在既定期限内按设定价格认购既定数量的普通股的一种权利,在实务中被广泛应用于企业对主管人员或其他员工的服务报酬的构成内容,作为促使主管人员或其他员工提高企业经营成果及企业股票市价的一个激励手段。当企业股票的价格上升到高于设定的认购价格时,认股权往往会被行使。这时,企业需要增加发行普通股,并且引起股东权益的变动。

在实务中,认股权又分为非报酬性(Noncompensatory)和报酬性(Compensatory)两种类型,前者的目的仅限于募集额外的资本或是用于对全体员工的参股计划,并非是为了对少数员工提供额外的报酬。一般而言,非报酬性认股权应具备下列特征:

(1)企业的全部员工都参与,并且是按公平比例获取认股权。

(2)认股价格折让不会超过在正常增发股票情况下给予现有股东或其他人士的发行折扣。一般而言,认股价格相对现时股票市价的折让比率不应超过 5%。

(3)认股权并没有赋予员工不同于外部股东的其他特别优惠条件。

由于非报酬性认股权没有涉及对员工的额外报酬,在其被执行之前,企业仅需作备忘录,列示可能需要增发的普通股股份。当员工认购股票时,应采用正常发行股票的会计程序记录股东权益和现金的增加。倘若认购没有被执行,则在到期日作备忘录注销。

报酬性认股权一般只是给予企业的主管和少数重要职员,往往代表企业对他们的非薪金报酬支付。通常认购价格将显著地低于认股权实行时的股票市价,而认股权持有人必须满足一定的契约条件(如最低服务年限或既定的盈利水平或股票市价水平)才能执行认股权。由于涉及对员工的报酬支付,这一类型认股权的会计处理亦较为复杂。如 APB 第 25 号意见书建议,认股权所涉及的报酬性费用必须予以确认和记录,并且在享有认股权的员工的契约规定服务年限内平均摊销,进行损益计算。

APB 建议企业采用"内在价值法"(Intrinsic Value Method)记录认股权所涉及的总报酬性费用,即在认股权的授予日(the Grant Date)的股票市价与认购价之间的差额乘以认股权涉及的股份数额。其理论依据是,在认股权授予日的股票市价和认购价格之间的差额表示与认股权相关的机会成本。企业与员工之间的劳务合同体现企业对员工可能提供的边际收入的支付,而员工接受规定的薪金和认购价作为其服务的报酬,所以认股权涉及的股票价差必须作为员工报酬费用的构成部分。在会计上对合同规定年限内平均摊销的认股权报酬费用应作分录为:

员工报酬费用　　　　　×××
　普通股认股权　　　　　×××

"员工报酬费用"作为经营费用进入收益表,而"普通股认股权"必须列示于资产负债表上业主权益的"投入资本"项目内。

这种认股权的最终价值取决于在未来认购日的股票市价和认购价格之间的差额。从理论上说是介于零(即不认购)到非常大(即市价显著地高于认购价)之间。一种观点认为,企业对认股权承诺的报酬费用应当按照从零到极大值之间的预期价值来确认。但问题是,这种预期可能带有极大的主观性,或者将成为操纵利润的一个工具。

不过,仅仅根据在认股权授予日的股票市价和认购价之间的差额确认认股权涉及的报酬费用,存在着很大的缺陷。在实务中员工通过报酬性认股权获得的收益是相当大的,甚至数倍地高于薪金水平。因此,从理论上说,"内在价值法"虽然可得出较为可信的记录,但却与收益计算和业主权益决定不相关。许多会计学者都认为,"内在价值法"将导致企业高估净收益(因为低估了员工报酬费用)和投资回报率以及掩饰了执行认股权可能产生的盈利稀释影响(由于股本份额将增加)。

报酬性认股权的确认与计量同时影响收益表和资产负债表的确认,其关键问题在于如何确定认股权的价值及相应的报酬性费用。一种观点认为,应当根据企业从中收到的效益(即员工提供服务的价值)来确定。例如,可以估计员工因接受认股权而放弃现金薪金收入的折现值来计量认股权在授予日的价值。另一种观点认为,可以根据企业的成本牺牲(即放弃的股票价差)来计量认股权的价值。但这一放弃的股票价差并不是由认股权授予日所决定的,而是在未来期间员工执行认股权时的股票价差,因而必须估计这种未来的股票价差,它将较之"内在价值法"提供更为相关和有用的信息。后一种观点在20世纪90年代初以来日趋流行,并且促使 FASB 重新检讨早先 APB 第 25 号意见书的适用性。经过几年期间的讨论和修改,FASB 于 1995 年公布了 SFAS123《股票基础报酬的会计处理》,建议以"公允价值法"取代"内在价值法"来确认和计量报酬认股权的价值和员工报酬费用。

由于认股权将在未来期间执行,其授予日的公允价值只能是一种估计,如利用资本市场的期权计价模型(Option Pricing Model)进行估算。在理论上,这一公允价值应等于股票现行价值减去未来执行日认购价格的折现值,用公式表示如下:

$$O = S - \frac{E}{(1 + i)^n}$$

式中 O——认股权在授予日的公允价值;

S——授予日的股票市价;

E——股票认购价格;

i——无风险金融资产的利率;

n——从授予日至认股权执行日的年数。

相对于"内在价值法","公允价值法"更为可取,因为它反映企业将支付的实际报酬性费用,提供了更为准确的净收益和投资回报率数字。它还有助于外部投资者评估员工认股权被执行的可能性及其对股东权益变动的影响,所以 FASB 推荐这一方法,但并未禁止按 APB 的 OpinionNo.25 应用"内在价值法"。

采用"公允价值法"只是改变对认股权价值及总报酬性费用的计量,至于会计分录则仍与"内在价值法"要求一样,即各期登录平均摊销的"员工报酬费用"和"普通股认股权"账户,员工到期执行认股权,其缴入的认股价格加上"普通股认股权"账户余额应转为"普通股股本"(面值)以及"缴入资本溢余"。倘若认股权在到期日前被放弃或到期未执行,原先确认的员工报酬费用不受影响,但已确认的"普通股认股权"账户余额要转入"缴入资本溢余"账户。

6.认股证

认股证(Stock Warrant)是指允许持有人在规定期限内按既定价格购买普

通股票的证书,通常在两种情况下发行:

(1)作为现有普通股股东享有按持股比例认股拟新发行股票的证据;

(2)作为已发行债券或优先股的额外优惠条件。

认股证具有类似认股权的一些特征,但两者又有区别。认股权多用于对员工的报酬性支付,认股证主要是对现有股东或债券持有人发行。认股证的有效期相对较短,但是可以在市场上公开交易或自身具有一定的市场价值。

在现行实务中,对现有股东发行的优先认购新股权的认股证的会计处理相对简单,仅需把这些认股证作备忘录而不必正式确认入账。倘若现有股东执行认股证规定权利认购新发行股票,企业必须根据实际收回的现金流入来入账。如果这一现金收入大于发行股票的面值,其差额应记为“缴入资本溢余”账户。对于依附于已发行债券或优先股的认股证,则要单独确认,因为它们可以分离开来在市场上公开买卖。这类认股证自身是有价值的,取决于其在市场上的价格。所以,企业发行附带认股证的债券或优先股而收到的现金应当包含债券或优先股的价值和相关认股证的价值,两者必须分离入账。通常,可以把收入的现金总额依据所发行债券(或优先股)和认股证在发行日的公允价值比例分摊,归属于认股证的现金收入应记为“缴入资本”。倘若认股证持有人按设定条件认购股票,应根据认股证的价值加上股票认购缴入现金确定新发行普通股股份的账面价值。如果认股证到期未被执行,原分配于认股证的价值仍然保留于“缴入资本”账户。

(二)投入资本的减少

一个企业的投入资本(股本和缴入资本溢余)通常被视为企业的永久性资本。在一般情况下,投入资本不能支付给股东,从而不会任意发生减少。而且,当某种特定股票(如优先股)被赎回时,类似于部分清算。有时企业可能从市场上回购自己的普通股,即库存股票(Treasury Stocks),借以为了特定目的支付给部分股东或主管人员(如履行员工认股权义务),或是为了减少在外流通股票数额而稳定股票市价,也有可能减少股东权益。此外,当企业的累积亏损已经引起资本的实际减少而进行资本调整时,通常也要确认投入资本的减少。

在理论上,当企业赎回已发行股份而使股东权益相应减少时,对于投入资本和留存收益所带来的影响存在着不同的意见,其争议的基本问题是:

(1)支付给股东的数额中多少应作为股东投资退回,多少应作为留存收益分配;

(2)对法定资本的影响应如何确认。

通常,企业赎回原发行股份准备再发行注销时,可以有两种理解,即单一交易概念(Single – Transaction Concept)和双重交易概念(Two – Transaction Concept),将分别形成两种处理方法:成本法(Cost Method)和面值法(Par Value Method)。

1. 单一交易概念

如果企业购回原发行的一部分股份,并以相同成本的价格重新售给另外的股东,企业的股东权益及其分类并不会发生变化。这相当于一位股东的交易。如果公司重售股票的价格超过了成本,其超过部分则反映为投入资本的溢价。因此,股东权益按来源的分类及法定资本都不会有变动。然而,当库存股票按低于成本的价格出售时,成本超过售价的部分将表示投入资本的偿还或是留存收益的分配。但在实务中又有 3 种不同的意见:

(1)不少学者认为,成本超过售价的差额应作为投入资本偿还,记入其他库存股票交易引起的资本溢余或同类股票缴入资本溢余账户。只有在这些账户金额不足抵补时,才能冲转留存收益。

(2)按相应比例减少缴入资本超过这些库存股票初始面值的部分,其余的作为留存收益的分配。这样可以不影响资本股本账户,以便于反映法定资本额。

(3)把库存股票的成本超过重售价格的差额全部作为留存收益的分配,这主要是出于简单和方便处理的缘故,或是为了不影响资本账户。

单一交易概念所存在的一个主要问题是,如果库存股票没有立即注销或重售,其成本代表尚未分配的股东权益的减少额,在库存股票的重售或注销之前必须一直挂在账上,而使投入资本和留存收益出现高估,并会导致误解,尤其是当库存股随后注销或以明显低于成本的价格重售时更是如此。

2. 双重交易概念

根据双重交易概念,企业购进自己的股份被视为其资本结构的收缩,库存股票在随后重新出售时,则视同发行新股处理,当赎回股份的支出超过其初始缴入资本额时,其差额应作为留存收益的分配。但是也有一种观点认为,赎回价格超过面值或设定价值的部分应全部作为留存收益的资本化而借记留存收益账户,而面值或设定价值超过赎回价格则要贷记缴入资本溢余账户。

如果库存股票是以成本超过既定比例投入资本的方式购进,其结果是要把一部分留存收益转作企业获取和重售库存股票的缴入资本溢余,即使购进与售出的价格一样,当购进库存股票时将减少留存收益,而在重售时增加缴入资本溢余。另外,如果库存股票是按低于其面值或设定价值购进与售出,在购买时应增记缴入资本溢余,而在售出时应作为股票折价处理。

不论单一交易概念或双重交易概念都有其合理的方面。如果企业购回库存股票的目的是为了向员工和管理人员出售,则采用单一交易概念。此外,如果购回股票的目的是为了赎回有争议股东的股份,或是为了注销某种类型的股票,则采用双重交易概念更为合适。

(三)经营收益或损失

股东权益变动的一个直接原因在于经营活动的结果。各个期间的经营收益将增加股东权益,经营损失则要减少股东权益。在实务中,经营收益或损失通常影响留存收益的增减变动,并将通过嗣后的股利宣告并减少支付留存收益和股东权益。由于经营收益或损失的确认与计量是财务会计的一个主要方面,要通过收入和费用的配比而决定,这部分内容将留待下一节具体论述。

(四)企业的合并

企业间的合并或兼并也可能促使股东权益发生变化。但是当一个企业通过支付现金或交换其他资产的购买交易获取另一个企业的资产时,对购入资产通常按购置成本(即在交换中放弃资产的价值)入账,以便反映其现行价值。因此,被购企业的历史成本是不相关的,而购入企业的股东权益并不因为这一交易而有所增加。在以现金或其他资产购买另一企业的全部股本的情况下,其结果也是类似的。事实上,被购入企业可被视为已经解体,这一交易类似于购买该企业的资产(买方可能还要承接被购入企业的负债)。购买另一企业的交易或母子公司报表合并没有导致业主权益的变动。然而在合并过程中存在少数股权的情况下,合并企业的权益总额将会增加,因为被购企业少数股东的权益并不能由于企业的购买合并而抵消。但是,在合并资产负债表上,少数股权通常并不作为权益总额的一部分来列示报告的。

另外,在企业合并时,如果购入企业通过增发股票交换获得被购入企业的资产,则购入企业的股东权益要相应增加。但是它对购入企业股东权益分类的影响将取决于对合并交易的不同会计处理方法。

FASB在1976年的一份讨论备忘录中提出,对企业的合并可能有3种会计方法加以选择。

1.权益集合法(Pooling of Interest Method)

这一方法的基本假定是,合并过程中涉及的有关企业只是合并其经营职能,各企业在法律意义上和经济意义上仍然继续存在。它们仅仅是将各自权

益合并为单一经济实体,并无发生涉及资产或负债交易的重大事项。权益集合法下的会计处理特点包括:

(1)被并入企业的资产和负债,除了个别进行必要调整外,都按其原账面价值入账,不改变原有会计基础;

(2)被并入企业的留存收益应加总并入合并企业的留存收益,因此合并后企业的业主权益大致上应等同于合并中涉及各企业业主权益的汇总额。

2.购买法(Purchase Method)

这一方法假定在合并过程中涉及一个企业(母公司)购买另一企业(子公司)的交易。尽管母公司可能是发行股票交换子公司的资产、负债和权益。合并后被并入企业视同解体,母公司作为合并后企业继续生存。因此,对被并入企业的资产和负债需改变其原有计价基础,按合并日的公允价值入账,其会计处理主要特点为:

(1)对购入企业的净资产根据购买方企业在交换时发行股票的市价进行计价,并将其分配给可确定的购入资产和负债项目,余额部分则确认为商誉或其他无形资产;

(2)将交换时发行股票的总值记为"投入资本",并且区分资本股本和缴入资本溢余入账。

3.重新开始法(Fresh – Start Method)

这一方法假定合并过程实际是产生一个新的会计主体,全部有关的企业应视同解体,只有新企业继续存在。对这一新企业而言,在起始日获取的各项资产或负债都要按其现行市价入账。因此,合并过程不仅仅是一个企业购买另一个企业或一个企业将另一个企业纳入自己的经营活动,而是各有关企业都将自己的净资产按合并日公允价值转入合并后的新企业。在会计处理上,重新开始法不同于购买法的主要地方在于,被购入企业和购买方企业的资产和负债都要按合并日的公允价值重估入账。

在财务会计实务中,企业合并的会计处理主要是采用购买法和权益集合法,重新开始法尚未有应用。早期,多数企业乐于采用权益集合法,这不仅仅是因为它不改变计价基础,操作简单,而且由于未重估资产和确认商誉,在合并后各期的折旧和折耗相对较低,企业可以报告更高的净收益和投资回报率。此外,在权益集合法下,被并入企业的留存收益与合并企业的留存收益汇总,不会减少可用作股利分配的收益。

但是从理论上说,权益集合法是有缺陷的,因为它忽视了合并过程实际上涉及资产和负债交易。即使一个企业发行股票交换另一企业的资产和股权，实质上仍然是一种交易事项，双方对交换资产或权益要经过讨价还价，也就是一种购买交易。所以对企业合并采用购买法是更为可取的。这一方法允许从会计角度把并入企业视作解体和重新经营(Fresh Start)，其资产和负债应重估入账，正确反映其公允价值。另外，购买法将被购入企业留存收益转入"投入资本"，而不是与合并企业留存收益相合并，也有可取之处。权益集合法下的留存收益合并事实上是假设企业的合并过程发生于被并入企业开业之初而不是在合并日，这显然是与现实状态有矛盾的。

近年来，权益集合法的应用已经显著减少，大部分企业合并交易需采用购买法进行会计处理。实际上，除了美国之外，其他西方国家会计准则，包括国际会计准则，目前都要求采用购买法。

值得注意的是，FASB 在 1999 年 9 月 7 日的一份征求意见稿《企业合并与无形资产》(ED)中已打算完全放弃权益集合法，而只允许采用购买法。该 ED 第 13 段写道："所有企业合并会计必须采用 APB Opinion No. 16 第 66 段至 94 段所描述的，并由本委员会在本准则和其他会计文献中所修正的购买法。企业合并将不再使用权益集合法进行会计处理。"这一份意见稿反映了 FASB 今后在企业合并会计处理上将走与西方大多数国家和国际会计准则委员会相同的道路。

■收益及其计量

本节主要讨论：收益的作用，收益的不同概念，资本保持与收益计量，收入、费用、利得和损失及其计量等问题。

□收益的作用

收益(Income)主要是由收入和费用两个要素所决定和构成，它是一个重要的会计概念。20 世纪 30 年代以后，收益的理论及其计量一直是现代财务会计理论与方法中的核心。美国会计学者利特尔顿甚至认为，企业收益是企业会计的重心(Center of Gravity)。其主要标志是财务会计从偏重资产负债表明显地转向偏重收益表，收益决定(Income Determination)的重要性日趋上升，并导致了一系列会计理论和方法的发展。在财务会计中，为什么人们特别重视收益及其计量问题？根据目前的流行观点,其理由可概述如下：

1.收益及其计量可反映企业的主要经营成果

收益是企业经营活动净成果的表现。会计上的收益决定包括收入和费用的确认和配比,而收入和费用又是企业主要经营活动的表现。通过收益的计量,就能较全面地反映出企业的经营过程及其成果。

2.收益是纳税申报的基础

在西方国家,无论是个人或企业都必须交纳所得税,纳税申报的依据就是他们的应税收益(Taxable Income),主要来自他们所报告的本期收益。因此,政府必须依赖企业个人的收益报告课征税收,以取得必要的预算收入,维持国家机构的运转。

3.收益可作为投资与信贷决策的指南

人们一般认为,投资者的主要目的在于获取既定风险条件下的投资报酬最大化,贷款人则要了解企业归还借款的可靠性。这里都涉及对企业获利能力(Earning Power)的判断。而收益正是企业获利能力的一个重要显示器(尤其是每股盈利,EPS),直接反映企业的收益水平和获利能力,是进行合理的投资决策和信贷决策必不可少的重要信息。此外,关于企业收益的报告,还可以引导社会资本的合理流向,促进资源的最佳配置。

4.收益是进行财务预测的重要工具

收益作为企业经营业绩的基本衡量,也是财务报表使用者据以预测企业未来经营活动和未来收益(现金净流入)的重要工具。例如,FASB 在 SFACNo.1《企业财务报告的目标》中就指出：“投资人、债权人和其他人士需要能够帮助他们作出对未来现金流量的合理预期、评估将使收入的金额、时间分布不同于预期的那些风险的信息,其中包括有助于评估他们对其进行投资和信贷企业的预期现金流量的信息。”显然,基于过去经营活动的收益数字在预测企业未来现金流量和收益水平的过程中是极为有用的。特别是,收益通常可分为经营收益和净利得或损失,经营收益是在同样经营条件下可重复再生的收益,具有明显的预测价值。

5.收益是经营效率的衡量

企业的收益数字不仅可以反映管理当局对企业资源的受托经营责任,而且可以反映管理当局的工作业绩和经营效率。如 FASB 的财务报表目标研究小组所述:"财务报表的一个目标是向报表使用者提供判断评估企业管理当局有效利用资源以实现企业主要经营目标的能力,而盈利包括直接达成主要经营目标的能力和成就。"此外,由于管理当局的基本目标之一是使企业的盈利最大化,通过收益的计量和评估,又可作为管理当局管理与控制内部经营活动的有效工具。

□收益的不同概念

从会计发展史上看,收益概念主要产生于美国。美国会计学家 K.S.莫斯特在《会计理论》一书中提到,最早是由美国的鲁帕公司(Rubber Company)在 1903 年使用了"净收益"术语,而在 20 世纪 20 年代逐渐得以流行。但是在目前,财务会计上对收益仍有不同的解释,或存在不同的观点,从而形成不同的收益概念。概括地看,可分为两大类型。

(一)经济学收益概念

在一般意义上,收益概念起源于经济学,因为经济学中长期都较为重视收益的涵义。如亚当·斯密在 1890 年的《国富论》中最早把收益定义为"财富的增加"。而后,其他一些古典经济学家,特别是艾尔弗雷德·马歇尔(Alfred Marshall)把亚当·斯密的收益概念具体化并引入企业。因此,他们区分了固定资本和流动资本,并把实体资本和增值(收益)加以区分,还提出收入必须是已实现的。到了 20 世纪初,欧文·费雪对收益概念作了进一步阐述,提出一种新的收益概念。他认为,经济学的收益具有 3 方面涵义:

(1)精神收益(Psychical Income),指人的心理需要的满足程度;

(2)真实收益(Real Income),指一定期间经济财富的增加;

(3)货币收益(Money Income),指经济资源货币价格的增加。

另一位经济学家林德赫尔(Lindehall)把收益视为利息,即作为资本物在不同期间的"增值"。因此,在特定时期的利息和预期消费之间的差额就称为"积蓄"(Saving)。这一观点把收益确定为既定时期内的消费加积蓄,积蓄就等于期间内资本的变动。即:

$$Y_e = C + C(K_t - K_{t-1})$$

式中 Y_e——经济收益;

C——消费;

K_t——在期间(t)的资本;

K_{t-1}——在期间($t-1$)的资本。

后来,J.R.希克斯(J.R.Hicks)在1946年著的《价值与资本》一书中又提到一种经济学收益概念。他认为,收益是"一个人在某一时期可能消费的数额,并且他在期末的状况保持与期初一样好"。这个收益概念获得相当广泛的认可,现在仍在西方经济学理论中占支配地位,并对会计的收益理论产生很大的影响。实际上,它还涉及资本保持的涵义。

另外,经济学中对收益还有其他一些解释。莫斯特教授对这些经济学收益的涵义作了简单列示:

(1)可供消费的资金;

(2)一系列的定期收入;

(3)特定生产活动的成果(产品);

(4)特定资产或一组资产的价值的增加;

(5)一定种类的收入;

(6)任何收入。

(二)会计学收益概念

在会计上,对收益也有不同的解释,但一般都认为,收益代表投入价值与产出价值之比,或者是产出大于投入的差额,即如果投入一笔资本,则超过资本额的报酬就是收益。根据传统观点,会计学收益又称为利润或盈利,通常是指来自期间交易的已实现收入和相应费用之间的差额,它具有下述5个特征:

(1)会计学收益基于企业的实际发生交易,主要是通过销售产品或提供服务的收入扣减为实现这些销售所需的成本。

(2)会计学收益应考虑"收入实现原则",它要求对收入进行明确的定义、确认和计量。一般地说,除了在个别情况下,"实现"是确认收入的标志,从而也是确认收益的标志。

(3)会计学收益必须依据"会计分期"基本假设,即代表企业经营过程中一个既定期间的经营成果或财务业绩。

(4)会计学收益要求按照企业的历史成本来计量费用。资产以取得成本入账,直到销售之时才反映其市价变动。所以,费用通常代表已消耗资产或已消耗的取得成本。

(5)会计学收益要取决于期间收入和费用的正确配比,即要坚持配比原则,讲求合理的因果关系。这样,某些成本或期间费用应分配给期间的收入,而其他一些与本期收入没有因果关系的成本应作为资产予以递延和报告。

传统会计学收益概念的好处是:

(1)这种概念已经经过时间考验,长期为管理当局或报表使用者普遍接受。

(2)它是基于实际或真实的交易,收益的计算具有较高的可信性。

(3)由于依据收入实现原则,会计学收益能符合稳健性的要求。

(4)它有助于反映管理当局对受托资源的使用情况,便于其控制和报告既定的受托经管责任。

但是,对传统的会计学收益概念也有不少的批评意见,主要包括:

(1)由于历史成本和实现原则的限制,会计学收益无法确认在既定期间内持有资产的价值增减,从而不利于反映本期的实际收益。

(2)由于资产成本的计算方法不同,基于历史成本的传统会计收益不便于比较。

(3)传统的稳健处理可能导致收益数据的失真或误解,或者造成人为操纵期间损益的弊端。

(4)基于历史成本原则可能使使用者误认为资产负债表代表企业的价值,而不是仅仅反映资产在特定时日的未分配成本余额。

(5)强调收益决定,将对资产负债表项目的计量造成困难,如难以解释递延税项即其他一些递延项目的分配等。

因此,近年来,不少西方会计学者逐渐注重吸收经济学收益的某些涵义,试图形成一种新的会计学收益概念。他们认为,收益应视为企业在一个会计期间内的资产净增加,所以可以用资产的增减来定义收益。这样,收入可代表一个会计期间内的资产增加或负债减少,费用被定义为资产的减少或负债的增加。企业的收益中应列入资产的持有利得和损失。如美国的爱德华兹(E. D. Edwards)和贝尔(P. W. Bell)两位教授建议把资产的价值变动分成已实现和未实现两部分,重新建立收益及其决定模式。根据这种观点,会计学收益和经济学收益就可以通过下列式子加以比较。

会计学收益
+ 未实现的有形资产(增减)变动
− 前期已实现的有形资产(增减)变动
+ 无形资产的价值变动
= 经济学收益

促使会计学收益体现或趋向经济学收益的观点逐渐在财务会计理论界和实务界获得认可。事实上,这两种收益概念的主要差别在于经济学收益比传统的会计学收益有着更广的内涵。除了根据传统会计计量模式得出的已实现经营收益之外,经济学收益还包括在既定期间内未实现的有形资产和无形资产的价值变动。所以,FASB 在 1980 年发表的 SFAC No.3《企业财务报表的要素》中提出两个不同的收益概念:盈利(Earnings)和全面收益(Comprehensive Income)。根据 FASB 的解释,盈利就是现行会计实务中的净收益,而全面收益则应包括"在一个期间内来自非业主交易的权益(净资产)的全部变动",也就是要包括已实现和未实现的业主权益(净资产)变动。

例如,在现行会计实务中,企业的投资资产在市价变动情况下将产生一定的持有利得或损失,或者在外币报表折算过程中由于汇率变动会形成未实现的汇兑损益,它们客观上会影响业主权益的增减变动,属于经济学意义上的收益,但是却没有被计入企业在各个期间的净收益。这些非业主往来事项在近年来已经在资产计价时得到适当反映(如投资资产按公允价值计价),其影响结果(未实现持有收益)已经纳入资产负债表上的业主权益,但是却没有计入收益表。这在理论上是说不通的。为了解决这一收益计量问题,FASB 提出的全面收益概念是可取的,根据其定义:

全面收益 = 净收益 ± 其他全面收益(包括已实现和未实现的)

这时,全面收益除了现行会计上的净收益外,还应包括在各个期间内的其他非业主交易引起的权益变动,如持有资产市价变动、投资价值变动、未实现汇兑损益、衍生金融工具持有损益,等等。或者说,全面收益将非常接近于经济学收益概念。

FASB 于 1997 年 6 月公布了 SFAS 130《报告全面收益》,正式要求企业从当年 12 月 15 日结束的会计年度开始必须在财务报表中报告全面收益。这一准则公告并未要求企业提供统一的全面收益表,而是提供报告全面收益的 3 种方式:①在传统的收益表外增设一新的报表——全面收益表;②与传统收益表合而为一,称为"收益与全面收益表",该表上半部分列示净收益及其组成,下半部分列示其他全面收益及其组成;③在权益变动表中报告其他全面收益及其组成。不同项目的全面收益必须分开列示(扣除税收影响),其基本格式为:

净收益

± 资产或投资的未实现持有利得或损失(扣除税收影响)

± 未实现汇兑损益或外币报表折算调整(扣除税收影响)

± 衍生金融工具持有利得或损失(扣除税收影响)

± 养老金负债调整项目(扣除税收影响)

± ……

= 全面收益

倘若采用扩展现行收益表方式来报告全面收益,则可如表 4-6 所示。

表 4-6　ABC 公司全面收益表(局部)

(2001 年 1 月 1 日至 12 月 31 日)　　　　单位:元

	2001 年	2000 年
来自持续经营的收益(或损失)	52 399	1 816
加:已停业经营收益(损失)——扣除税收影响	(4 296)	(485)
已停业分部处置利得或损失(税后)	59 717	0
非常项目前收益(损失)	107 820	1 331
加:非常损益(税后)	(6 730)	0
净收益	101 090	1 331
其他全面收益项目(税后)		
外币报表折算调整	(5 140)	(1 514)
证券投资未实现持有利得(损失)	20 633	74
其他全面收益项目合计	15 493	(1 440)
全面收益	116 583	(109)

相应地,在资产负债表的业主权益下的"留存收益"只包括净收益,其他全面收益项目的合计数(扣除税收影响)将在"缴入资本溢余"和"留存收益"之间单独列示。

(三)收益的内容

明确了收益概念的涵义后就要确定它的内容。由于收益通常是相对特定期间而言,所以还要明确各个期间的收益中应包括多少交易事项的影响,才能使收益信息为投资人、债权人和其他报表使用者的决策提供合理的依据。目前,西方财务会计理论中,对期间收益的内容主要有两种不同的观点。

1.当期经营业绩观或当期营业观(Current Operation Performance Concept)

这种观点着眼于企业经营效率的衡量,即表示企业资源在经营活动和盈利过程中的有效运用。因此,在衡量期间收益时,重点应置于"当期"和"经营活动"的影响上。只有那些由本期经营决策产生的活动或交易和可由管理当局控制的价值变动才应包括在内。由于会计分期带有人为性,经营活动很难依据会计期间截然分离,尤其是本期使用的各种生产要素一般都要在前期取得或订购。所以,从期间收益计算的角度看,不应包括在本期收益之内的只是实际上发生于以前期间而在过去尚未予以确认或入账的资源变动。例如,本期发现的陈旧设备,很可能在以前期间就已经陈旧过时,即使在现时确定其退废,也不应属于本期的经营事项。同理,前期收益计算的错误,不能作为本期经营效率或业绩的内容,即不能列入当期的经营收益,而只能作为留存收益的调整项目。

当期经营业绩观还有一层涵义,相关的净资产变动(收益)只能来自正常的经营活动的结果。所谓正常经营活动,通常理解为具有一定的可再生性(Recurability)。这样的收益数字才能用于不同年份或不同企业之间的比较,而且也可以更好地反映本期的经营效率和业绩。所以企业的经营活动和非经营活动的成果应加以区分。或者说,来自经营活动的影响应单独归类列示。当然,如果非经常发生的事项是由正常经营活动产生,其结果仍应纳入本期的经营收益,以提供关于企业获利能力和预测评价收益趋势的良好计量。

2.总括收益观或损益满计观(All - inclusive Income Concept)

所谓总括收益就是指根据企业在某一特定期间的经济交易或重估价(但不包括股利分配和资本交易)所确认的关于业主权益的全部变动。股东权益中留存收益部分的变动应当只是由于净收益、股利分配、净收益的分拨或转回而引起的。即使经营事项和非经营事项或不经常发生事项的结果有必要加以区分,也应当列在收益表上的本期净收益之前而不是在其后。坚持这一收益观点的主要理由是:

(1)企业寿命期内各年所报告的净收益之和应等于该企业的净收益总额。由于非经营活动、非经营事项和前期更正事项会引起较大的收益借项,如果不在当期确认,将会导致许多年份净收益的高估。

(2)在期间净收益计算中省略某些收益借项或贷项(即来自非经营活动或非经常项目),可能会使人产生期间收益数字不实或人为操纵之感。

(3)包括期间内的全部收益借贷项目的收益会更易于编制,也更易于为报表使用者所理解,因为它可以避免管理当局或会计人员的主观取舍。

(4)经营业务和非经营业务之间的区别并不明显。在某些企业归类为"经营业务"的项目在另一些企业或许归类为"非经营业务"。如证券投资在金融行业属于经营业务,但在其他行业一般属于"非经营业务"。而且,在统一企业,本期归类为非经营业务的项目,在今后也许会归类为经营业务。这种区分可能导致不同企业或同一企业不同期间的不可比。

可见,当期经营业绩观和总括收益观在关于期间净收益的内容上是有区别的,从而对净收益的预测目的也不相同。前者强调的是当期经营业绩(即效率)的报告,以便有利于对未来经营业绩和获得能力的预测。而后者则强调收益应反映期间内所发生的全部借贷项目的总影响及其可比性。它认为,所谓的经营业务并非全部是可再生的,各个分别期间的净收益也只是暂时的,从而对未来经营业绩或效率的预测并不是全面和有效的。因此,诸如非经营业务、非常事项或前期更正等,纳入当期净收益更为可取。

3. 非常项目和前期更正调整

关于收益内容的上述两种观点的主要分歧在于对非常项目和前期更正调整的处理。目前在财务会计实务中一般流行总括收益观,但有时也出现个别的例外规定和处理方法。如 APB 在第 9 号意见书《经营成果》的报告中原先规定,非常项目应在收益表上予以单独列示,并附带披露其性质与数额。这是因为,非常项目可能对当年收益产生重大影响,但它们在可预期的未来未必再发生。如果对非常项目纳入当期收益,可能误导使用者对企业未来收益的预测。非常项目在收益表上应当作为一个预警或提示信号,不宜与正常经营收益混淆。

对非常项目的划分与确定是需要考虑企业的特定环境因素以及应用一定的判断,难免带有一定的主观因素。由于在实务中存在不同的理解,APB 在 1973 年公布了第 30 号意见书(APB Opinion No.30),提出一项非常项目必须符合下列两个条件:

(1)非正常的(Unusual in Nature)——不属于正常经营活动可望产生的,或者是与正常经营活动无关的交易或事项;

(2)不经常的(Infrequency in Occurrence)——不可能经常发生,或是罕有的事项或交易。

只有同时满足上述两个条件才能确认为非常项目。在理论上,非常项目不能等同于未预期事项(Unexpected Events)。例如员工罢工或是失去一个重要客户等,尽管是无法预期的,但它们属于经营活动中可能遇到的正常风险,而且在未来期间仍有可能发生,因此其导致的损失不能作为"非常损失"。另外,非常项目因企业而异。如飓风损失对沿海地区而言不是非常项目,但是对地处内陆山区企业则可能是一个非常损失。

一些项目可能仅仅满足上述两条件之一,尽管金额重大,但仍不属于非常项目,而要列入持续经营活动的收益。不过由于它们可能对收益预测有着重要的影响,则可以在经营活动收益下单独列示。例如,企业回收具有质量缺陷的产品或是企业重组,都有可能导致显著性的资产注销损失。它们可能是罕有的或是非正常的事项,但往往不能同时具备两者,也不能确认为非常项目。

限定非常项目的划分与报告条件的目的是为了防止管理当局在本期净收

益中任意扣除可能影响预测的所谓非常项目。但这种解释在理论上仍有争议,因为正常与不正常、经营与非经营的划分总难以排除主观随意性。

在净收益计算中,如何处理前期更正事项也是一个有争议的问题。当期经营业绩观坚持不能列入本期的收益,而只能作为期初留存收益的调整。总括收益观则认为应纳入本期的收益计算,因为前期更正实际上对本期净收益数字已有所影响。但是,前期更正又的确属于非正常经营业务或非常事项,纳入本期净收益难免理论依据不足。所以,在实务中也就出现折中的处理。例如,APB 第 9 号意见书规定,除了以前年度的收益更正项目之外,所有本期内确认的收益借项均应反映在收益表中。而近年来,FASB 更明显地倾向于总括收益概念。它在 SFAS16 中指出,除了前期财务报表上的计算差错和会计原则应用不当的原因之外,当期发生的全部损益项目均应纳入本期收益(盈利)的计算。但是在英国等其他西方国家,对这两种观点似乎没有进行硬性规定。英国更重视收益计算和报告的一贯性,企业既可以采用总括收益观,也可采用当期经营业绩观,两者择其一而一贯地应用。如果有所变动,则要说明该变动的性质与影响。

□资本保持与收益计量

(一)资本保持的涵义

在收益概念及其计量的研究中,必然涉及资本保持(Capital Maintenance)概念。实际上,无论是经济学收益或会计学收益,都不应以侵蚀原投入资本为前提。也就是说,只有在原资本已得到维持或成本已经弥补之后,才能确认收益。所以,在理论上还要区分"资本报酬"(Return on Capital)和"资本回收"(Return of Capital)的区别。前者表示收益,但它应在资本回收或成本弥补(Cost Recovery)之后。因此,收益的衡量必须运用资本保持的概念。

目前,对资本保持主要有两类不同的观点:

1.财务资本保持(Financial Capital Maintenance)

这种观点认为,资本应视为一种财务现象,即包括由所有者(业主)投入企业的资源(货币性和非货币性资产)的货币等值。所以,财务资本保持就是要求所有者投入或再投入资本的价值保持完整,而收益就等于以货币额表示的净资产增加(扣除业主往来交易),或者是企业收入超过原投入资本的部分。

2.实体资本保持(Physical Capital Maintenance)

在这种观点下,资本被视为一种实物现象。也就是说,它是指所有者投入或再投入资源所代表的实际"生产能力"(Productive Capacity)。但什么是实际生产能力及其应如何衡量才算是保持呢? 根据英格兰和威尔士特许会计师协会的通货膨胀会计委员会的报告所指出,实际生产能力可以有3种涵义:

(1)企业拥有的实物资产,即企业要能够重置其已消耗或用尽的原资源(未考虑技术进步的影响)。

(2)在下一年度可以生产出与本年同等实物数量的物品和服务的能力。

(3)在下一年度可以生产出与本年同等价值量的物品和服务的能力。

在后两种涵义中,都可以包括由于技术革新和产品改进因素的影响。

这里,上述两种资本保持概念之间的一个最主要区别涉及在某个期间内价格变动对持有资产和负债的影响。根据财务资本保持概念,如果对这些价格变动的影响加以确认,它们在性质上是属于持有利得或损失,并可包括于资本报酬之中。但根据实物资本保持概念,持有资产或负债的价格变动应加以确认,但在性质上属于资本保持的调整,应直接纳入业主权益,而不能作为资本报酬,也不能列入收益。此外,这两种资本保持概念都要借用货币尺度来表示。所以,根据货币尺度的不同计量单位概念,它们又可以分别以名义货币单位和一般购买力单位来表示,也就可以得出4种资本保持计量概念,即:

(1)名义货币单位财务资本保持;

(2)一般购买力单位财务资本保持;

(3)名义货币实体资本保持;

(4)一般购买力单位实体资本保持。

试举一例来说明这4种单位资本保持计量概念的应用及其对收益计算的影响。假设,某企业在期初拥有2 000元的净资产,期末的净资产为3 000元。并假定,为保持实际生产能力需要2 500元净资产,而该期间的一般物价指数上升10%。那么基于上述4种资本保持计量概念确定的期间净收益如下所示:

名义货币单位财务资本保持:3 000 – 2 000 = 1 000

一般购买力单位财务资本保持:3 000 – (2 000 + 2 000 × 10%) = 800

名义货币实体资本保持:3 000 – 2 500 = 500

一般购买力单位实体资本保持:3 000 – (2 500 + 2 500 × 10%) = 250

由此可见,采用不同的资本保持概念所计算的收益数字将是不同的。目前,西方国家财务会计的现行实务中,一般还是坚持财务资本保持概念。如

FASB 在 1984 年发表的 SFAC No.5 中提出："财务资本概念是传统的观点,也是现行财务报表中的资本保持概念。"当然,在理论上,财务资本保持概念除了可用不同计量单位之外,也不排除采用不同计量属性来计量投入资本(资源)的可能性。即使坚持财务资本保持,仍有可能在报表上得出不同的收益数字。

(二)收益的基本计算方法

根据上述对会计学收益的不同理解,对收益的确定可以有两种基本的形式:

1.根据收入费用观(Revenue – Expense Approach)决定收益

这是传统的收益决定形式。收益被看做企业投入(所费)和产出(所得)的衡量,即把特定时期内相关联的收入和费用相配比,如果收入大于费用为收益,反之则为亏损,即收益(亏损) = 收入 – 费用。所以,收益计算的关键就转化为收入和费用的确认、计量和配比。

2.根据资产负债观(Assets – Liabilities Approach)决定收益

从资产负债观来看,收益被视为企业在某一期间内资源(资产或资本)增加的净额。其计算方法就是要通过对资源的计量,即企业在投入资本得到保持的前提下,实现一定期间内的资源净增加。收益(亏损) = 期末资源 – 期初资源。这样,收益决定就化为对期初和期末资产和负债的计价。财务报表的其他要素,诸如业主权益、收入、费用、利得和损失,也都要通过资产和负债的增减变动来计量。

显然,无论在哪一种收益决定形式中,对上述基本会计要素的计量属性都没有具体规定。也就是说,在收入费用配比模式中,传统的方法是以现行收入与基于历史成本的费用相配比来确定期间净收益。现在已有不少学者提出应以现行收入和基于现行成本的费用相配比。从理论上说,这一主张是更合乎逻辑的。但实务中仍倾向于传统的模式。同样,在通过资源的变动来计算收益的情况下,也不能排除资产、负债项目按不同的属性计价,从而可能导致不同的期间收益。

进一步看,会计上计量收益的具体方法又可分为交易法和作业法。

1.交易法(Transaction Approach)

这是财务会计上传统使用的收益计量方法,只记录由于经济业务所产生的资产和负债价值的变动。这里的"交易"同时包括外部交易和内部交易,前者是指企业与外界进行购销活动所产生的交易,后者则是指资产在企业范围内的耗用或转化所产生的交易。这种方法的实质是,无论资产、负债或收入、费用的记录,均以实际发生的交易为基础,所以,即使资产的外部市价发生变动或预期要变动,但由于企业并未进行该资产的交换交易,这种变动就不能予以确认和计量。同样,对内部交易来说,通常只对那些由于资产耗用或转换所引起的价值变动予以入账。资产发生变换时,其转移价值应当是旧资产的原始交易价格或取得成本。所以根据交易法,收益主要是取决于销售或交换的实现以及历史成本原则的应用。

2. 作业法(Activity Approach)

这一方法又称生产法,它侧重于企业的活动而不是实际发生的交易。也就是说,它假定收益是因某些经营活动(如采购、生产、销售、收款等活动)所产生,而不仅仅作为特定交易的结果。只要这些能产生收益的活动已经发生,就可以记录收益。显然,作业法的主要优点是,它允许对各种适用不同目的的收益概念的计量,而不仅限于已实现的收益。如生产和销售商品的收益,买卖证券的收益与损失,或者预期资产价值变动而持有资产所产生的利得和损失等等。这就可以包括不同类型的收益计量和预测,而且可以更好地控制和预测某些经营活动及其对收益的贡献。但从应用方面看,作业法更适用于资产负债观的收益决定。

□收入与费用的性质及其计量

(一)收入的性质和确认与计量

1. 收入的涵义与内容

在收益决定中,有必要明确收入的涵义及其确认与计量问题。虽然收入(Revenue)是一个基本的财务报表要素,但对它的涵义仍有不同的理解。概括地看,主要有两种不同的观点。

(1)流转过程论(Flow Process Approach)。这是早期的收入观点,它把收入视为一种流转过程,即企业在某一特定期间进行的物品和服务的创造过程。企业经营过程的"产品",应通过资产的流出才能转化为收入。如佩顿和利特尔顿在 1940 年发表的《公司会计准则绪论》一书中提出:"收入是以整个经营程序及全部的企业力量获得之,但需俟产品转变为现金或其他有效资产,始为实现。"AAA 的会计概念与准则委员会在 1957 年的报告中则把收入定义为"企业在某一期间转让给消费者的产品或劳务总量的货币表现"。

（2）现金流入量论（Inflow Approach）。这种观点认为，收入是企业在经营过程中所产生的现金（或其他资产）流入量，它应通过销售物品和提供服务而实现，而且是通过流入的资产来计量。例如，APB 在 1970 年的第 4 号报告书中提到："收入是从一个企业改变其业主权益的经营活动中所产生的资产增加或负债减少的总额。"近年来，这一观点又得到发展，或更为强调现金流入。因此，FASB 在 1985 年 SFAC No.6 中对收入的定义是：收入是指一个主体因销售或生产商品，提供劳务或从事构成其持续的主要或中心经营活动的其他业务而形成的现金流入或其他资产增加或负债清偿（或兼而有之）。

这两种收入观的主要区别在于对收入的内容范围的不同理解。根据流转过程论，收入着眼于经营活动中的资产转化或流出。这样，收入侧重于销售产品和提供服务的货币收入即营业收入。但在流入量论下，收入概念较为扩展，不仅包括销售产品和服务的现金流入，而且包括其他的资产流入，如租赁收入、利息、捐赠等事项都可构成企业的收入。根据这种观点，一些学者还提出，除了业主往来交易之外，企业在某一期间报告的关于净资产的全部变动都应视为收入，甚至可以包括持有资产价格变动的影响。但在流转过程论看来，应当把企业产生收入的活动和其他利得和损失区别开来。如美国的亨德里克森认为，通过把生产活动和捐赠或非常事项而产生的资产增加区分开来，可以有助于更好地解释收入。因此，在现行财务会计的理论和实务中，对收入和利得（Gains）越来越倾向较严格地区分。

2. 收入的确认

在以交易为基础的财务会计中，收入是基于"已实现"（Realized）和"可实现"（Realizable）的特点确认入账。这里的主要考虑因素在于收入的实现，即"实现原则"的具体应用。通常实现是指把非现金资产转化为现金或现金要求权，但在实务中存在不同的解释。AAA 的概念和准则研究委员会于 1964 年建议，应依据 3 个标准来应用实现概念：一是收入必须是可计量的；二是这一计量需由外部交易验证；三是与收入相关的关键事项（Critical Event）已经发生。其中的第三条标准又是最重要的，它表示收入应当是在盈利生成过程的主要活动已经完成之时确认入账。当然，导致收入确认的关键事项可能因企业而有所不同。

对大多数企业而言，收入是在销售时点（Point of Sales）确认入账。这时销售是一个关键事项，表示企业已经提供物品或服务，并已取得现金或现金要求权,可以视收入为已经或事实上赚取。但是对其他一些企业而言,销售可能并非盈利生成的关键事项,它们的收入确认可能早于或迟于销售时点。这时的决定因素主要是生产特点以及把非货币资产或服务转化为现金的确定性。一般而言,如果实现具有较高的确定性,可以在销售时点之前确认收入;倘若存在较大的不确定性,则要推迟或递延收入的确认时点。在现行实务中,非销售时点的收入确认主要有下述几种情况。

(1)生产过程中确认。如果产品生产需跨越不同会计期间(如大型设备制造和长期建造合同),即使在一个会计期末尚未最终完工或销售,倘若符合生产合同的有关规定,企业可以根据产品的完工比例确认各期的收入。这时需要有明确规定的产品总销售价格和预期总生产成本,借以根据各期实际发生的成本估算和确认收入。

(2)产品完工时确认。某些产品具有稳定的市场,其市场价格是预先决定的,如贵金属以及某些由政府保障价格的农产品或矿产品。这些产品具有如下的特点:第一,售价基本固定,销售费用较小,有些是只能由国家收购的产品;第二,无法(或比较难以)确定其单位成本,产品的变现一般不受生产企业报价的影响。这时,产品的生产完工就是企业盈利生成过程的关键,销售程序则是相对次要的。因此在生产过程结束时即可确认收入而毋须等到销售。至于产品的入账价值,可以按收入,也可按产品的净变现收入(Net Realizable Revalue)确认。

(3)收取现金时确认。在某些情况下,销售货款的收取存在较大的不确定性,如在分期付款销售时,虽然企业已经向顾客提供物品或服务,由于货款回收需要跨越多个会计期间,可收回性相对是不确定的。如果货款的最终可收回性面临较大的不确定性或坏账风险,从稳健的角度来说,收入确认需要迟于销售时点,即递延至收到现金之时(分期确认收入)。

(4)时间流逝时确认。某些收入事项与时间相关联,并非涉及物品或服务的提供,如利息收入、租金收入等。这时,盈利生成的关键事项是时间的流逝。应当根据既定时期(如年、月等)的终止日确认各个期间的有关收入。

(5)与产品所有权相关的风险和报酬已经转移时确认。当前,许多产品销售也在不断的创新中。产品的销售经常附有相关的合同条款,如允许购买方在使用一段期间内有退货权;产品必须保证安装、调试至顾客完全满意时方承认购买。在达到这些条件下,产品发售给购货方并不等于与产品所有权相关的风险和报酬已经完全转移。在上述前例中须在购买方保持退货权的期限已满之日,在上述后例中须在产品安装调试等到购货方签章认可之日,该产品的销售收入才可予以确认。

3.收入的计量

关于收入计量的问题,FASB 在 SFAC No.5 中已作了较明确的规定。那么,已确认的收入应当如何计量? 一般而言,收入最好以企业提供的产品和服务的交换价格来计量,这一交换价格代表收入交易最终可取得的货币或收取债权的现金等值。但是,从理论上说,收入的计量应当是所提供产品和服务的交换价格的折现值。倘若从销售到收款需要经过一段时间之隔,就有必要考虑折现的因素。因为如果一笔 100 元的销售收入要到一年后才能收到货款的话,其现值将少于 100 元。但是在实务中,这一折现折扣通常略而不计,其原因是:一是这种折现率不大,折现折扣较小,对收入的影响不重要。例如,如果应收账款期限为 60 天,年利率为 10%,则折现率不足收入的 2%;二是收款期限较短,在正常情况下不会超过一年,故可略而不计;三是等待收款期间引起的利息收入往往并不单独列示,而并入提供产品和服务的销售收入。如果这部分利息收入为数不大,即使不分类列示,对信息的作用的影响也是很有限的。

但是,收入的计量应限于收入交易或生产过程的结果所将最终获得的货币或其他等值。所以,特定交易的收入应扣除有关的销售退回、折让和商业折扣的金额。例如,某企业于 2000 年 1 月 10 日售出一批产品,账单价格为 100 000元,支付条件为 30 天,折让 2%。假定该企业于 1 月 31 日收到因规格不符的货款 10 000 元,则 1 月份的收入应为 88200 元,即 100 000 − (10 000 + 90 000 × 2%)。

在盛行商业信用的情况下,由于经济活动的不确定性,不能排除销售收入发生坏账的可能性。所以,对采取赊销形式的销售收入,只能按其可实现净值计量,也就是要考虑坏账损失的因素。从理论上说,坏账损失有两种处理方法。

(1)直接冲销法(Direct Write – off Method)。当赊销收入确已无法收回时,就按实际的坏账损失注销有关的应收账款,并借记坏账费用,列入收益表。

(2)备抵法(Allowance Method)。根据过去的收款经验和当前的有关条件,对可能产生坏账损失预先进行估计,计提一定比例的坏账备抵(Allowance on Bad Debts),以便反映期间内的预期可收回收入金额。如果坏账确已发生,则通过坏账备抵账户予以冲销。

财务会计实务中大多采用备抵法来处理坏账损失。在这种情况下,收入的计量应当扣除可能的坏账损失预计。所以,根据现行惯例,坏账备抵应和销售退回和折让一样,作为收入的扣减数。在收益表上,收入金额的计算和列示应如下:

销售收入		100 000
减:销货退回与折让	10 000	
坏账备抵	5 000	(15 000)
		85 000

(二)费用的性质及其确认与计量

1.费用的涵义与内容

费用可理解为流出概念,代表企业为组织生产活动或获取收入而发生的资源流出或资源的牺牲,或者是与期间收入相配比的回收价值(Recovery Value)。目前,财务会计中对费用的代表性观点有:

(1)费用是为取得收入的成本牺牲或已耗资产的成本。如佩顿和利特尔顿在《公司会计准则绪论》中认为,收益是企业的努力和业绩之间的差额,所谓努力也就是企业所耗的成本。虽然成本代表企业资源的牺牲,但又可分为两个部分:一是已耗成本;二是未耗成本。已耗成本限于与本期的经营业绩(收入)有关,所以应在当期转作费用与收入相配比,未耗成本可以和未来期间的业绩相关,所以应作为资产成本递延。

(2)APB 第 4 号报告提出,费用是从一个企业改变其业主权益的那些盈利活动中产生的资产减少或负债增加总额,而且是遵循公认会计原则确认和计量的。费用和成本有密切的联系,因为费用通常是与当期收入具有关联的成本。这种关联往往是直接(但有时是间接)地与收入相关的成本;是以非收入对应基础之外与该期间发生关联的成本;是实际上无法归属其他任何期间的成本。

(3)亨德里克森等人认为,费用是企业在获取收入过程中所使用或消耗的物品和服务,它们是与企业产品的生产和销售直接或间接相关的各项因素的已消耗数额,或者可称为企业资产的不利变动。

(4)在 20 世纪 80 年代,FASB 在财务报表要素的研究中,把费用定义为:"一个主体在某一期间由于销售或生产货物,或从事构成该主体不断进行的主要经营活动的其他业务而发生的现金流出或其他资产的耗用或债务的承担(或两者兼而有之)。"

从上述费用的定义可以看出,在传统意义上,费用和成本有着密切的联系,在实务中往往也互为混用。但严格地说,两者又有一定的区别,特别是从 20 世纪 70 年代中期以来,财务会计理论更强调这种区别。如 FASB 在 SFAC No.5 中对费用要素的定义不仅放弃了成本概念,改用现金流出概念,而且对费用的内容范围也予以扩展。

费用应包括什么内容？在财务会计理论与实务中也有两种理解，即有狭义和广义之分。传统的定义认为，费用内容应限于获取收入过程中发生的资源耗费。因此，凡是同生产和销售物品或向顾客提供服务过程无关的资产耗用或减少都不能作为费用，而应归为损失。尽管费用和损失都是与企业计算净收益相关的，但从理论上说，收益的计算只能包括费用和收入的配比。损失只是一种对收益的纯扣减而不属于企业所付出的努力。

在实务中，销货折让和坏账损失往往也作为费用处理。但在理论上，它们不应作为费用项目，而只是收入的抵消项目。因为，销货折让不表示提供物品或服务所需的耗费。尽管这种折让的一小部分表示相当于因不确定性等待所需成本的现金折现值或利息，但是，如果顾客获得这种折让，则其净值才代表该项销售物品和服务的真实价格。所以，销货折让应作为收入的扣减项目而不是获取收入的资产耗用。同样，坏账损失也不表示提供产品和服务的耗费，而不过是销货中期望获取现金流入的减少。此外，关于资本交易所发生的义务或债务承担也不应作为费用，而应列为资本或其构成项目的数额的减少。例如，发行股本中的资产耗费不能作为费用，而是对企业所收股本金额的扣减。

另一种较广义的费用概念，同时包括经营成本和非经营成本。例如，AAA在1948年发表的《企业会计原则说明书》中认为费用包括营业费用和损失项目。这种观点目前已较为少见，因为损失是对企业产生收入的活动无所裨益的成本或耗费，应与费用项目区别对待。但是，20世纪80年代以来，费用的内容又出现一种新的扩大趋势，即改变费用只能限于已耗成本的观念。在会计上，成本只是指已发生的过去交易的交换价格，但费用有可能包括一些预期的耗费。如FASB在SFAC No.6中明确阐述了这种观点："费用表示作为企业在的某一期间不断进行的主要经营活动的结果而业已发生或即将发生的实际或期望的现金流出或其等值"。显而易见，"即将发生"或"期望的"现金流出并不是已耗成本。根据这种观点，像当期收益的税项等非成本项目，也可列为经营费用的内容。

此外，费用属于一种期间性概念，它的内容还要受到不同的收益概念所制约。例如，根据总括收益观，本期发生的一切费用和损失均应确认。而根据当期经营业绩观，不仅费用和损失项目要严格区分，即使那些在以前期间已经发生但未予确认的费用项目，也不能纳入本期净收益的计算，而应冲转期初留存收益。

2.费用的计量

费用作为获取收入所发生的资源牺牲，其计量主要表现为所减少的资产的价值。由于已耗用资产可从不同的角度来衡量,所以,费用通常可运用3种计量属性,即:历史成本、现行成本(重置成本)、变现价值或现时现金等值。

(1)历史成本。费用在传统意义上是按照企业资源的历史成本属性来计量的,其主要理由是:历史成本代表企业的实际交易价格,不仅较为客观,并且是可验证的。而且,历史成本代表企业的实际投入价值或现金流出。为了计算收益,应以实际产出价值和实际投入价值进行配比。以历史成本计量费用是符合会计学收益计算要求的。

但费用的历史成本应包括什么?通常,它是按获取生产所需物品和物品所放弃或必须放弃的资源在取得日的现行价值计量的,也就是资产的交换价格。当这种交换表现为现金支付或付现承诺时,成本的计量是确定的,即买方所放弃的对资源要求权的货币表现。然而,当交换中被放弃的资源不是现金或现金要求时,可能的办法是按照取得物品或服务的市价或交换中所放弃的物品或服务的市价来计量。

(2)现行成本。由于收入通常根据现行价格计量,从配比的逻辑关系来看,费用也应当根据所耗用的物品和服务的现行成本来计量。这不仅可以保持收入和费用按相同的属性进行配比,使收益计算更为可信,也有助于已耗资产的实物属性补偿。此外,只有在采用现行成本计算费用的情况下,才能区分经营业务产生的收益和持有资产在耗用前产生的利得或损失。一般地说,现行成本可用重置成本来表示,即在资产负债日重置已耗资产所需的现金流出或其等值。如果从经营活动的连续性来看,重置资产的取得价格将更有助于对未来经营活动及其成果的预测。

(3)变现价值。也有些学者认为,在费用计量中应采用现行价格或现时现金等值。这是因为,它可表示企业耗用特定资源的机会成本。而且,这种费用计量不需要就重置的未来可能性进行预测,只要资产具有可在较少损失情况下进行交易的市场,其变现价格属性就更为适当。这样,期间净收益还可以依据已消耗资产的机会成本及相关的机会收益来评价,从而能为经营决策提供相当重要的信息。

(三)配比概念

如前所述,收益决定的关键是收入和费用的配比。但是应当怎样把收入和费用正确地加以配比?特别是,由于收入和费用的发生及其确认是分开入账的,资产的取得和支付通常又与企业产品的销售和收现程序不一致,所以配比并不等于收入和费用的简单相抵。由于收益是以某一期间所确认收入超过与之相关费用的差额来表示,就有必要先确定费用和收入之间的合理关系,才能确定恰当的配比程序。

例如,AAA 的概念与准则研究委员会在 1964 年提出,成本(可理解为费用)要素应根据它与收入之间的一些可辨别的确切关系和一定期间内所实现的收入相联系起来。实际上,费用和收入的内在联系可表现为两方面:性质上的因果性和时间上的一致性。

从因果性角度来看,应予配比的费用和已确认的收入在经济内容上要有因果关系。费用应当是为了获取收入而发生的。不过这种因果关系可能有直接或间接的程度之分。某些费用可能并没有导致相应的收入。例如,推销员为促销产品而多次访问顾客。如果该销货没有成交,这些访问所消耗的资源虽然与已销售产品的收入没有直接关联,但却有着间接的关联,它同样是收入交易所需要的,也应作为费用来确认。当然,如果已耗资产与收入没有任何的因果关系,就不能作为费用来配比。

从时间一致性角度来看,费用必须与同一期间的收入相配比,即本期确认收入应和本期费用配比。如果收入要等到未来期间实现,相应的费用或已耗成本就要递延于未来的实际受益期间。然而,由于某些未来收入项目带有较大的不确定性,费用和收入有时也不可能保持绝对一致的时间对应关系。例如,有些已耗成本(如销售广告费、固定资产维修与养护支出等)虽然可能与跨期收入有联系,但由于未受益结果难以预计,往往也可以作为期间费用与期间的收入相配比。

在实务中,收入与费用的配比主要可采用两种方法:

(1)因果对应方法——根据有关收入和费用项目之间的因果关系进行配比。例如,销货成本或销售佣金通常被认为和已确认的销售收入有着直接因果关系而进行配比。

(2)系统分配方法——根据一定的方式或公式系统地分摊某些费用给各个受益期。例如折旧费和保险费等,不能直接与既定期间的收入相对应,只能通过系统的摊销方法与一系列的受益期相配比。

□利得与损失的涵义和计量

在企业的活动中,有时可能产生一些与主要经营过程无关的资产增减变动,它们虽然不是经营收益的组成,但却会影响本期净收益数字,应在收益中加以考虑。在财务会计中,它们通常被概括为利得或损失(Gains or Losses),以区别于收入和费用。

根据 FASB 的 SFAC No.6 中的定义,利得是"一个企业由于主要经营活动以外的或偶然发生的交易,以及在某一期间除了收入和业主投资引起的影响该主体的所有其他交易和事项导致的业主权益(净资产)的增加"。而损失是"一个企业由于主要经营活动以外的或偶然发生的交易以及在某一期间除了费用和分派业主款引起的影响该企业的所有其他交易、事项导致的业主权益(净资产)的减少。"

具体地看,利得和损失的主要来源与内容有 4 类:

(1)偶发或非经营活动的收益或牺牲——如出售有价证券损益、清理已使用设备变价收入或根据债权人弃让低于账面金额清偿债务等。

(2)企业与其他主体间的非交换性资源转移——如赠与或接受捐赠资产、法律诉讼损失、失窃损失、罚款或赔偿费收入等。

(3)持有资产或负债的价值变动——如存货价格涨跌的损益、有价证券和股票市价变动及汇兑损益等。

(4)自然灾害或其他环境因素导致的利得或损失——如水灾、火灾损失,或者是由于战争或交战国接管等环境因素变动造成的企业净资产损失。

在一定意义上,利得与收入相类似,损失与费用相类似。但是,收入和费用是由于企业不断进行的主要经营活动或业务所形成的,即主要来自生产和销售产品,提供服务和投资等经常性活动。而利得和损失则是由于非主要经营活动或偶发事项所形成的净资产增减。而且,收入和费用反映总流入和流出,利得或损失则反映一定的净流入和流出,它们一般是不属于再生性的,对未来收益的预测没有多大价值。所以,为了更好地考核经营收益或有效预测未来收益,利得与收入和损失与费用的区分是很必要的。

应看到,这种区分在很大程度上应取决于特定企业的性质、经营活动目标及其业务形式。因为,对某些企业来说是收入的项目,很可能在另一类企业就作为利得项目,而对某些企业来说是费用的项目在其他企业可能是损失项目。比如说,对大多数工商企业来说,证券投资买卖是利得或损失的来源,但是对专业性金融、保险和投资企业来说,证券投资则是其收入和费用的来源。所以,要在这几个要素概念之间作出精确区分或许是困难的。在实务中有可能不完全严格按照它们的定义来归类和确认。

一般认为,利得和损失应按实际增加或减少的资产或负债来计量。但是,不同的利得或损失项目可能采取不同的计价基础。通常,利得的计量类似于收入的计量,即按收到或增加的资产或负债的现行价值计量。尤其像捐赠资产,尽管赠予者有历史成本记录,但受赠人一般应按该资产的现行市价或重置成本确认入账。如果利得是由于价格变动所致,那就更不适宜采用历史成本属性。不过,确认利得的时间还应考虑实现原则。对非投资资产而言,在交换或销售之前,除非市价的增加具有较确定的充分证据,一般不确认持有利得。

另外,对损失的计量类似于费用的计量,在历史成本原则下,应按所耗用或流出的物品和服务的原始取得成本的剩余价值出账,因为损失又被视为与任何期间收入无关的成本消逝或转销。但就损失的现实意义来说,它应反映资源在销售或废弃时的市价下跌或由于意外灾害而发生的价值减少。所以在某些情况下,按现行市价来计量损失或许是更为适当的。例如,一座未满使用年限而为火灾所毁的房屋,即使其账面已提足折旧(账面成本为零),但它对企业仍然构成一项损失,即应按该房屋的现行市价或重置成本转记损失。

由于损失不能和收入配比,与未来收入也没有任何联系。所以,损失通常是在实际发生期间确认,而不能递延结转嗣后期间。也就是说,应在资产所提供的效益已明显地低于其入账价值所表明可提供效益的时期确认损失。

综上所述,期间净收益的计算和收入、费用、利得或损失的确认与计量均有联系。其内在关系是:

经营收益 = 收入 – 费用

期间净收益 = 收入 – 费用 + (利得 – 损失)

◇ 思 考 题 ◇

1. 会计计量可采用哪些计量单位? 怎样恰当地选择计量单位?

2. 会计计量属性有哪些? 各有何利弊? 怎样恰当地选择计量属性?

3. 在会计计量中为什么要运用现值技术?

4. 会计计量模式的选择应考虑哪些因素?

5. 你对资产的性质有何认识? 试说明资产计价的目的和计价基础(属性)。

6. 你对负债性质有何认识? 不同的负债项目怎样进行确认和计量?

7. 试说明或有负债的确认与计量。

8. 试说明不同权益理论的基本内容。

9. 你认为所有者权益的分类应当揭示哪些信息?

10. 影响所有者权益变化的事项主要有哪些? 怎样进行确认和计量?

11. 试对经济学收益和会计学收益概念进行比较分析。

12. 试说明当期营业观与损益满计观的基本要点。

13. 试说明财务资本保持和实物资本保持概念的区别及其对收益计量的影响。

14. 简述收入、费用、利得、损失的涵义和内容及其确认与计量。

第五章

财务报告理论

■财务报告的涵义和作用

■财务报告的内容

■财务报告的揭示手段

■财务报告的涵义和作用

□财务报告的涵义

　　财务报告主要是指财务信息在财务报表内的确认和表外的披露或表述。财务报告和财务报表是有联系和区别的。首先,财务报表表现为财务报告的主要手段,其项目和金额来自企业日常的账簿资料,以可靠的凭证为原始证据,遵守公认会计原则加以确认,其真实性和公允性由注册会计师进行审计。所以财务报表信息最可靠、最相关,有助于企业内外使用者经济决策的财务会计信息主要是通过一系列的财务报表来提供的。如果没有财务报表,也就谈不上财务报告;其次,西方财务会计理论认为,财务会计提供财务信息的完整职能是由财务报告完成的。财务报告具有不同的手段和形式,财务报表是财务报告最基本的手段,但不是惟一的手段,还存在其他提供使用者决策所需信息的手段和形式,特别是20世纪70年代以来,随着生产经营和投资理财活动的日益复杂,财务报表已不能满足使用者的信息需要,财务报告的形式也逐渐多样化。除了财务报表外,往往还包括一些附表和辅助报表。

□财务报告的目标

　　财务报告本身并非财务会计的目的,而是借以提供在使用者的经济决策中有用的信息,为此,有必要首先明确财务报告的目标。因为没有明确的目标,就不能得出明确的结论。从20世纪70年代开始,关于财务报告目标的研究在西方便受到了普遍的重视,并被作为财务会计理论框架的起点。并且在研究中,逐渐形成了两个具有代表性的学派:受托责任学派和决策有用学派。

(一)受托责任观

从历史的角度来看,当企业成为"法人"能够独立地经营以后,所有权和经营权的分离便开始了,企业的所有者作为资源的主要提供者和企业的管理当局作为资源的经营使用者便构成经济上委托和受托责任,因此财务报告的目标就是反映受托者对受托责任的履行情况。从以上论述可以看出所有权和经营权的分离是受托责任存在的前提条件,在此两权分离中,委托者和受托者都关注受托资源的保值和增值,委托者甚至可以直接向受托者提出具体要求。如果受托者不能很好履行有效地管理受托资源的责任,委托者可以更换受托者。由此可见,财务报告能否提供有助于了解受托资源是否得到有效运用的信息就显得很重要。很明显这些信息必须是以客观信息为主,因为客观地反映经营业绩的信息,对资源的委托人评价受托责任履行情况最为有用。所以受托责任观认为财务报告应以反映经营业绩及其评价为重心。

近年来,代理人理论被用来取代传统的受托责任目标。代理人理论把企业视为一系列契约的集合体,并试图为与企业有关的各种代理关系提供解释。该理论具有两个基本假设:(1)代理人和委托人都试图尽可能扩大自身的财富,但他们之间需要合作。(2)代理人和委托人利益之间又存在冲突。代理人可能为了自己的利益而操纵企业对外报告系统。因此代理成本便产生了,它是由于代理人和委托人之间利益不一致而引起的成本,通常包括监督成本、契约成本和剩余损失。由此可见,适合契约目的报告系统必须具有抑制和减少代理人这种行为的基本特征,该报告系统必须提供客观的、可靠的和充分的财务信息。

尽管代理人理论还不够完善,还未能充分说明财务报告应披露的信息内容,但它给我们一个重要的启示:为了促使契约职能的发挥,预期事项和交易的会计结果应该是可预测的。会计与报告方法应该为相关利益集团所了解,会计计量与报告必须是客观的、可靠的和充分的。

(二)决策相关论

葛家澍在其《市场经济条件下会计基本理论与方法研究》中写到"财务报告目标除仍继续承担报告受托责任外,还应负责提供对决策有用的信息(主要适应潜在的投资人和债权人)"。同时决策有用性也是当前企业对外财务报告的首要目标,这一观念的流行是与美国财务会计准则委员会(FASB)的概念结构公告的发布分不开的。从 1976 年开始,FASB 在概念结构研究方面投入了大量的人力、物力,并陆续发表了 1-7 号《财务会计概念结构公告》,其中的第一号财务会计概念公告(SFAC NO.1)—《企业财务报告的目标》,系统地阐述了财务报告的具体目标。

(1)财务报告应该提供给现在的和潜在的投资者、债权人和其他的使用者做出合理的投资、信贷及类似决策的信息。

(2)财务报告应该提供有助于现在的和可能的投资者、债权人和其他的使用者评估来自股利或利息以及来自出售或到期证券、贷款等预期现金收入的金额、时间分布和不确定性的信息。

(3)财务报告应能提供有关企业经济资源、对这些资源的要求权以及引起这些资源和其所有权发生变化的交易事项和情况的信息。

(4)财务报告应该提供关于企业如何获得并花费现金的信息，关于可能影响企业的变现能力或偿债能力的信息。

(5)财务报告应能提供关于企业管理当局在使用业主所委托的企业资源时是怎样履行"受托责任"的信息。

(6)财务报告应该提供对企业经理和董事们在按业主利益进行决策时有用的信息。

总之，财务报告的目标就是向信息使用者提供对决策有用的信息，而对企业有用的信息来自于企业的现金流动、经营业绩及资源的变动。

财务报告的目标是与企业所处的外部经济环境相适应的。决策有用观和受托责任观所认定的经济环境有相同之处，两者均以商品经济即市场经济和通过现代企业来表现，以资源的所有权和经营权相分离为前提。当然两者也存在着一定的差异，决策有用观下的社会生产资源的分配是通过资本市场进行的，这使得资源的委托与受托关系可以通过资本市场来建立，从而使委托方变得模糊不清，资源的所有者对受托资源的管理则被淡化。此外，两种观点所要求提供的信息侧重点不同：前者认为财务报告的重心应在未来现金流动的金额、时间分布及其不确定性这一信息的提供上；后者则认为重心应在反映经营业绩及其评价方面。当然从本质来看，两者备选目标不存在根本的冲突。两者相互补充，受托责任代表决策有用性的一个侧面，因为受托责认信息本身就是为委托人评价受托责任的履行情况提供依据的。而决策的有用性，也必须考虑管理当局对受托资源管理责任的履行情况，否则信息使用者的决策基础将被动摇。所以无论是决策有用观还是受托责任观，都与具体的经济环境相关联。对整个经济发展过程具有全面影响方面来看，决策有用观更具重要性，而就某一发展过程具体的经济环境来看，受托责任观有其实用性。

□财务报告的作用

财务报告目标要通过其作用才体现出来，概括来说，财务报告的作用包括以下几个方面：

(1)帮助投资人和债权人进行合理决策。在西方,企业的资金主要来自业主的投资和债权人的贷款,无论是现在的或潜在的投资人和债权人,为了做出合理的投资和信贷决策,必须拥有一定的财务信息来了解已投资或计划投资的财务状况和经营成果,而财务信息则应通过财务报告来提供。

(2)反映管理当局的受托经营责任。在西方企业,股东投入企业的资源是由专职的管理当局加以控制和使用的,股东和管理当局就形成一种经济受托关系。为了维护自己的利益,股东需要了解和评估管理当局的业绩及其对受托资源的经营责任。财务报告可以充分揭示关于企业在期末的财务状况和期间经营业绩的有关信息,从而反映当局的受托责任及其完成情况。

(3)评估和预测未来的现金流动。企业内外使用者对信息的需求主要是为了帮助未来的经济决策,因而要预测企业未来的经营活动。其中的主要内容侧重于财务预测,即预测有关企业的预期现金流入的金额、时间分布和不确定性,或者是预测企业能否产生足够的现金流入来偿付到期债务和经营活动中的其他现金需要、再投资以及支付股利的能力。而通常预测经济前景应该以过去财务状况和经营业绩的信息为预测依据。

(4)促进社会资源的最佳配置。在西方国家,资源配置主要是以发达的资本市场为媒介,通过私人资本从低效率企业向高效率企业的自主流动来配置资源。财务报告提供的信息能够反映企业的盈利水平及获利能力,从而有助于报表的不同使用者对不同企业的业绩和实力进行比较与预测,确定企业的投资方向,实现资源的最佳配置。

(5)有助于政府管制和经济稳定。在西方国家政府多少干预企业的税收、就业等问题。财务报告提供信息可以缓解员工、工会和管理当局的关系。

■财务报告的内容

□财务报告信息的种类

财务报告的内容为财务报告所提供的对决策有用的信息,主要分为两大类:定量化信息和定性化信息。财务报告主要是以定量形式来描述企业的财务状况和经营成果,即向使用者提供有助于其决策的定量化数据。无论是关于企业的经济资源、义务、财务状况变动或者是经营成果与现金流动等方面的信息,主要是可以用货币表示的数量信息。除了定量化信息外,财务报告中还包括一些不能以数量表示的信息即定性信息,根据现行的财务会计理论和实务,通过正式财务报表披露的定性信息侧重于 3 个方面:会计政策,披露所报告的财务信息相关的会计政策,有助于更好的说明企业的财务报表,并能更有效地影响决策,所以会计政策应作为必不可少的定性信息加以披露。会计变更,如 IASC 中的 IAS8 提出"会计的一个基本假定是会计政策的一致性,关于编制报表方面的会计政策变更,只能是由于法定规定,或准则制定机构公布新的准则或管理当局认为改变有助于财务报表的编制和达到财务报告的目标等情况,这些情况都需要说明变更的理由"。或有事项,即可能对企业现在或者未来经营活动产生重大影响的一些不确定性事项,通常情况下为了有助于决策,对已有比较明确可能性的或有事项原则上应加以报告和说明。

□财务报告信息的具体内容

一般来说,财务报表是财务报告的核心,财务报告信息主要为财务报表所披露的信息。APB 在第 4 号报告书中指出:"财务报表是一种媒介,借助它财务会计所积累、处理的数据和信息能够得以按期传递给使用者。"通常财务报表是通过少量的高度浓缩的数据图表和文字说明,借以表达一个企业的财务状况和各种信息。一般财务报表披露的信息有 3 个方面:

(1)财务状况(Financial Position)——反映一个企业在某一特定时日的资源状况以及对资源的要求权,即提供有关该时日的资产、负债和业主权益这 3 个要素的构成以及其数额的描述。这一般是以一定时日的资产负债表来表述的。

(2)财务业绩或经营成果(Financial Performance or Financial Results)——反映企业在一定期间内经营活动的经营成果和其他引起净资产变动的利得和损失。这些信息表现为一个企业的净收益和其他全面收益。

(3)现金流量(Cash Flows)——在一个企业除了经营活动引起财务状况的变动外,还有其他一些活动(如理财和投资)也会引起财务状况的变动。而这些变动反映为一个企业在一定期间内的现金流入和现金流出情况及其结果。或者说披露企业如何取得和应用现金流入。由于当前投资和信贷决策者对评估企业现金流量的信息非常关注,所以财务报告就通过现金流量表来反映企业一定时期内的现金流量。

除了以上的 3 个方面外,财务报表还应该包括其他一些种类和信息。如

FASB 在 1984 年 2 月发表了 SFAC NO.5 中专门论述了财务报表的性质,并对传统概念进行了扩展。它认为,根据一个主体的财务报告应当提供的信息种类和数量,必须有一组互相钩稽的几种财务报表,其主要包括:财务状况表(Statement of Financial Position)、收益表及全面收益表(Statement of Earnings and Comprehensive Income)、现金流量表(Statement of Cash Flows)、业主投资和对外分配表(Statement of Investments and Distribution to Owners)。

■财务报告的揭示手段

财务报告揭示与使用者相关的特定财务或非财务信息的主要手段是财务报表,经过近 70 年的发展,已经形成了以资产负债表、收益表和现金流量表为主的三报表体系。

□资产负债表

资产负债表产生于 17 世纪,自产生以来就一直是最基本的会计报表,是提供企业在某一时日的资产、负债、所有者权益及其关系,借以反映企业财务状况的一种资源存量的报表。从主体理论来看,佩顿认为企业是一个独立于业主的经济主体,其全部资源等于它的全部义务,资产负债表就是要揭示任何一个时日上的企业资源与义务的对应关系,即资产 = 权益(负债 + 资本)。从业主理论来看,企业的资源和义务之间的关系应表述为资产 = 负债 + 业主权益,因此资产 - 负债 = 业主权益这一关系可以更好的描述企业的资本和财务结构,从而成为传统资产负债表的基本框架。

为了便于财务信息的分析利用,关于财务状况的数据应在资产负债表上加以一定的分类和组合。而其项目的分类和排列一定程度上取决于特定企业规模、性质和经营方式,服务于特定的管理需要。为了便于比较,资产负债表应包括一些基本的分类。例如资产类通常分为流动和非流动资产,并按流动性大小来排列。在实务中,资产负债表的格式主要有两种:

(1)账户式(Account Form)。它是根据资产 = 负债 + 业主权益的会计恒等式,利用账户式来排列的。也就是说,在资产负债表的左方列入资产类的全部项目,而在右方列入负债类和业主权益类的各个项目,现行实务以账户式资产负债表为主。

（2）财务状况式（Financial Position Form），亦称报告式。它是根据资产－负债＝业主权益的会计恒等式，先列示全部资产类项目，然后扣减全部负债类项目，在表格最底部列示出业主权益项目及其金额。在美国很多企业为了同时便于营运资本计算，其列示顺序可以改为：营运资本（流动资产－流动负债），长期资产，长期负债，最后得出业主权益。

□收益表（含全面收益）

收益表产生于企业独立核算经营盈亏的需要，在 20 世纪 30 年代正式成为对外报表。其名称也比较多，如"赢利表"、"损益表"等，但大多数企业采用收益表名称。早期的会计理论认为收益表数据来自于企业的损益账户，自 20世纪 40 年代后，收益表开始成为最主要的财务报表之一，当前对收益表的解释侧重于：提供数据来核算管理当局经营业绩；分析收益表构成项目的获利能力；预测未来收益；评估企业偿债能力等，此外收益表还有助于一个国家的宏观国民预算。在一定意义上，收益表属于对企业在期间内的财务状况变动的反映，它能揭示企业的经营活动对期间内资产、负债和业主权益的影响。在现行实务中收益表的格式也有两种类型：

（1）单步式（single－step form）：是指收益数字只需根据全部收入和全部费用的关系简单计算，不必提供诸如销售毛利、经营收益或税前利润等中间性收益指标及其构成项目。所以单步式收益表的格式相对简单，通常适用于总括收益观的收益报告。

（2）多步式（Multiple－step Form）：是指按净收益形成的主要环节，把经营收益、税前收益和净收益分步计算。在经营收益计算的部分，必须列出销售收入、销售成本，求出销售毛利，再扣减销售费用和管理费用而得出经营收益。在税前收益计算部分，则根据经营收益扣减各种非常损益项目，前期更正，得出税前收益。最后扣除应交所得税备抵而求得本期净收益。所以多步式收益表的计算方式相对复杂，通常适用于当期经营业绩收益观的收益报告。净收益反映当期内的全部损益项目。根据总括收益观，收益表不仅要列示本期经营损益，而且要包括会计政策变更累计影响、非常损益和已停业分部损益等项目。为了反映来自经营活动收益的可比性及增进收益表对未来经营成果的预测价值，应分步骤报告经营收益、已停业分部损益、非常损益和会计政策变更累计影响和总括性净收益。通常对非持续经营活动的损益项目应根据其税后净额分项单独列示，分别得出若干不同层次的收益概念。

在收益报告中，有些国家如美国要求在收益表上应披露有关每股盈利

(Earning Per Share，EPS)的信息，它可以计量股票价格，预测企业未来每股盈利或每股股利水平。每股盈利是一个总括性指标(Summary Indicator)，在形式上是代表净收益和股东权益的一种比率关系。在实务中，这一指标的计算和报告取决于特定企业的资本结构。在简单资本结构中，每股盈利＝(净收益－优先股股利)/在外普通股平均股数；在复合资本结构下，完全稀释每股盈利额＝(净收益＋利息节约额)/(在外流通的普通股平均股数＋可转换证券折算普通股股数＋股票股利调整股数＋认股权或认股证转换普通股股数)。

□现金流量表

现金流量表(Statement of Cash Flows)，在一些国家或者称财务状况变动表(Statement of Changes in Financial Positions)。现金流量表着重于反映在既定期间内的现金流入、现金流出及其余额变动。其主要特征如下：

(1)现金流量表重视现金而非营运资本。企业必须提供有助于投资人、债权人和其他使用者评估企业未来现金流动和支付股利、偿还债务能力的信息，因此应侧重于现金流动。

(2)现金流量表强调现金及现金等价物。现金流量表的现金基础非仅仅指库存现金，而类似于短期净货币性资产。现金账户的变动不足以反映企业的现金流动性，还应包括现金等价物。

(3)现金流量表报告现金收支总额而非净额。FASB 认为"一般来说，一个期间内的现金收支总额信息比现金收支净额的信息更相关"。所谓报告现金收支总额就是把引起现金流动的各个项目分别列示，而非仅仅简单地列示一些中间性的净额指标。企业应该至少单独报告下列的经营性现金收支项目：向顾客收取的现金；收到的股息和股利；为获得雇员和其他供应商的商品和服务而支付的现金；支付的利息和股利；支付的所得税；其他的经营性现金收支。

(4)重新划分现金收支的类别及其定义。传统的财务状况变动表是按营运资本的来源和运用分类的。而 SFAS95 提出现金流量表上的收支项目应分为 3 个类别：来自投资活动的现金流量；来自理财活动的现金流量；来自经营活动的现金流量。

(5)调节期间内现金余额变动结果。一定期间的现金余额变动结果可以通过比较期初和期末资产负债表上的有关现金余额而获得。现金流量表的基本目的是解释为什么本期内现金余额发生了变动。显然现金流量表将确定和报告期间内从投资活动、理财活动和经营活动中所产生的全部现金流入和现金流出以及净现金流入,并将本期计算的净现金流入与期初和期末资产负债表上的现金账户余额进行调节,即:期初资产负债表上的现金账户余额＋本期净现金流入＝期末资产负债表上的现金账户余额。这个调节过程也说明了既定期间内现金余额的变动结果。

(6)单独列报非现金投资和理财活动的信息。根据会计原则委员会第 19号意见书,在财务状况变动表中应同时列示不影响资金流动的其他重要投资和理财活动。而财务准则委员会的第 95 号准则公告中认为应在单独的附表或者是报表附注中披露非现金的投资和理财业务,以提供此方面的完整信息。

关于现金流量表的编制,可根据经营活动产生的现金流量确定,采用直接法(Direct Method)和间接法(Indirect Method)。直接法是直接分项目列示来自于经营活动的现金流量。而间接法则是从收益表的净收益数字开始,结合有关资产负债表账户余额变动,分项调整还原影响现金收支的有关项目,然后得出由经营活动提供的现金流量。关于直接法和间接法的运用,SFAS95 规定直接法和间接法都是允许的,但财务会计准则委员会强烈建议采用直接法编制现金流量表。

□财务报表附注和其他手段

除了 3 种基本财务报表外,为了便于使用者对财务报表的理解和使用,需要有一定注释和补充说明,提高财务报表数字的可理解性,这就构成了财务报表附注(Notes of Financial Statements)。

财务报表附注是财务报告中必不可少的组成部分,如 APB 在 1970 年第 4号公告中指出,财务报表附注是财务报表整体的组成部分,它可列示报表名称、项目标题或数额,或列示未能以货币单位表示的信息。财务报表附注与表内信息有区别,它不涉及确认问题,只能对表内信息起补充和解释作用,不能取代表内信息。在实务中,财务报表附注可采取两种形式:

(1)括号注释。它可揭示的信息包括:指明所采用的特定会计程序或计价方法;说明某个项目的特征;列示某个标题中所包括的构成项目的具体金额;替代性方法得出的金额;需要参见其他报表或报表其他部分的说明。

(2)底注。指在报表正文后面用一定文字和数字进行的补充说明。其内容十分广泛,尤其侧重于以下几个方面:会计政策;会计变更,包括会计程序或方法的改变、会计估计的变更和报告主体的改变;债权人的优先权益;或有资产和或有负债;股利支付的限制;权益持有人的权利;待履行合同;期后事项;关联方交易;董事会和企业主管的报酬等等。

除了财务报表外,财务报告还包括一些其他的手段,来揭示与使用者相关的特定财务或非财务信息。他主要采用辅助报表和附表的形式,其内容取决于特定的形式,格式灵活,其主要内容包括:明细附表;财务比率;比较报表;管理说明和分析;分部信息;价格变动影响;社会责任;预算和预测;中期报告等等。

◇ 思 考 题 ◇

1.何谓财务报告? 你对财务报告的目标和作用有何认识?
2.你认为财务报告应包括哪些内容?
3.财务报告的揭示手段主要有哪些? 你对其有何评价和展望?

第六章

实证会计理论

■实证会计理论结构及特点

□实证会计理论的起源和发展

实证会计是当前西方财务会计理论研究领域中一个引人注目的新分支，它是相对于规范会计而言的。传统的会计理论属于规范会计理论，包括描述性会计理论和指导性会计理论，其主要用于指导会计原则或准则的制定，促使会计实务规范化。21世纪50年代西方会计学者开始将哲学中的"实证主义"和经济科学领域中的实证经济学的成果借鉴应用到会计理论研究中，至60年代和70年代初步形成了一种旨在解释和预测会计实务的实证会计理论，即解释已查明的会计现象（包括事物、实务、方法等），同时预测未观察到的会计现象。1968年，美国会计学者鲍尔和布朗首开实证会计理论研究的先河，研讨了会计收益与股票价格之间的关系。1976年，美国会计学家詹森（Jensen）在斯坦福大学所做的《关于现行会计理论的现状和规范研究的思考》演讲中第一次批评规范理论是不科学的，提出应以实证的方法从事会计研究，他认为，发展实证会计理论将能解释：(1)已存在的会计现实或"为什么会计是这样"；(2)为什么会计人员从事这样的工作；(3)这些现象在人们和资源利用方面产生什么效果。1978年美国会计学者瓦茨（Watts）和齐默尔曼（Zimmerman）在美国最有名的会计杂志《会计评论》上发表了《会计理论的需求和供给》、《关于决定会计准则的实证理论》两篇文章，它标志着美国会计实证理论的开始，论文中的观点后来被世界各国的许多会计学者广为引用。这两位学者在1986年合作出版了实证会计学的经典著作《实证会计理论》，比较完整地阐述了实证会计理论的观点，把实证会计理论提到一个新的水平和更高的层次。

实证会计理论从其产生到发展至今，大体上经历了以下几个阶段：

第一阶段，1970～1975年，实证理论导入会计研究领域时期。大量的相关学科知识被应用于会计学的研究领域之中;第二阶段,1976～1980年,实证理论与会计实务的融合期。在该阶段中,实证会计研究将其研究重点从个别课题的论证,逐渐转变为重视具体实践中遇到的会计问题的解决。第三阶段,从1981年至今,实证会计理论研究的繁荣期。据有关资料显示,美国权威会计杂志《会计评论》在1982～1985年间发表的实证会计论文占当期发表论文总数的50%以上,尤其是在1985年其比例高达81%。在这个期间,实证会计学派成为当代西方会计研究的主流学派。

目前,实证会计的主要发展是:根据关于不同企业和经济资源配置揭示的财务信息进行成本效益分析,以便解释或预测管理当局对会计准则或会计程序和方法的选择。

□实证会计理论的涵义

什么叫实证会计理论,目前似乎还没有一个完整的解释。就实证会计理论研究的方法、结论的形成以及对理论作用的认识而言,实证会计理论似可定义为:以前存理论或相应的假设为研究对象,经过实际数据的检验,据以得出维持、修改、推翻前存理论或假设而形成的用以解释和预测会计实务的知识体系。

实证会计理论是一门研究会计实务"是如何"或"将是如何"的会计理论,它旨在解释和预测会计现象。确切地说以经验—实证法为基础,以数学模型为工具所形成的一套会计理论。其主要目的在于解释和预测会计现象和会计实务。所谓"解释",是替人们所观察到的会计现象寻找理由,如解释某些企业在存货计价时,为什么采用"后进先出法",而不采用"先进先出法"。所谓"预测",是指能用来预测某些尚未观察到的现象(或实务),包括那些已发生但尚未收集到系统证据的现象。

□实证会计理论结构

一般而言,实证会计研究及其理论构建包含两个主要分支:信息含量研究和经济后果(代理人关系)研究。

(1)信息含量研究。实证会计研究的早期形式侧重于验证资本市场对会计数据的反应,又被称之为"市场基础会计研究"。财务会计主要服务于投资者和债权人在资本市场进行的投资决策(买卖企业的证券或股票)。如果会计信息具有效用(即信息含量),应当对资本市场上的证券价格变动及其收益产生影响。或者说,"使用者的市场反应必须是评估根据既定会计程序所产生的会计数据的实际信息含量的主要依据"。所以,20世纪60年代中期的实证会计集中于观察许多样本企业的股票价格变动及其投资收益和会计盈利这一总括性指标之间的关联关系来确定或验证会计数据的信息含量。这方面的实证研究还包括由不同会计方法记算的盈利数据及其公布时资本市场股价与收益变动的影响(如能否获得"异常收益"),这一影响或反应作用的时效(速度),以及对相应会计准则制定的影响等。

(2)经济后果研究。经济后果是指会计信息或特定会计事项对不同人士或团体的影响,根据"代理人理论",企业是不同人士或团体之间契约关系的集合。由于不同人士或团体之间存在着利益冲突,必须利用会计作为监控各种契约关系履行的手段。因此,会计数据的效用不仅表现为影响资本市场股票价格及收益的变动,而且会影响不同利益团体或人士的行为,或者说,不同利益集团将选择或争取(反对)特定会计方法程序,借以达成自身效用最大化。因此,对会计方法程序的应用可以通过不同团体对会计选择的偏好加以解释或预测。从20世纪70年代末开始,实证会计研究的重点从验证盈利等会计数据的信息含量转向观察信息披露或会计准则对不同个人或团体所产生的成本效用关系以及整体经济内部资源分配的影响来解释和预测实务中的会计政策选择。这些实证研究着重于会计选择在不同利益人士或团体的契约关系中的作用及其对企业经营决策或管理者行为的反作用,因而又被称为"契约关系研究"。

□实证会计理论的特点

实证会计理论的最大特色表现在其研究方法上,进行实证会计理论研究,要经过如下程序:(1)确立研究课题;(2)寻找相关理论;(3)提出假设;(4)假设的操作化;(5)设计研究方案;(6)分析数据、测试假设;(7)结果分析。以上程序是一个不断循环的过程,后续的研究往往从结果的分析中引申出新的研究课题。由于实证研究大多采用数理统计和数学分析方法处理数据,因此有人认为实证研究的核心就是统计分析。实际上,实证研究的主要意义在于它是建立在实际观察或实验结果的基础之上,而不是个人的知识或判断。

实证会计研究的主要特征表现为:(1)研究方法上的实证法;(2)研究结论的多样性或不统一性;(3)研究成果的直接有用性,即可被某类人或组织直接用以解释会计实务;(4)广泛地运用其他相关学科的概念和知识,汲取相关学科最新的研究成果,同时在自身的研究过程中验证、修正、丰富相关理论。

■实证会计理论的研究方法与内容

□实证会计理论的研究方法

1.提出命题

实证会计理论的目的是解释和预测会计现象。因为实证会计理论的发展通常是从人们意欲解释的某些会计现象开始的,这些会计现象通常是人们在实践中得出的经验认识,它常常表达某种判断。实证会计理论就是对这些判断命题进行验证,并用得出的结论来指导实践。命题的表达通常是以"是什么"的形式出现,例如"中国的证券市场是弱式有效的",或采用数学模型加以表达。命题经过验证后可以证明是正确的,也可以证明是错误的。

2.建立假设

每一个命题都有其赖以存在的客观条件,如果缺乏这些限制条件,就很难对这些命题的正误进行验证。因此只有建立合理、必要的假设,命题的讨论才会具有实际意义。所以建立假设是实证会计研究分析方法中必不可少的步骤。

3.构造模型

进行实证研究,主要是运用大量的数据来验证命题的真伪,而不靠推理,因此构造一定的数学和统计模型是十分必要的。运用数学、统计和经济学的模型来判断命题的正误,不仅可以提高命题的正确性,还可以提高工作效率。例如证明股市是弱式或是次强式有效,就要运用"随机游走模型"。

4.确定样本,收集数据资料

完备、充足的数据和资料是判断命题真伪的关键,因此样本的选择是实证会计理论研究中十分重要的一环。选择合适的样本,不仅可以提高效率,更重要的是可以提高命题的准确性。如何选择合适的样本,统计学为我们提供了许多方法,如随机抽样、系统抽样等等。

5.检验真伪

在选好样本,广泛收集资料的基础上,采用特定的方法进行计算、判断,从而验证假设的真伪,得出结论。利用得出的结论可以对未来的事项进行预测。

□实证会计理论的研究内容

2001 年,S.P.Kothari 对与资本市场有关的实证会计研究进行了评述。他的评述是建立在理论的需求推动理论的供给的框架上的。他大体将实证会计研究的需求分为 4 个主题:估值和基本面分析,有效市场验证,会计在契约和政治过程中的作用,对披露进行规范。需求决定供给,所以实证会计研究也不外乎围绕着这几个方面进行。

(1)估值和基本面分析。在市场有效的情况下,估值和基本面分析有助于正确理解价值,而在市场无效的情况下,其有助于确定被错误定位的股票。这个方面的研究从 20 世纪 90 年代以来一直是美国会计界的研究重点。对这个主题研究的重点主要集中于设定估值模型、对模型预测效果进行评价、将估值模型用于经验性研究、将基本面分析用于估计贴现率和预测盈余等方面。

(2)验证市场是否有效。股票价格对资本市场的资源配置起决定作用,而会计信息又是影响股票价格的信息来源之一,所以市场是否有效,对于投资者、经理人、会计准则制定者及其他资本市场参与者都有重大的意义。如果市场是有效的,所有与现金流量无关的会计方法选择都不会引起股票价格变动,那么会计政策的选择就无足轻重。但是,如果市场是无效的,则经理人如何选择会计政策就将对股票价格造成影响。对于这个主题的研究方法主要有事项研究方法和回报预测的截面测试方法两种。事项研究方法通过测试市场对某事项反映的程度、速度和有无偏向性,对市场的有效性进行研究。回报预测的截面测试方法则通过特别的交易规则构造投资组合,计算投资组合的截面回报,并将所得的截面回报与通过 CAPM 等模型计算出来的预期回报进行比较,如果二者的结果相符,那么市场就是有效的。

(3)会计在契约和政治过程中的作用。对于这一主题的研究是由 Watts 和 Zimmerman 首开先河的,主要对在分红契约、债务契约和政治过程中使用会计信息影响企业的会计政策选择进行解释和预测。从事这个主题研究的研究者们主要致力于验证 3 个主要假设,即分红假设、债务假设和政治成本假设,并试图改进研究设计,使其更有力度。

(4)对披露进行规范。这个主题主要研究的是:在有效市场和有效签约观的框架下,会计准则制定机构颁布的会计准则是否实现了其所陈述的目标——会计准则的国际化问题。

蔡祥、李志文、张为国(2003)在对中国的实证会计研究进行评述时,提出了另一个划分实证会计研究内容的框架,即将实证会计研究的主题分别归为两条主线:一是与会计信息编报行为相关的主题。因为编报会计信息的主体一般有编报制度的制定者、上市公司和财务分析师3类,所以实证会计研究的主要研究内容是这些主体的相关行为。研究内容包括:编报制度的制定者在制定会计制度过程中的选择及所选择的会计制度的经济后果;上市公司的会计政策选择、盈余管理、盈利预测和会计舞弊行为;财务分析师所进行的财务预测的准确度与可靠性;二是与会计信息的使用与评价相关的主题。会计信息的使用与评价的主体一般有投资者和监管者两类。实证会计研究的对象主要是投资者的行为,而对监管者的行为研究较少。这些行为包括:评价会计制度及其变更,分析会计信息披露的效应,判断会计信息价值相关性,利用会计信息的决策辅助(如财务困境预测、财务分析师的盈余预测和信贷债券的评级等)。

■实证会计理论评析

□实证会计理论的优越性

1.研究方法的科学性

首先,实证会计的研究过程与自然科学研究过程是一致的,它以对假设的实证检验来代替研究者的价值判断,对先提出的理论性假说不是进行纯粹的逻辑推理,而是使用客观、可观察、可检验的实际证据来进行检验,因此实证会计研究具有较强的科学性;其次,实证会计研究是一种定性与定量分析相结合的方法,从理论到假设,主要依靠定性、概念化的逻辑分析,而分析实际数据,对假设进行检验主要依赖于数量方法,由于采用了定量分析的种种技术,使得实证会计研究的方法具有较高的准确性。

2.研究方法的务实性

实证会计研究是建立在考察和实验会计实务所得到的经验的基础上的，旨在解释会计为什么如此，会计人员为何这样做而非那样做，以及对这些现象对资源利用有什么影响进行预测，侧重于现实目标而不是理想目标，而不是像规范会计那样描述会计实务。它克服了规范会计理论中的目标及目标函数的束缚，从而在没有谁先谁后的目标前提下得出结论。可以说，会计实务既是实证会计研究的出发点，又是其归宿，因此，实证会计研究紧密结合会计实务，具有较强的实践意义。

3.拓展深化了会计理论研究的领域

当代西方经济学的主流是实证经济学，其他学科如心理学中实证研究也占有重要的地位，这些为开展实证会计研究提供了良好的基础，研究者可以广泛借鉴这些学科中较为成熟的思想和成果，从而使实证会计研究覆盖领域日益宽广，同时研究方法日趋纵深。因此，有人将实证会计研究方法称为"架设在会计学科与其他相邻学科之间的桥梁，是会计研究者向其他领域渗透和向本领域深层拓展的工具和手段。"实证会计研究并不受传统会计理论的种种约束与限制，只要存在适当的理论与假说，它就会依靠这种理论和假说的力量，对会计理论进行积极探索和创新。

□实证会计理论的局限性

1.理论基础上的局限性

实证会计开展会计信息与资本市场关系的研究，选择的前提理论是有效市场假说和资本资产定价模型。有效市场假说理论是现代财务学理论的核心，对于一组给定的信息，如果根据该组信息从事交易而无法赚取经济利益，那么该市场就被认为是有效的。有效市场理论及在其基础之上建立的资本资产定价模型是建立在大量的假设前提基础之上的，无信息成本，无交易成本和税收，资本供应的无限量等等，与现实经济环境具有较大的背离性。所以，以此理论为前提条件而开展实证会计研究，其研究结果的正确性值得怀疑。

2.检验模型构造上的主观性

实证会计研究大多采用线性模型，然而线性模型的建立缺乏十分明显的依据。多数研究者都采用替代变量来反映会计数据对契约成本和政治成本或这两者之间的抉择所产生的影响,并且武断地限定一种线性函数的形式。同样,会计数据通过契约成本和政治成本对企业股票价格产生影响,这种影响也是采用替代变量和武断地假设线性函数形式。在会计选择和股票价格影响的研究中,利用替代变量所计量的成本都带有误差,并且线性限定是否合适也不清楚。

3.实证会计理论的方法论还很不完善

实证会计理论倡导者 M.C.Jensen 认为,采用规范研究是不科学的。然而纵观实证会计理论者的文献,运用规范研究方法的颇多。下面试举几例:(1)实证会计理论的思想沿用了规范式的方法;(2)实证会计研究过程的某些步骤采用了规范的逻辑分析方法;(3)实证会计理论的理论基础——企业理论和政府管制理论均运用了规范研究方法。由此观之,实证会计研究未摆脱规范研究方法,其倡导者的观点更给人一种"欺师盗祖"之感,这种方法论上的自相矛盾,说明了实证会计理论远未完善。

4.理论体系上的不完整性

主要表现在实证会计研究并没有形成建立在研究结果之上的、显示会计这一独特研究对象特征的概念体系,它仅仅是广泛地借用经济学、理财学上的大量概念,这与其不探求会计与审计的本来的宗旨是有关的。作为一门科学,它既有与相关学科相联系的一面,又有其自身独特的规律和内容的一面,是否具备完备的、内在逻辑一致的、系统的概念体系,是这门学科成熟与否的重要标志。

概括而言,实证会计理论是西方财务会计理论体系中的一个重要分支,它拓展了会计研究新领域以及对新研究方法的应用,并促进对会计理论构建的验证。但是实证会计理论仍然存在一定的局限性,尚待进一步完善和提高。显然,实证会计理论不应当,也不能排斥其他会计理论和学派的存在与发展。特别是,实证会计研究应当和规范性会计研究互相依存补充,而非互相排斥。

◇ 思 考 题 ◇

1.你对实证会计理论是怎样理解的?
2.实证会计理论的研究方法与规范会计理论有何异同?
3.实证会计理论的研究内容主要包括哪些方面?
4.你对实证会计理论有何评价?

第七章

会计的国际协调

■会计国际协调概述

■国际会计协调化的必要性

■各国会计差异的成因

■会计国际协调的进程

■国际协调的主要障碍

■我国在会计国际协调中的对策

■会计国际协调概述

20 世纪 70 年代以来,经济活动中对协调各国会计制度的需求日益增加。由于经济发展所处的环境不同,各国制定的会计准则存在很大差异,这种差异造成的障碍给世界经济带来的困扰日益增加。国际经济愈发展,会计的国际协调就愈迫切。

□会计国际协调的炮涵界定

如何准确地概括会计国际协调的内在涵义,目前理论界有多种不同的形式表述,其中最具代表性的有:会计准则的国际协调、国际会计协调、国际会计惯例协调等。会计准则国际协调与国际会计准则协调两者既有区别又有联系。国际会计准则协调是指以国际会计准则(IAS)作为统一标准,衡量并消除各国会计准则与国际会计准则的差异,促使它们向国际会计准则靠拢的过程。国际会计准则协调化就是各国会计准则实现标准化的途径之一。会计准则的国际协调是指在没有先入为主的条件下,各国之间进行的会计准则的协调,这种协调是在平等、独立、自愿条件下进行的,没有任何一方以居高临下的姿态推行某种标准的情况,协调各方通过沟通、谈判、协商,采取放弃、改进、接受、退让、提高、重建等方式,来达到各国会计准则的协调,会计准则国际协调是一种多主体、多方向的协调,而国际会计准则协调则是单主体、单方向的协调,是 IASC 向世界推广国际会计准则的工作;并且,从范围来看,会计准则的国际协调包含了国际会计准则协调的内容,后者属于前者的一个组成部分。

而国际会计惯例是指在特定阶段形成的,为适应国际贸易增长、跨国公司兴起、国际间投资活动的增加、资本市场全球化、会计服务国际化的需要,以协调各国会计标准以及会计政策为目的,在国际经济交往中为当前大多数国家公认并广泛采用或通行的会计惯例。国际会计惯例的形成有两条途径:一是自发形成的,如习惯;二是通过制定或认可形成的,如惯例、标准等。但无论从哪条途径形成,都必须基于大多数国家的共同确认。会计的国际协调实际上就是各国接受和遵循国际惯例的过程。

通过对会计准则的国际协调、国际会计协调、国际会计惯例协调这3个概念及其内在联系的扼要分析,我们认为这3个概念都从一个侧面反映了会计国际协调的内涵。会计准则的国际化和国际会计协调化侧重于从标准和制度方面强调会计的国际协调;而国际会计惯例虽也涉及标准和制度层面的内容,但更多的是侧重于会计实务中形成的习惯、惯例的借鉴和运用;而会计的国际协调应是理论和实务协调的内在统一。因此,在以下的论述中,将统一用会计的国际协调来涵盖会计准则的国际化、国际会计协调和国际会计惯例协调等概念所包含的意义。

□会计国际协调的概念评析

什么是会计国际协调呢? 目前主要有以下几种观点:

C.W.诺贝斯(Nobes)在他和 R.H.帕克(Parker)等合著的《比较国际会计》中认为:国际会计协调是指通过对会计惯例的变异程度加以限制从而增加其可比性的过程。标准化似乎意味着要推行一套更加严格而且范围更加狭小的规章制度。

J.S.阿潘(Arpan)和 L.H.拉德波夫(Radebaugh)认为:"协调就是一种缩小各种标准和实务差异以形成一套严密的可接受的标准和惯例的过程。"

J.M.萨缪尔斯(Samuels)和 A.G.皮佩仰(Piper)在其合著的《国际会计:评论》中则写道:"协调就是意图归纳不同的制度,是把多样化的实务并入和组合成能产生共同合作结果的有序结构的过程,是减少差异的过程。可比性、标准化或统一性与协调化是不同的概念。"

F.D.S.崔(Choi)、C.A.福罗斯特(Frost)、G.M.米克(Meek)在其合著的《国际会计》中下了一个浅显简括的定义:"协调化是对会计实务的差异设定限度,以增加其可比性的过程。"书中继续写道:"协调后的准则减少了逻辑上的冲突,并改进不同国家间财务信息的可比性。"

A.Belkaoui(1985)认为,协调包括:一是认识不同国家的特性,并将它们与其他国家的目标进行调和;二是减少或消除障碍,以便取得能够接受的协调程度。

常勋教授主编的国际会计认为,会计的国际协调是指通过一些国际性组织或专门机构,制定或认可采纳一些统一的会计准则或其他标准化文件,促进一定地区域世界范围内各国会计实务和财务信息的统一和可比活动。

杨绍纯认为,协调就是对各国会计的差别建立各种界限或范围,增加其会计实务的和谐和共存的过程。

国际会计协调有广义和狭义之分,广义的国际会计协调泛指缩小和协调各国会计存在的种种差异,狭义的国际会计协调是指对各国会计制度和会计准则的协调。一般认为,国际会计协调主要是指狭义的国际会计协调。

通过对上述定义的综合分析,我们可以对会计国际协调作一初步的概括:即协调旨在增进各国会计标准的趋同和可比性、限制各国会计标准的差异程度和差异范围,减少其内在逻辑上的冲突,寻求各国会计标准的统一性和逻辑上的一致性;协调应包括合计准则的协调和会计实务的协调;协调有一个逐步推进的过程,不可能一步到位,其最终的理想目标是标准化;协调与国家特色是相辅相成的,有国家特色才需要协调,也只有国家特色才是推动国际会计理论和实务不断向前发展的原动力。因此,协调不应被误解为要消灭特色,而是对特色的协调;一些国际性组织和专门机构的积极活动将有助于会计的国际协调。

会计的国际协调包括:(1)国际会计的双边性协调,即两国之间的协调。这种协调的优点在于,两国之间更易在诸多方面达成共识,其不足之处是,当越来越多的双边协调形成后,由于各国的要求不同,不仅不能有效地缩小或消除国家间的会计差异,还会产生协调后的新会计差异;(2)地区性多边协调,最好的例子是欧共体内部的会计协调,为了便于资本在欧共体成员国之间的流动,欧共体采取了一系列重要方法,其中有些涉及会计方面。欧共体以发布欧共体理事会指令的方式要求其成员国相互承认情况说明书和相关报表;(3)全球性的会计协调。其最终目标是要通过国际组织来建立一个为世界各国管理者可接受的国际准则。

□会计国际协调的目标

会计国际协调从理论上说可以有两种不同的目标。美国著名国际会计学家乔伊(Frederick D. S. Choi)和缪勒(Gerhard G. Muelle)概括指出,会计的国际协调实际上可以有两种思路:一是标准化,就是要制定和实施全球统一的会计准则来取代各国的会计准则。这一思路又有一些不同的观点,如"绝对相同性",即要求全世界通行一套会计准则和一个报表体系与格式;"环境相同性",即推崇在类似环境条件下的统一会计与报告模式,但可保留不同环境条件之间会计制度的差异,又可称为"有限的统一"。二是协调化,协调化不同于标准化,因为它并不要求以全球统一会计准则取代各国的会计准则,但是协调化要求各国会计准则通过不断的协调能求同存异,增进共同的内涵,逐步缩小不同会计准则制度之间的差异,提高不同国家会计实务和财务报告的可理解性和可比性。

从理论上说,标准化更有利于达到国际间会计报告的协调目标,但在实际操作上面临一些至少在目前及今后相当长一段时间内无法克服的难题。由于各国的政治、经济、文化背景、法律制度等因素的制约,绝大多数国家的政府都不愿意放弃或出让本国会计准则的制定权。因此,单一的标准化的会计准则缺乏现实可行性,以至于有些著名的西方会计学者,如 R. K. Goeltz 在 International Accounting Harmonization: the Impossible (and Unnecessary?) Dream? 一文中认为的,"会计的国际协调(指标准化)是一种可望而不可即的幻想。当前的努力应当是积极推动各国会计制度(标准)的趋同化。"

■国际会计协调化的必要性

国际会计协调化(International Accounting Harmonization)起因于世界范围内的经济一体化。随着世界经济一体化进程的加速,国际贸易迅速发展,跨国企业纷纷涌现,国际资本市场逐步形成。为了增强会计信息在国际间的可比,各国会计准则的国际协调已成为会计国际化的必经之路。

□国际贸易增长

根据经济学理论,国际贸易对各国经济发展具有互补和促进作用,因此,自二次世界大战之后,西方国家极力拓展世界贸易。随着贸易自由化政策的推行,加入世界贸易组织(WTO)的国家与地区日益增多,各国的进出口商品交易大幅度增加。显然,在国际贸易活动中,必须了解贸易伙伴的财务状况或经济实力及其所处国家的特定经济、法律、税收和会计制度,同时需要解决境外贷款往来、信用证担保、外汇结算及关税计算等国际会计实务问题。贸易伙伴国之间的会计制度差异或者缺乏可比的会计方法程序成为国际贸易往来的一个障碍。因此,国际贸易发展要求国际会计协调化。

□国际资本流动的需要

会计的国际协调产生于会计行为的国际化;会计行为的国际化则以资本的国际流动为经济动因。国际资本流动最主要的特征是世界各大证券交易所已拥有越来越多的外国上市公司。如伦敦交易所上市的外国公司占全部上市公司的 20%,外国公司的市值占全部上市公司市值的 66%。资本市场的国际化趋势已对会计准则的国际协调提出了新的要求。目前企业跨国上市前,都被要求按资金所在国许可的会计准则,重新编制财务报表。如在美国纽约证券交易所上市的公司,均要求按美国"公认会计原则"编报财务报表;香港联交所要求所有在该所上市的公司,其财务报表要遵守香港的会计准则或国际会计准则。然而,美国《华尔街日报》曾经举出这样一个实例:某公司要在美国、英国和加拿大发行证券,证券集资总额为 5 500 万美元,而为了编送 3 套不同的财务报表却花费了 280 万美元。如此巨额之费用,可见会计准则国际协调的必要所在。

□跨国公司的兴起

随着资本集中和经营活动扩展,西方国家的许多大型企业纷纷转向跨国经营。通过输出资金和技术,在世界上不同国家和地区设立工厂或开公司,借以充分利用当地的廉价原料和人工,降低生产制造成本和开拓新市场。从 20 世纪 60 年代开始,跨国公司的发展极为迅速。随着跨国公司不断涌现,会计行为日益国际化。例如:母公司所在国需要了解跨国公司整体及国外分公司的经营绩效和财务状况,跨国公司的股东和债权人为维护自身利益,也希望跨国公司能提供整体绩效和财务状况的信息资料。在国际贸易中,购销双方都需要根据彼此的会计报表估计他们的风险,势必要求各方提供可比的会计信息,以便进行贸易判断。所以,无论是为了加强跨国公司内部经营管理,或是为了有效地规范跨国公司经营活动,都有必要进行国际间会计与报告的协调。因此,减少各国的会计准则之差异,使各国会计准则与国际会计准则相协调,已成为当务之急。

美国会计学家 G.C.瓦特等人在 1977 年就提出,跨国公司必须提供两套报表,一套按所在国会计准则和货币单位编报,另一套报表必须专门为跨国公司制定,以国际会计准则为依据。

□会计职业界和国际性组织的推动

会计职业组织的出现,标志着会计从商人的附带活动发展成为一种独立的职业。当英、美等国的资本出现跨国流动后,会计职业组织也随之进行了相应的流动与扩张。国际性的会计公司、会计师事务所,其分支机构遍布全球各国,不论其分支机构位于哪个国家,都应遵守相同或相近的标准,提供相同或相近的服务。国际性组织为了发挥其对成员国的指导、规范等作用,就必须要取得并掌握各成员国的相关会计信息,因此,他们要求缩小各国会计准则的差异,这一要求已经对各国的准则制定机构产生了影响,为会计准则的国际协调起到直接的推动作用。如世界银行就一般要求申请或取得贷款的国家,提供按照国际会计准则编制的会计报表,便于其对散布于各国的投资或贷款项目的管理,降低其相关的费用。

■各国会计差异的成因

在过去二十多年,国际会计研究中的一个重要方面在于对比世界各国会计制度之间的异同点,确定和分类主要的会计发展模式及其影响因素,为国际会计协调化提供必要的依据与指南。这方面的研究结论普遍认同各国的现行会计准则和实务存在着显著差异,但是对这些差异的形成原因却有着不同解释。一些国际会计学者分别着重从经济、社会、法律等来分析不同的会计发展模式。

□经济发展因素

经济发展水平是制约会计制度的一个重要变量。作为国际会计研究开拓者之一的原美国华盛顿大学教授约哈德·缨勒(G.G.Mueller)在1967年出版的《国际会计》一书中就侧重于从经济发展角度来划分4种基本的会计发展模式。

(一)宏观经济导向模式(Macroeconomic Pattern)

根据宏观经济学理论,企业是国民经济结构中的基本构成单元,企业经营目标的实现必须与特定国家的宏观经济政策相协调。因此,会计政策或准则的制定必须考虑宏观经济政策的要求。例如在某些国家,经济政策的重点是国民经济稳定发展、尽可能减少或抑制经济(商业)周期(危机)。体现在会计政策上则要求采用可能促成经营收益平稳(Income Smoothing)的会计计量与报告实务(如允许应用多种摊销或备抵准备的会计程序)。又如,为扶持特定地区或行业的发展,允许确认特定资源的价值回溢或是某些特殊费用的冲销(如法、德等国)等。

(二)微观经济导向模式(Microeconomic Pattern)

在自由市场经济条件下,私营企业是经济生活中的主导力量,会计被视作服务于企业经营需要的一个微观管理经济学的分支。由于企业经营活动的目的在于自身的生存与发展,会计的一个目标就是促成企业资本保全(Capital Maintenance)、有必要应用现行价值概念。会计必须着重核算资本投入及其变量。在计量与报告企业的经营业绩时要严格区分资本性支出和收益性支出。在财务报告方面,除了提供一般通用目的的报表之外,还要提供分部报告以及服务于企业内部管理的信息(诸如养老金计划、上市资本市场、长期投资承诺等)。缪勒教授认为,荷兰会计制度是微观经济导向模式的一个明显实例。

(三)独立职业模式(Independent Discipline Pattern)

根据这一模式的要求,会计被视为向社会提供专业服务的独立性职业。特别是,会计主要是协助商业组织有意义地运作,但是有自己的专业性概念和体系,如"收益"表示对评估经营责任有用的"数额"(即收入－费用)。会计计量和报告应体现自己的概念框架,而且通过强调公允和充分披露准则体现会计职业的独立性立场。美、英等国会计制度属于这一会计发展模式的主要代表。

(四)统一会计模式(Uniform Accounting Pattern)

在统一会计模式中,会计是作为对经营活动的一种监控工具,要求会计实务具有一致性和可比性,以服务于加强经营管理的需要。在这一会计模式中,往往应用行业化的统一会计制度或是统一的会计科目。这一模式在关于会计与公共政策的关系上又类似于宏观经济导向模式,即会计必须作为协助法规执行的手段。遵循法规是第一位的,会计的技术性属于第二位。

(五)资本市场发育模式

在认可经济因素对会计模式的主导影响的前提下,美国会计学者雷蒙·芙伯(Z.Rebmann Huber)认为会计模式在很大程度上受制于特定国家资本市场的发育状况。一般而言,资本市场可分为两大类型:一是以资本资金为主导(即由投资者的长期投资行为为主体);二是信贷资金市场(长期资金主要是由政府和金融机构供应)。在前者情况下,会计和报告侧重于提供可满足资本市场的现有及可能的公众投资者的投资决策所需信息,如必须提供资产负债表、收益表和现金流量表等。但是在以信贷资本市场为主体的国家,会计制度的设计(包括报表种类和其内容与格式)将偏重于政府与金融机构的管理职能需要。

□社会(文化)因素

不少西方学者认为,会计发展模式主要是受特定国家的社会(文化)因素制约影响。这一因素是指特定社会的成员所具有的社会观、价值观、信仰和个人特性等。也就是说,不同的社会价值观有可能导致不同的会计制度。

例如,美国的著名学者吉尔特·霍夫斯蒂德(Geert Hofstede)着重从特定社会的文化特性(Culture Factors)来分析其对会计发展的影响,他于1980年提出4个方面的文化特性。

(一)个人导向与群体导向(Individualism vs Collectivism)

群体导向代表密切结合的社会关系结构,社会成员注重互相关照与交流。个人导向文化则表示为一种松散联结的社会关系结构。在西方工业化国家,个人导向文化在社会价值观中具有较大的影响力;而在大多数东方国家,传统的社会观偏向于群体导向,更注重不同个人、家族及社团之间的相互联系。

(二)权力疏密程度(Large vs.Small Power Distance)

权力疏密性程度表示权力在社会结构中的集中或分散状况或权力分布结构,也可表示社会成员对权力分配不均的认可或抵制。在权力结构密集或集中的社会,社会成员倾向于接受现存的社会等级差别。但是在权力结构相对疏散的社会,其成员将在更大程度上追求社会权力的公平分配。

(三)不确定性(风险)回避意识强弱程度(Strong vs.Weak Uncertainty Avoidance)

这一文化特性表示社会成员对不确定性或风险的主观态度。在一些国家,不愿冒险较为时尚,社会成员偏向于回避或防范不确定性和风险。但是在另一些国家的社会文化中,相对崇尚进取意识,不回避或是要控制不确定性和风险。

(四)阳刚或柔顺时尚(Masculinty vs. Femininity)

在一些国家,社会价值观推崇阳刚之气,诸如英雄主义、自信心和成就感成为社会时尚。但是在其他国家,柔顺时尚社会成员起支配影响,因而,含蓄、谦让、和平共处、利他主义等社会价值观更为流行。

美国会计学者哈雷森(G. L. Harrison)和麦肯纳(J. L. Mckinnon)应用霍夫斯蒂德的文化特性模式对多个国家的会计与报告实务进行对比分析和归类。他们认为,属于同类别国家的会计实务有着较大的共性,但是在不同类别国家的会计和报告制度之间就有着显著性差异。

另一位美国的国际会计教授西德尼·格雷(Sidney Gray)在 1988 年发表的《关于文化因素对国际间会计制度发展影响的理论》一文中把霍夫斯蒂德教授的文化特性模式作了扩展,引入会计子文化(Accounting Subculture)这一变量因素来分析不同会计制度之间的异同点。他的会计子文化变量包括 4 个属性或会计价值观,即职业性/法规性,统一性/灵活性,谨慎性/乐观性,保密性/公开性。这些会计价值观和会计制度之间的关系如图 7-1 所示。

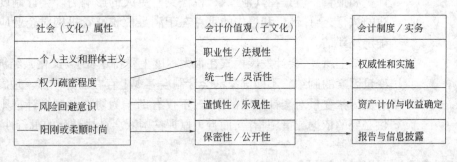

图 7-1

所谓的"职业性"(Professionalism)是指偏重于会计职业界自律(Self-regulation),相对较少依赖政府对会计实务的规范。倘若既定国家的会计价值观偏向于会计实务和报告的统一性(Uniformity),则会计准则相对较为详尽,较少需要应用会计人员的专业判断。但是在偏好会计与报告灵活性(Flexibility)的国家,会计准则规定相对较为粗放,并且留有较大的专业判断余地。谨慎性(Conservatism)的会计价值观决定会计实务偏重较稳健的计量方法(如历史成本计量);反之,乐观性的会计观(Optimism)则可能倾向于采用现行价值计量模式。保密性或公开性(Secrecy/Transparency)的会计价值观将影响财务报告或信息披露的范围及其内容。公开性会计观强调信息的充分披露,但是在保密性主导的社会,财务报告中的信息披露相对较为有限。

□法律体系因素

美国会计学者莫斯特和莎特(S.Sallter,)则从法律体系的角度来分析验证不同国家会计制度的异同点。他们根据对欧洲各国及北美法律体系和会计实务的对比指出,由于既定国家的法律体系不同(如成文法体系或是不成文法体系),对经营活动的法律规范形式或手段亦不相同,从而将影响各国会计制度的制定和发展。例如,在英、美等国流行不成文法(Common Law),对经营活动的法律规范主要取决于案例判决,所以需要有一套较全面和权威性的会计准则来规范会计实务与报告。但是,在德国和北欧国家实行成文法体系(Statute Law),法律条文对经营活动(包括主要会计程序)都作了详尽和全面规定。相对而言,对会计准则的依赖与利用程度就较低。因此,在后一类国家,公认会计原则指的是现行的经济法律或法规中的有关规定,而不是由会计职业团体制定的大量会计计量和报告的会计准则。另外,在某些国家,经济法规以公司法为主体,因而会计制度趋向于反映企业财务状况和经营成果(经管责任)的计量和报告。但是在其他国家,税法具有更大的影响力。会计制度侧重于税法的执行,会计计量和报告的重点在于满足税收征管机构对企业应税收益的确定或评估。

综上所述,会计发展模式在很大程度上受特定社会(文化)、经济和法律等变量因素的制约。不同国家的会计制度客观上存在着异同点。理解及分析各有关因素变量对会计制度的影响,不仅有助于为协调各国会计准则或实务提供必要的依据或措施指南,而且可以评估国际会计协调化的可行性或局限性。

■会计国际协调的进程

□推动协调化有关组织和机构

(一)推动协调化六个主要国际组织

(1)联合国会计和报告国际准则(ISAD)政府间专家工作组——由 100 多

个国家与地区的政府组成,制定跨国公司行为规范和推动会计的国际协调。

(2)欧洲联盟(EU)——由 10 多个国家组成,通过其理事会指令统一成员国会计实务和报告。

(3)经济合作发展组织(OECD)会计工作组——由 24 个成员国组成,1976 年发布跨国公司指南,其中包括信息揭示要求。

(4)证券委员会国际组织(IOSCO)——成立于 1983 年,经历了快速发展的过程。现在它已由超过 80 个国家的证券管理机构组成。其目标是发展国际协调、交流信息、建立足够的投资者保护以及为有效的监督和管理提供相互援助。

(5)国际会计师联合会(IFAC)——成立于 1977 年,包括 90 多个成员团体,制定与发表国际审计准则指南。

(6)国际会计准则委员会(IASC)——成立于 1973 年,有 112 个国家的专业会计组织参加,制定与发表"国际会计准则"。

(二)推动协调化的其他国际组织

1.地域性的政府间组织

非洲会计理事会(AAA)——成立于 1979 年 6 月,由来自 27 个非洲国家的政府代表组成,负责非洲地区会计、教育和审计的协调。

2.会计职业界的地域性国际组织

欧洲会计师联合会(UEC)——成立于 1951 年,有 34 个成员团体,分别处理审计准则、教育、职业道德、术语、技术研究等工作。

泛美会计师联合会——成立于 1949 年,目前,其成员共有 28 个赞助组织,分布于 23 个国家。侧重西半球国家的会计协调。

亚洲及太平洋地区会计师联合会(CAPA)——有近 30 个成员团体协调太平洋沿岸国家会计实务,并推行国际会计准则。

东盟国家会计师联合会(AFA)——包括东盟五国,通过发表地区性会计原则草案来协调成员国会计差异。

西非会计团体联合会(ABWA)——包括 15 个成员团体,参与地区性会计协调。

此外,还有国际法语会计师联合会、阿拉伯会计师协会等,它们都致力于本地域范围内的会计协调化活动。

□国际协调化的进程

经济全球化的不断发展,要求作为国际商业通用语言的会计进行相应的调整,特别是由于长期以来形成的各国之间政治、经济、文化、法律等环境因素差异,使得各国的会计标准、会计规范不尽一致,已经成为经济一体化的羁绊,妨碍国际贸易、投资及审计等的进一步发展,降低会计信息在国际上使用的可比性和可信性,并最终阻碍全球经济的发展。因此,协调各国会计规范,推进会计国际化,消除跨国经贸往来及资本融通上的语言障碍,降低会计成本,已经势在必行。加之近年来市场膨胀、金融工具日新月异及经济交易的日益复杂化,现代财务环境危机四伏,原来的会计模式难以适应高速发展的现代经济环境,更使各国深感会计改革和协调的紧迫性,而科技的迅猛发展、信息技术在会计领域的拓展使用,又为会计国际协调提供了强有力的技术支持,加速了会计的国际化进程。这些都促使会计国际协调取得了长足的进展。

首先,会计国际协调机构已经全面建立健全并开始有效运作。国际会计准则委员会(IASC)是迄今最积极、最富有成果的民间协调组织,由来自9个国家(即澳大利亚、加拿大、法国、德国、日本、墨西哥、荷兰、英国和美国)的会计职业团体于1973年发起成立的。至2000年10月,已经发展成为由112个国家153个会计团体代表组成的国际机构。这一机构专事制定国际会计准则和推动国际会计协调,至今为止已颁布了32项国际会计准则(IAS),特别是1989年第32号《国际会计准则征求意见稿》(E32)的公布,使国际会计准则的权威性、强制性都有了很大增强,并且得到一些国际金融机构,如国际证券交易委员会(IOSCO)等的强力支持。2000年底,为了更好地开展会计标准的国际化工作,IASC成功进行改组,成立了国际财务报告准则制定机构—国际会计准则理事会(IASB),使其运作的有效性显著提高。

其次,会计国际协调的基本规范业已产生,并得到了大部分国家的认可。目前作为会计国际协调的基本规范,主要是由IASB制定的国际会计准则(IAS)。根据全球六大会计师事务所联合公布的一份调查报告——《会计准则接轨——2002全球调查》(《GAAP Convergence 2002》)显示:在59个受访国家和地区中,有超过90%的国家和地区表示有意与IAS接轨,其中72%的国家和地区已具备接轨的政策条件。该报告同时还显示:全球有意与IAS接轨计划的国家和地区中,大约有58%均要求上市公司以《国际财务报告准则》来取代国内会计准则,除非某些事项未被涵盖。当然,由于环境因素的不同,各国在会计国际协调中对IAS的认可程度也不尽相同。就广大发展中国家来说,因施行 IAS 对其影响较大,一般均以其为参考制定本国会计规范,直接采用 IAS 的较少;而对于发达国家来说,由于 IAS 目前主要是以成熟的市场经济为基础制定的,考虑的重点也是对发达国家的适用性,因而对 IAS 的认可程度较高,如欧盟(EU)财长理事会提出 2005 年要在上市公司范围内推行《国际财务报告准则》,澳大利亚也已宣布采用《国际财务报告准则》等等。不过基于本国利益的考虑,某些资本市场比较发达的国家如美国、加拿大、日本等却不怎么认可 IAS,但令人欣慰的是,这些国家已开始重新审视国际会计准则的引领作用。日本于 20 世纪 90 年代中叶起对本国的会计准则进行了全面的改造和修订,重组了准则制定机构;美国也开始主动与 IASB 进行合作:2002年 10 月,美国财务会计准则委员会(FASB)与 IASB 签署了一份谅解备忘录,希望能到 2005 年消除 IAS 与美国一般公认会计准则(GAAP)之间的分歧。显然,会计国际协调已经成为经济全球化中的特别亮点之一。

第三,会计国际协调的内涵不断提升。作为一种职业文化,会计观念是会计人员对客观世界、职业人生和职业价值等方面认识的有机整体,必将随着时代和环境的变化而发生深刻的变化,在继承以往传统观念中好的、有特色并能和时代相适应的内容的基础上,不断吸收和充实新的富有活力的东西。因此,会计国际协调不仅仅是方法上的统一规范,更涉及对会计理念的提升。2002年 11 月在香港举行的第六届世界会计师大会准确地把握时代脉搏,首次将会计与当今知识经济的兴起紧密联系在一起,对会计国际协调的内涵进行了深刻的论述。知识经济是建立在知识和信息生产、分配和使用上的经济,其最重要的特征就是知识转化为资本,成为经济发展的主要推动力量,它不但对迄今建立在工业化基础上的旧的会计制度提出了挑战,而且对会计人员原有的强调稳定的,静态、保守的一些传统会计观念产生了极大的冲击,使他们的思维定式发生了很大的改变,促使会计职业界树立新的现代会计观念,如信息观念、知识经济观念等等。显然,会计理念的提升将会有效地促进会计国际化,帮助广大会计人员准确把握会计国际协调的"度",同时也有助于强化会计标准的执行力度,创造与当今世界经济全球化相适应的新的会计规范和要求,为会计国际协调营造良好的人文氛围。

第四,区域性会计协调得到全面加强。从广义上讲,区域性会计协调是会计国际协调的一个方面,作为最终实现全球范围内会计协调的纽带,区域性会计协调在这一进程中发挥着举足轻重的作用,它是解决会计国际协调中国际化和国内化的矛盾、顺利实现会计体系在世界范围内完全统一的必由之路。由于区域成员国相对较少,各国之间的经济依存性较大,且区域经济体本身带有一定地缘性,它们在环境因素上往往有着更多的共性,对会计标准的认同也容易得多,这使区域成员国之间在会计协调上更易达成共识,促使区域会计协调成为可能,并由此发展、壮大和融合,为最终实现全球会计国际协调奠定坚实的基础。目前,欧盟制度、北美自由贸易区(NAFTA)等区域经济体均已基本上实现了相对统一的会计制度,东盟(ASEAN)、亚太经济合作组织(APEC)等也在会计协调领域不断合作,区域性会计协调得到全面加强。

■国际协调的主要障碍

□会计协调化的阻力

主要表现在以下几方面:

(1)民族自尊。不管会计师怎么热心地支持缩小各国间会计差异的活动,但没有一个会心甘情愿地去接受别人的会计原则,即使这些原则比他自身的更好些。这种情况普遍存在于不期望丧失主权的国家之中,有时,甚至表现为对其他国家的会计缺乏应有的了解或根本不感兴趣。

(2)利害关系不同的财务报表使用者的兴趣不同。在北美,财务报表的使用者主要是投资人和债权人;而在欧洲,财务报表的使用者则主要是工会、职工和政府官员等,两者的要求自然有很大的不同。

(3)财务报告目的不同。财务报告目的所涉及的范围相当广泛,有投资决策、管理控制、税务、社会控制和国家经济计划等。而且,不同国家之间现存会计实务的差别会影响财务信息的编制,如按照股东—公允观点与按照税务—稳健观点编制出来的财务报表便有极大的不同。

(4)一些国家缺乏强有力的会计职业团体。实行会计协调,必须有一些组织或团体预先做好一些必要的准备工作。例如,为遵循国际会计准则而提供必要的知识和技术指导,进行必要的说明和疏通工作等,所有这些都必须依赖于一个影响面广、强而有力的会计职业团体。

(5)会计国家化。每个国家都认为自己的会计制度是最优的,都不愿意趋从于其认为较差或不合适的别国会计制度。因此便产生了美国希望有一套仿效美国制度的全球性会计准则的观念。甚至,有些国家、有些企业或个人因偏爱本国的会计制度,宁愿保留会计差别造成的缺陷和低效率,而不愿改变其明显落后及不合时宜的状况。

(6)资本市场发展的差别。股票上市公司与不上市公司、股票只在少数几家交易所上市的公司与在多数交易所上市的公司对财务报表披露信息的格式和要求不同,必然使报表的格式和要求难以统一。

(7)法律体制的不同。成文法国家和不成文法国家对财务会计和报告有极大的影响。

(8)争夺对国际会计准则的影响力表现主要有,国际会计准则委员会想保持对国际会计准则制定的权威性;联合国想通过会计和报告国际准则政府间专家工作组把国际会计准则的制定作为增进和保障发展中国家利益和管制发达国家跨国公司经营活动的一种手段;美国财务会计准则委员会不愿将制定全国会计准则的权限和权威性拱手让与他人等。

(9)经济后果。以上各种差别因素都将给经济带来直接的影响,如影响公司出售证券的能力、影响经济资源的优化配置等。

要正确处理上述矛盾逐步实现各国会计协调确实是一项艰苦的任务。尽管如此,从世界经济的发展趋势来看,国际会计协调化是大方向,各国应共同努力使其更好地向前发展。

□国际协调的主要障碍

阻碍会计的国际协调的主要因素——民族自尊。"没有一个会计师愿意接受别人的会计原则会比自己更好的想法、不管他多么热心地支持缩小差别",从一个侧面集中体现了"民族自尊"对会计的国际协调的阻碍,这一现象在一些急于发展但又非常落后的国家和地区,表现得尤为明显,有时表现为一种对外来会计准则或会计制度不可理喻的反对。

不同的国家或地区出于多种因素的影响,其财务报告服务的重点是各不相同的,比如在北美,财务报告的主要服务对象是投资者和债权人集团;在欧洲则主要集中在工会、职工和政府官员;而在我国主要为国家宏观经济管理部门。会计的国际协调,实际上,意味着对这一传统利益结构的修改,利益受损的主体将是反对这种会计协调的最坚决的力量。

严格地说,会计的国际协调的意义,只有在资本市场有较强大的境外发展要求时,才能较充分地显现出来,然而,各国资本市场的国际化的要求与程度是很不相同的,这样,一项在一些国家看来,是很有意义的会计准则或会计的国际协调方案,而在另一或另一些国家看来,却是无法接受的设想。

阻碍会计的国际协调的根源就在于会计的国家化与国际化并存。具体地说,主要有以下两个原因:

第一,会计作为一种信息系统,同时具有社会性和技术性。技术性要求一国的会计应积极吸纳他国的先进技术和经验,使会计趋于国际化。因此,一项先进的会计技术方法理应是人类共同的精神财富,不应受到国界的限制,如复式记账、成本核算法、会计电算化以及管理会计等各种技术方法,就在世界各地得到了广泛应用。应当指出,这一特征并不局限于较低级的业务处理方法、范围,在宏观会计体制、会计法规等方面也有较强的专业技术性。会计的社会性,主要体现为国家化特征,表现为:其一,会计技术方法的择取与会计目标紧密相联。选择不同的技术方法会有不同的结果,这就会影响到不同集团的利益;其二,正如前述,向谁提供会计信息,提供什么信息,如何运用这些信息,也是与特定的经济体制相联系的;其三,会计是一种具体的管理工作,其技术方法只有与周围环境相匹配才具有实际意义,因而,管理体制、管理水平、人员素质乃至习惯势力,都会影响到技术方法之效益的发挥。

第二,国际经济的发展与维护国家利益的矛盾。国际企业的崛起与发展以及国际资本市场的不断完善与扩大,暴露了各国会计准则或制度的差异,给跨国经营活动带来了诸多不便甚至困难。主要表现为:其一,国际企业的母公司根据本国财政、金融、税收方面的要求,不仅需要了解母公司本身的业务情况,还要了解海外业务的开展;其二,国际企业的各组成部分所在的国家为了维护本国利益,都要求各企业遵守本国的会计准则或制度,母公司所在国还要求提供在国外部分的财务信息;其三,国际企业出于内部管理的需要,需要建立统一的内部控制制度,还需编制合并报表;最后,公司的股东及长期债务人当然也希望获得整个公司统一的会计报告,以确切了解公司的财务状况与经营成果。所有这一切都要求尽可能消除各国会计准则或会计制度之间的差异。然而,由于各国会计所处的环境存在很大差别,这将使缩小会计差异的要求与保护本国经济利益的完整和独立的要求陷入矛盾重重的境地。

人们设计国际会计准则,就曾想它成为各国会计准则的榜样或会计的国际协调"黑夜"中的航标,但在实践中,几乎每一个成员国都希望更多地将本国的会计思想带进国际会计准则之中。最终,力量强大者成了主宰,将其价值取向、管理模式等都寓于国际会计准则之中,而使颁布的一些国际会计准则不具有普遍的可接受性;在较量中失败的,往往采取不实施等办法来抵制它的影响;那些国际会计准则委员会的非成员国,有更多的理由和行为来反对或抵制这种国际会计准则的实施。

■我国在会计国际协调中的对策

□我国在推进会计国际化进程中所作的努力及所面临的障碍

从发展时期上看,我国在积极推进本国会计准则、制度建设并与国际准则协调的进程中,大致经历了这样的发展阶段:

第一阶段是 1983~1992 年,这一阶段是会计制度局部改革和会计准则建设的启动阶段。1983 年 3 月,财政部制定了《中外合资经营企业会计制度(试行草案)》,4 月制定了《中外合资经营企业会计科目和会计报表(试行草案)》,推动了外商投资企业的发展,消除了外商进入中国市场的商业语言的障碍。1992 年,财政部又推出了《股份制试点企业会计制度》,促进了国内企业的股份制试点和在香港上市 H 股、发行外资股。同时,为适应外商投资企业的发展,股份制试点和企业改革的需要,这一阶段开始翻译、介绍国际会计准则,开展了会计准则的基础研究,有许多学者提出了在中国制定会计准则的意见和建议,会计准则的建设正式开始启动。

第二阶段是 1992~1997 年,会计准则建设拉开序幕的阶段。1992 年,财政部发布了《企业会计准则——基本准则》以及随后的 13 个行业会计制度,实现了我国会计模式由计划经济会计模式向市场经济会计模式的转换,确定了会计要素。同时,1993~1996 年,起草了 30 多个会计准则的征求意见稿和草案。

第三阶段是 1997 年至今,是中国会计准则积极建设的阶段。1997 年发布了第一项具体会计准则《关联方的会计准则》,至 2001 年底完成了 16 个具体准则。同时,2000 年 12 月 29 日发布的《企业会计制度》取代了原来的《股份有限公司会计制度》。到 2005 年,我们要兑现在 WTO 协议中的所有承诺,会计准则的建设适应加入 WTO 的要求,将会不断积极的深入。

但是在推进我国会计的国际协调的过程中,也遇到了各种障碍,使得这一过程步履艰难。综合分析,主要面临以下障碍:

首先,会计国家差异的客观存在。与我国社会主义经济制度相联系,我国以国有企业作为会计准则的主要应用目标,而作为国家利益的代言人,财政部在制定会计准则时,则会较多的考虑到国家的利益,使得会计准则的独立性受到一定程度的影响。由此,决定了我国会计准则的目标、会计准则体系框架、会计准则制定和发布等都具有中国的特色。同时,新的《企业会计制度》虽然在诸多方面实现了与国际会计准则的协调,但是从内容上和形式上还有许多差异。会计的国际协调是建立在会计的各国差异的基础上,推进会计国际化的进程,也并非实行各国会计的统一化而是正视这些差异,认清哪些差异的存在是符合国情而需要渐进式的协调,哪些差异是不符合国情而需要及时协调的。从某种程度上讲,会计国际化与会计国家化是一对矛盾,这种矛盾的存在是由会计准则的社会属性和依据会计准则提供会计信息引起的经济利益后果不同所必然导致的。因此,在推进会计国际化进程中,不可能完全消除会计国家化,只能在分析差异的基础上,寻找实现各方利益最优化的合理协调。

其次,会计准则执行机制不健全。近些年来,证券市场中出现的许多案件,如琼民源、银广夏等虚构收入,提供虚假财务报告;红光实业随意调剂利润,虚增资产等都与没有有效地执行会计准则和制度有关。其后果不仅会导致投资者对整个资本市场失去信任,而且也为加快会计国际化进程设置了人为的障碍。近些年来,我们虽然在会计准则和制度的制定方面已实现了与国际会计准则的诸多方面的协调,但是由于缺乏有效的执行机制,企业会计信息失真现象仍无法有效的克服,导致会计标准的国际化在某种程度上形同虚设。因此,建立一个行之有效的会计标准的执行机制是加快会计国际化进程中的一个重要的环节。

□加速国际会计协调化的思路

在国际会计协调化过程中,各国会计界应当对会计国家化与国际化这一矛盾的性质、发展趋势及解决途径形成共识,以此为基础来构建国际会计的理论和方法体系。同时,应该遵循以下原则:

(1)协商办事。国际会计协调是在各国相互协商的基础上对会计规范的选择和调整。它意味着对客观现实和对各个国家与地区的尊重,是会计协调化的前提。

(2)求同存异。国际会计协调是在各国现有会计准则或制度基础上进行的,理应以当前各国会计的共同性为起点,构建国际会计准则的理论和方法体系,并在国际会计准则的推广实施中,逐步消除各国会计的差异性。

(3)统一性与选择性并存。统一性是指各国会计界均遵循统一的国际会计标准和规范从事实务操作。它是国际会计协调化的重要标志。另一方面,考虑到各国会计存在的现实差距,对某些会计业务可以在统一要求的框架内制定出多种可供选择的方法,以便各国会计人员灵活选用,以适当排除国际会计准则实施的阻力,加速国际会计协调化进程。

(4)地区协调,辐射国际。鉴于各国会计环境的较大差异,尤其是南北差距的存在,要求国际会计准则在实施过程中一步到位显然是不现实的,因此可以考虑在地区协调的基础上,逐步扩大到世界范围的协调和统一。由于某一地区的经济环境及经济发展要求较为类似,同时从目前来看,大多成立了地区经济一体化组织,因此通过这些组织与地区性国际会计协调机构的共同努力,实现地区会计协调化是比较容易的。

此外,国际会计协调化不仅仅是学术问题,由于国际会计协调意味着各国经济利益的调整和重构,因此必然涉及经济问题和政治问题,在此过程中必须始终坚持"机会均等、利益均沾"的国际原则办事。

◇ 思 考 题 ◇

1.会计的国际协调化、标准化、趋同化,你更赞同哪一观点? 为什么?

2.你对会计国际协调的必要性有何认识?

3.你认为各国会计差异的成因主要有哪些?

4.你认为会计国际协调的主要障碍是什么?

5.我国在会计国际协调方面取得了哪些进展? 存在什么问题? 你有何对策或建议?

第八章

物价变动会计

第二次世界大战以后,西方某些国家出现了持续的通货膨胀。进入70年代以来,一些国家通货膨胀率达到两位数乃至三位数严重的冲击了以货币作为计量单位并且假定币值稳定不变的原始成本会计的理论基础,即影响了原始成本会计所提供会计报表的决策有用性。不少西方会计界人士呼吁,企业应该在财务报表中提供反映物价变动影响的补充信息;甚至有人提出,应该将会计模式从传统的原始成本会计改为现行成本会计。1979年9月,美国财务会计准则委员会颁布第33号《财务会计准则公告》,提供了按现行成本/稳值货币单位补充揭示信息的指南。6年之后,即1986年11月,国际会计准则委员会针对许多国家通货膨胀的情况,公布了第15号《国际会计准则——反映价格变动影响的资料》。8年之后,即1989年7月,针对恶性通货膨胀的情况,该委员会又公布了第29号《国际会计准则——恶性通货膨胀经济中的财务报告》。我国80年代初起,物价也持续、剧烈地变动,不少年份的通货膨胀率达两位数。中国会计学会在1991年元月专门召开了物价变动会计的研讨会。会议指出,研究我国物价变动会计,探讨建立我国物价变动会计模式的新路子,是我国经济体制改革中,摆在我国会计理论和实务工作者面前的一项艰巨任务。物价变动按变动的方向,可分为上涨和下跌两种情况。随着经济的发展,虽然个别商品价格会有所下跌,但绝大多数商品却会持续上涨,因此,物价变动会计也有人称之为通货膨胀会计。本章将在阐述物价变动对会计影响的基础上,探讨物价变动会计的基本模式。

■物价变动对会计的影响

□物价变动的涵义、类型及原因

物价是商品或劳务在市场上的交换价格,有输入价格和输出价格两种。输入价格是为生产或销售目的而取得商品或劳务的价格。输出价格是作为产品销售的商品或劳务的价格。企业按某一输入价格购买一项商品,再按较高的输出价格售给客户,这种情况不能视为该项商品的价格发生了变动,只有同是输入价格或输出价格增高或降低,才算物价发生了变动。

物价变动按变动方向,可分为物价上涨和物价下跌两类。现行商品或者劳务的价格高于它们以前在同一市场上的价格,称为物价上涨;现行商品或者劳务的价格低于它们以前在同一市场上的价格,称为物价下跌。物价持续较大幅度的上涨,称为通货膨胀。

在现实生活中,物价变动一般呈上涨趋势,即产生通货膨胀。美国会计学家 Hendriksen 在其《会计理论》著作中将物价变动分为 3 种类型:

(1)一般物价水平变动。其主要表现为货币购买力的升高或降低,可能起因于商品或服务的供求平衡变化,或是货币供应量或流通速度大于或小于商品和服务的供给总额;它可以通过计算在不同时期全部商品和服务的价格平均数及其差异来反映。本期物价指数与基期物价指数的比率就表示该指数中所含所有物价的相对变动程度。例如基期的物价指数为 100,而现实的物价指数为 125,就说明了这一期间的物价上涨了 25%。这一比例的倒数就表示货币单位价值的变动,我们习惯将其称为购买力的变动。

(2)个别物价变动。即针对个别企业的特定物品和服务的市场价格变动,并不表示货币本身价值的变动。因此说,个别物价变动与一般物价水平的变动是有区别的。比如说,在某个时段,一般物价水平上涨了 20%,对个别企业来说,它们自己生产产品或提供劳务价格的变动方向可能相反、变动幅度可能大于或小于 20%。这样,当这些企业交易时,就产生了持有利得(Holding Gains)或损失(Holding Losses)。

(3)相对物价变动。在一般情况下,商品或服务的价格都是按不同的比率变动,有些甚至按不同的方向变动。这种特定价格脱离一般物价指数而按不同比率或不同方向特定净价变动就是相对物价变动。例如,如果某商品的物价上涨 20%,而一般物价变动水平导致货币购买力下降 10%,则该商品的相对价格上涨了 30%。

物价变动的原因,一般说来有以下几个主要方面:(1)劳动生产率的变化。某种商品生产率普遍提高,该种商品的价格就会下跌;反之,如果劳动生产率普遍降低,则价格就会相应上涨。(2)技术革命。技术进步,一方面使有关产品中凝结的人类复杂劳动增多,从而导致其价值增加,价格上涨;另一方面,使原有产品的经济效能相对降低,价值受贬,价格下跌。(3)货币价值的变动。货币所表现的价值是商品的相对价值,即商品价值量同时发生等方向等比例的变动,商品的价格不变。但如果二者任何一方的价值单独发生变动,都会引起价格的涨跌。如果货币价值不变而商品价值提高,或者商品价值不变而货币价值降低,商品价格就会上涨。反之,如果货币价值不变而商品价值降低,或者商品价值不变而货币价值提高,商品价格就会下跌。(4)供求关系。在市场经济条件下,商品价格在很大程度上受供求情况的影响。当商品供不应求时,价格就会上涨;反之,当商品供过于求时,价格就会下跌。(5)竞争和垄断。竞争引起资本在各生产部门之间的转移,促使商品的价格发生变动,通常为价格下跌。垄断引起商品价格的操纵,使物价发生变动,通常为价格上涨。

我们认为,对于物价变动,无论是通货膨胀还是通货紧缩均会给人们的社会经济生活带来诸多不便。会计作为社会经济活动的信息系统,其提供信息的真实与否,直接关系到社会经济活动的正常运行。一般地讲,物价变动影响人们的经济生活,而会计反映人们的经济生活,因此,物价变动会对会计产生直接的影响。下面我们探讨一下物价变动对会计理论和实务的影响。

□物价变动对会计理论的影响

众所周知,会计工作的主要目的在于向外部及内部使用者提供有用的信息,使这些使用者据此评估企业的经营绩效,以利于决策。"有用的"信息至少要满足一点,即该信息必须恰当地符合经济现实。对此,准则制定者制定了一系列会计原则,以增强会计信息的合理性和规范性。然而,物价变动却动摇了一些会计原则和假设。

(一)货币计量假设

货币计量假设是指会计必须以货币单位作为衡量及表达整个企业经济活动结果的基础。传统会计报表在货币计量假设的基础上,并没有考虑货币的价值可能发生改变,这一缺陷在物价变动时,会动摇货币计量假设。因为传统会计报表忽略了一定货币单位本身的价值会由于它购买力的变化而发生变化,这样的会计处理结果必然违背经济规律。所以,货币计量假设反映的货币单位,只是名义货币单位,显然,它与实际经济生活是不适应的。

(二)持续经营假设

持续经营假设是指企业将在足够长的时间里持续不断地经营下去,以完成既定目标。一般认为,除非有足够的迹象和证据表明会计个体在将来不能继续生存,否则,会计处理将以该会计个体不会解散和清算为前提。持续经营假设为固定资产按历史成本确认提供了理论基础。在历史成本会计下,不论固定资产的市价如何涨跌,企业均将继续使用该资产,企业在可预见的经营期间内,不会将固定资产因物价下降而发生的或有损失,在会计上予以确认和反映。

(三)历史成本原则

《企业会计准则》规定:"各项财产物资应当按取得时的实际成本计价。物价变动时,除国家另有规定外,不得调整其账面价值"。这一规定对于价值较大的固定资产而言,尤其重要。这排除了以市价或重置成本价值为基础计算折旧的可能性,更强调了传统会计中资产的估价要以原始成本为基础。的确,在物价水准基本不变的情况下,传统会计要求以历史成本计价的原则,能很好地反映真实的会计信息,而在物价变动幅度较大的环境下,这一原则显得较难适应。

(四)配比原则

所谓配比原则,是指将一定会计期间的收入与为取得该项收入所发生的成本(或费用)相比较,其超过部分能确认为收益。在配比原则下,与收入所配比的成本是历史成本。如果物价下降幅度较大,历史成本和现行成本可能相差很多,相应地,用两种方法计算的利润差异也随之产生。可见,历史成本基于的许多原则和假设在物价变动情况下受到了挑战。

(五)会计目标及会计信息有用性

会计的目标是为使用者提供供其决策有用的会计信息。然而物价的大幅度变动,动摇了会计的计量属性。会计信息的失真,严重影响了会计信息的有用性,进而影响会计目标的实现。

□物价变动对会计实务的影响

(一)会计报表不能真实反映企业的财务状况和经营成果

主要表现在以下几个方面:(1)资产难以反映其真实价值。按照成本会计原则,不论物价如何变动,资产和负债始终按业务发生时的成本来计量,资产负债表所列示的资产金额表示未摊销或未耗成本。在物价上升期间,原始成本会低于编报时的市场价格,这种差异有时还为数巨大,特别是固定资产项目。如果某企业在若干年前以 100 万元的价格购入了一幢房屋,其时的物价指数为 100,在这期间物价指数已上升到了 140,如果不考虑折旧问题,用原始成本表示的房屋价格只能还是 100 万元,而倘若按物价指数调整,该幢房屋的价格应是 140 万元,而按现实市场价格该幢房屋的价格有可能高于也有可能低于 140 万元。从这个例子中可以看出,原始成本未能反映资产价值的变化,也不承认因物价变动所引起的币值变动对企业所带来的影响。(2)收益难以反映其经营成果。原始成本计价要求资产在耗用时按取得时的原始成本予以转销,也就是说,所计算出来的收益是按现实价格计量的收入与已耗资产的原始成本相配比所产生的期间净收益,其中很大一部分是物价变动的结果即持有利得(Holding Gains),而非企业的经营业绩,以原始成本基础下的净收益来评价和预测企业的经营业绩是不全面的。

(二)不能保证企业固定资产的更新,从而使企业生产经营能力削弱

在物价持续上涨的情况下,按原始成本/名义货币会计模式确认的会计收益中,有相当一部分是持有利得(Holding Gains,参见 Hendriksen《会计理论》)。持有利得的分配不是利润的分配而是资本的返还,如若将其返还,就会削弱企业的财力。这种情况的存在使企业丧失了补充存货和更新固定资产的能力,也就是说,企业无法保持简单再生产的能力。在通货膨胀的环境下,原始成本会计所导致的虚盈实亏已严重威胁到企业的持续经营,削弱国民经济发展的后劲。这既与会计上企业持续经营不相符,也与增强企业发展活力这一改革目标相悖。

(三)无法正确反映投入资本的保全情况

企业所有者投资的目的主要是获取收益,而资本保全是其前提条件。由于历史成本会计模式不能对物价变动作出反映,所以,资产、负债和业主产权以及收入、费用和收益不能得以正确计量。当物价普遍上涨时,由于仍旧按历史成本计量资产,使资产的账面价值低于现行价值,势必发生低估资产的情况,从而少计费用,虚计收益,按照虚计的收益进行股利分派,所分派的不是收益,而是部分或全部资本。同理,按照虚计的收益计缴的所得税,所缴金额也非全部为所得额上的税金,而是征收了部分资本。由此,企业的资本因物价变动的程度的不同而受到不同程度的侵蚀,从而削减了企业实力。

■物价变动会计模式

　　物价变动会计模式由会计计量单位与会计计量属性组合而成。会计计量单位有名义货币单位和一般购买力单位两种。会计计量属性有原始成本属性、重置成本属性、可变现净值属性及资本化价值属性等。其中,原始成本属性与名义货币单位组合成原始成本会计模式,也即传统的或现行的会计模式;原始成本属性与一般购买力单位组合成一般物价水准会计模式;重置成本属性与名义货币单位组合成现行成本会计模式;重置成本属性与一般购买力单位组合成经一般购买力调整的现行成本会计模式即现行成本/稳值货币会计模式。一般物价水准会计的 3 种会计模式,通称为物价变动会计模式。它们分别从不同的方面反映和消除物价变动对传统会计模式的影响。本节内容主要介绍学术界广为讨论的两种模式:一般物价水准会计(General Price Level Accounting)和现时价值会计(Current Value Accounting)。

□一般物价水准会计(General Price Level Accounting)

　　亦称原始成本/稳值货币会计、一般购买力会计、稳定币值会计、通货膨胀会计等。它是以原始成本为计量属性,一般购买力货币单位为计量单位的一种会计模式。一般物价水准会计的目的,是反映和消除一般物价水准的变动对会计的影响。这种会计模式使用原始成本计量属性,日常会计处理采用原始成本会计的处理方法,只是在会计期末对原始成本会计下的会计报表按照货币一般购买力的变动幅度进行调整,使会计报表建立在相同购买力货币单位基础之上。因此,一般物价水准会计也可以认为是一种按一般物价水准调整财务报表的会计,是一种会计报告模式。

(一)一般物价水准会计的理论演进

　　在西方国家,迫于物价变动对财务信息带来的严重影响,财务会计理论和实际业务长期以来一直重视研究解决物价变动影响的途径。1918 年 2 月,Livingston Middleditch 在《会计学杂志》上发表题为《财务报表应该反映货币价值的变化吗?》的文章,该文首次提出了有关物价变动会计的争论问题。但最早系统阐述一般物价变动水平会计制度的是美国的会计学家 H. W. Sweeney。

他在 1936 年出版了一本《稳定币值会计》(Stabilized Accounting),提出应当使用等值美元来调整传统的财务报表上的美元,该书被认为是有关一般物价水平会计的第一本经典性著作。在 1940 年,佩顿和利特尔顿在合著的《公司会计准则绪论》中,提出了把入账的记录成本按货币购买力换算为"等值美元"作为财务报表的补充资料的建议,受到会计理论和实务界的广泛重视。

第二次世界大战后,通货膨胀席卷了整个资本主义国家,通货膨胀会计理论也逐渐地影响到了会计实务,在 1963 年,美国注册会计师协会发表了第 6 号会计研究文集《报告物价水平变动的财务影响》(ARS NO.6)建议企业财务报表应按一般物价水平调整和重新表述。1969 年,美国会计原则委员会在其第 3 号说明《反映一般物价水平变动的财务报表》中指出,"按一般物价水平调整财务不能提供的有用信息",鼓励把根据一般物价水平变动重编的财务报表作为历史美元财务报表的补充,但不主张将这种调整报表作为基本的、必须的财务报表。1974 年 12 月,美国财务会计准则委员会发表了《按一般购买力单位编制财务报告》的征求意见稿,建议提供按一般购买力调整的财务报表。现实成本会计模式的提出及美国 SEC 要求揭示存货和固定资产重置成本的压力,促使美国证券交易委员会重新考虑以前所提出的一般物价水平会计模式的立场,并于 1979 年 9 月发表了第 33 号财务会计准则公告《财务报告与物价变动》。要求符合条件的大型证券上市公司同时揭示按稳值货币基础和按现时成本基础进行调整的补充资料。只是并不要求企业全面进行调整和重编财务报表。

英国会计专业团体也于 1973 年发表了第 8 号征求意见稿《货币购买力变动会计》,建议对以原始成本为基础的数据作出补充。根据该征求意见稿,制定了第 7 号《标准会计实务》公告,该公告要求用一般物价指数将非货币性资产的原始成本转换为现实购买力英镑,并且要计算货币性项目的购买力损益。

国际会计准则委员会对通货膨胀的研究是 1977 年公布的第 6 号国际会计准则《会计对物价变动的反映》。不过,此时所要求反映的仅仅只是揭示出通货膨胀这一经济事实,而没有揭示的程序和方法。1981 年,国际会计准则委员会公布了第 15 号会计准则《反映物价变动影响的信息》。

可以说,70 年代后持续的通货膨胀使得资本主义各国都加强了对通货膨胀会计理论的研究,同时也积极地将研究的成果应用于实践,这一段时间是一般物价水准会计理论发展和繁荣的时期。

(二)一般物价水准会计的程序和方法

由于一般物价变动会计仍然采用原始成本的计量属性,因此,日常的会计处理与传统的会计处理并无不同,其不同之处在于按传统会计处理经济业务和编制财务报表以后,再按一般物价指数调整财务报表项目,按相同购买力的货币单位重新编制会计报表,并反映货币性项目上的购买力损益。

按照一般物价水准会计的要求,具体的会计程序包括以下几个步骤:(1)划分货币性项目和非货币性项目;(2)把名义货币换算为稳值货币;(3)计算货币性项目的购买力损益;(4)重编会计报表。

1.划分货币性项目和非货币性项目

(1)确定货币性项目。货币性项目具有两个特点:其一,金额固定不变;其二,货币性项目在通货膨胀时期会发生购买力损益。即持有货币性资产会发生购买力损失,而持有货币性负债则会发生购买力收益。

(2)确定非货币性项目。非货币性项目有两个特点:其一,在通货膨胀时期,其金额应按一般物价水平变动的幅度加以调整;其二,非货币性项目在通货膨胀时期不会发生购买力损益,这和货币性项目需要计列损益的情况恰好相反。

下面给出 FASB 在 SFAS33 中提出的指导性的分类表(见表 8 - 1 及表 8 - 2)。

表 8 - 1　资产货币性项目与非货币性项目分类表

货币性项目	非货币性项目
资产:	资产:
库存现金及银行即期存款	存货(不包括已订合同使用部分)
定期存款	普通股上的投资
投资(优先股和债券)	财产、厂房及设备
应收账款及应收票据	累计折旧
备抵坏账损失	购货约定(按固定价格合同支付部分)
职工贷款	专利权
应收长期账款	商品
可用发行债券代替的保证金	特许权与配方权
非合并结算的子公司预支款	商誉
人寿保险退保金额	递延资产取得成本
供货商的预支款(非固定价格合同)	其他无形资产及递延借项
递延所得税借项	

表 8-2 负债货币性项目与非货币性项目分类表

货币性项目	非货币性项目
负债:	负债:
应付账款及应付票据	销货契约(按固定价格合同收取部分)
应计费用	保单义务
应付现金股利	递延投资贷项
顾客预付款(非固定价格合同部分)	
购买契约上的应计损失	
可用发行债券代替的保证金	
应付债券及应付长期债务	
债券或应付票据的未摊销溢价或折价	
可转换的应付债券	
递延所得税贷项	

2.按一般物价指数调整非货币性项目金额

一般物价水平会计需要将历史成本反映的非货币性项目金额,按本期物价指数加以调整,以反映其价值的变化情况。

在调整过程中,首先应确定采用哪个时期的物价指数作为换算系数。一般情况下,都使用本年物价指数。但是在本年中,物价指数也是不断变化的,所以应区分年初物价指数、年末物价指数和年度平均物价指数等 3 种不同的物价指数。通常是使用平均物价指数,调整损益表项目,因为大多数收入和费用项目都可以假定在一年中均匀发生,并可简化工作量。而对资产负债表则采用年末物价指数来调整,以反映企业财务状况。

3.计算货币性项目所发生的损益

具体计算如下:

(1)计算期初的货币性资产净额;

(2)按一般物价指数调整期初货币性资产净额;

(3)调整货币性收入额,计算货币性收入和货币性资产净额之和;

(4)调整货币性费用总额,并从货币性资产和货币性收入之和中减去货币性费用总额;

(5)以调整计算的货币性资产净额减去期末未调整的货币性资产净额,计算出货币购买力损益。

综上所述,一般物价水平损益的计算过程,首先是以期末的一般物价指数计算期初的货币性资产净额,然后再以本期平均一般物价指数调整计算本期的业务收支净额,最后以两者之和与期末未调整货币性资产净额相比较,其差额就是本期一般物价水平损益。

4. 实例

下面以一个企业为实例,概括地说明如何将历史成本会计报表调整为一般物价水平会计报表。

例如:ABC 公司从 2002 年 12 月 31 日开始营业,当时价格水平 100(基期价格水平),下表 8-3 为该公司 2002 年和 2003 年的比较资产负债表,表 8-4 为 2003 年损益表。

表 8-3 ABC 公司比较资产负债表　　　　单位:元

项　　目	2002 年 12 月 31 日		2003 年 12 月 31 日	
	借方	贷方	借方	贷方
货币性资产	60 000		100 000	
存货	30 000		20 000	
	(3 000 件)		(2 000 件)	
土地	70 000		70 000	
厂房和设备	80 000		80 000	
减:累计折旧			(1 000)	
负债		80 000		80 000
股本		160 000		160 000
留存收益				20 000

表 8-4 ABC 公司损益表

(2003 年 12 月 31 日)　　　　单位:元

项　　目	金　　额	
销售收入(8 000 件,每件 50 元)		400 000
销售成本:		
期初存货(3 000 件,每件 10 元)	30 000	
进货(5 000 件,每件 20 元)	100 000	
期末存货(2 000 件,每件 15 元)	30 000	100 000
毛利		300 000
减:费用:		
利息费用	5 000	

续表

项　　目	金　　额	
折旧费用	10 000	
销售与管理费用	150 000	165 000
净收益		135 000

除上述资产负债表和损益外,还有下述补充资料:

(1)一般物价指数　　　2002 年 12 月 31 日　　　100

2003 年 12 月 31 日　　　160

2003 年平均物价指数　　140

(2)除销售成本和折旧费外,所有的收入和费用在年度中是均匀发生的。

(3)存货进货日期的一般物价指数为 150。

(4)存货采用后进先出法的流转假设。

(5)厂房和设备使用 8 年,残值为 0,按直线法计提折旧。

按一般物价指数调整历史成本会计报表步骤如下:

(1)按 2003 年的物价指数调整 2003 年资产负债表。调整的资产负债表如表 8 - 5 所示:

表 8 - 5　ABC 公司调整资产负债表

(2003 年 12 月 31 日)　　　　　　　　　　　单位:元

项　　目	未 调 整 金 额	换 算 系 数	调 整 金 额
资产:			
货币性资产	100 000	160/160	100 000
存货	20 000	160/100	32 000
土地	70 000	160/100	112 000
厂房和设备	80 000	160/100	128 000
累计折旧	(10 000)	160/100	(16 000)
合计	260 000		356 000
负债:			
公司债券	80 000	160/160	80 000
股本	160 000	160/100	256 000
留存收益	20 000		20 000
合计	260 000		356 000

(2)按2003年物价水平调整2003年损益表。调整如表8-6所示:

表8-6 ABC公司调整损益表

(2003年12月31日) 单位:元

项 目	未调整金额	换算系数	调整金额
销售收入(8 000件,每件50元)	400 000	160/140	457 143
销售成本:			
期初存货(3 000件)	30 000	160/100	48 000
本期进货(5 000件)	100 000	160/150	106 667
期末存货(2 000件)	30 000	160/100	48 000
销售成本	100 000		106 667
毛利:	300 000		350 476
其他费用			
利息费用	5 000	160/140	5 714
折旧费用	1 0000	160/100	16 000
销售管理费用	150 000	160/140	171 429
净收益:	135 000		157 333

(3)计算由于一般物价水平的变化所发生的损益。如表8-7所示,其中2003年年初的货币性资产净额是以表8-3中的货币性资产60 000元减去负债80 000元得出的;2003年年末货币资产净额是以表8-3货币性资产100 000元减去负债80 000元而得出的。

表8-7 货币性资产购买力损益计算表

(2003年12月31日) 单位:元

项 目	未调整金额	换算系数	调整金额
1.货币性资产净额 (2003年1月1日)	(20 000)	160/100	(32 000)
2.本期货币性收入	400 000	160/140	457 143
3.本期货币性费用			
本期进货费用	100 000	160/150	106 667
利息费用	5 000	160/140	5 714
销售和管理费用	150 000	160/140	171 429
合计			283 810

项 目	未调整金额	换算系数	调整金额
4.调整货币性资产净额(1+2-3)			141 333
5.实际货币性资产净额			20 000
6.货币性资产购买力损益(4-5)			<u>121 333</u>

从以上实例可以概括地了解一般物价水平会计的会计程序和方法。按一般物价水平调整的资产负债表,损益表和货币性资产购买力损益计算表都是以一般物价指数作为换算系数,所以调整后的金额不可能非常合理和符合企业的实际情况。

(三)对一般物价水准会计模式的评价

1.主要优点

(1)可以向企业管理当局提供有关一般物价水平变动对企业经营活动所产生影响的客观数据。

(2)通过对每个企业都采用相同的调整步骤和相同的物价指数来换算,可以维护企业之间财务报表的可比性。

(3)在一个企业中,由于消除了各期财务报表中的物价水平变动的差异,可以提高前后期报表的可比性,从而有助于趋势分析。

(4)在保持现行和易懂的历史成本会计框架内即可通过换算来消除物价水平变动对财务信息的影响,在方法上是较为简便的。

2.主要缺点

(1)以稳定货币单位会计为基础的财务报表,对使用者来说是不易理解的。

(2)把按历史成本为基础的非货币性项目按一般购买力变动重新表达,并不比按历史成本表达具有更多的意义,因为它保留了历史成本会计模式的全部缺点。

(3)在报表上反映货币性项目一般购买力损益的用意不明确,因为不论为了重新表达管理的业绩或为了发放股利等其他目的,这方面的资料似乎不起作用。而且货币性项目和非货币性项目的划分带有随意性,在实务中并不统一。

(4)稳定货币单位会计模式假定物价变动对所有企业及其所有各类资产

和成本具有相同的影响,但实际情况并非如此。也就是说,这一模式不能很好地反映个别物价变动的影响。

□现行成本会计

所谓现行成本会计,是以资产的现时成本为计量属性,以名义货币为计量单位对会计对象进行确认、计量和报告的程序和方法。其做法是以现行成本来代替历史成本,以消除各个企业所承受的个别物价变动影响。它的主要特点是:不改变传统的会计计量单位,但全部财务会计的记录和由此形成的财务报表应以现行成本属性为基础。采用这一模式,首先要对持有资产的账面价值现行成本予以调整,其次还要反映持有资产由于其现行成本变动而产生的未实现利得或损失。

这一模式的依据是,在物价发生变动时期,历史成本已失去计量基础的作用,因为报表使用者很少关心企业持有资产的历史成本,而是需要财务报表能表达在持续经营条件下更符合各个时期实际情况的财务信息。既然历史成本已偏离现行成本,财务报表就应当改用现行成本为计量基础。

(一)现行成本会计理论和实务的发展

早在 1865 年,在美国铁路定价时已运用过现行成本概念,但现行成本会计体系却是在近几十年才形成的。1961 年,爱德华滋(Edwards)和贝尔(Bell)在其经典著作《企业收益的理论和计量》(The Theory and Measurement of Business Income)中提出了一套完整的现时成本会计制度,建议按现时价格而不是原始价格对资产进行计价。开创了系统阐述现时成本会计的先河,该书被公认为现时成本会计领域里最杰出的著作,其最突出的贡献是确认了营业收益和持有收益之间的区别。

1962 年,塞浦路斯(Sprouse)和穆尼茨(Moonitz)在《企业普遍适用的会计原则初探》(A Tentative Set of Broad Accounting Principles for Business Enterprises)中,采用了美国会计学会(AAA)观点,认为“资产反映未来的经济利益,是企业所获得的权利,是本期或过去经济业务的成果”。如果资产的价值等于它能产生的预期未来收益,那么,资产负债表中资产的价值就应通过对资产服务潜力的折现来加以确定。为此,他们提出了以资产的现行重置成本作为计量的基础。他们认为,存货应按可变现净值进行计价,而固定资产可同时使用物价水平指数和以重置成本的变动为基础来重新估价。

1963 年,美国会计学会下属长期耐用资产委员会肯定了以前将资产看作服务潜力的定义。该委员会承认难以计量特定资产未来服务潜力的折现值，认为重置成本近似于资产的服务潜力，它反映了企业在目前市场上购买资产所要支付的价格。重置成本超过原始成本的部分就是持有所得（Holding Gains）。不过，该委员会认为持有所得应当列为当期收益。

1966 年美国会计学会发表的《基本会计理论说明》（A Statement of Basic Accounting Theory），要求企业会计报表既要反映历史成本，也要反映现时成本。1973 年，美国注册会计师协会（AICPA）下属的特鲁布拉德委员会（Trueblood Committee）提出了《财务报表目的研究组的报告》，报告认为单一的计价基础不能很好地服务于会计报表的目标，这一结论对以后会计理论和实务的发展产生了深远的影响。

1976 年 3 月 23 日，美国证券交易管理委员会（SEC）发布了第 190 号会计系列公告，要求一些大型公司在其公布的财务报告中以附注的方式反映重置成本信息。

1986 年 12 月，美国财务会计准则委员会颁布了第 89 号财务会计准则公告《财务报告和物价变动》。该公告取代了该委员会以前所有与物价变动有关的公告。鼓励但不要求企业补充揭示现时成本/稳值货币的会计信息，现时成本/稳值货币报告模式的目的就是，按现时成本计量属性，按不变货币计量单位陈述财务状况和经营成果。对于资产负债表，该模式的目的就是按资产的现时重置成本与可补偿金额之孰低数来陈报各项资产。对于收益表，该模式的目的是要揭示可以分配的收益，这是一个企业无损自己未来经营能力的条件下可作股利分配的数额。

在英国，早在 1949 年就有人提议，试图通过修正原始成本会计以解决物价变动所产生的问题。1974 年 10 月，英格兰和威尔士特许会计师协会和由英国政府成立的桑迪兰兹委员会都作出决定，重置成本要优于按一般物价水平进行的调整。1979 年 5 月，英国会计准则委员会发布了第 24 号征求意见稿《现时成本会计》，这一意见稿成为 1980 年 3 月 31 日公布的第 16 号标准会计实务公告《现时成本会计》的基础。该公告要求会计期间始于 1980 年 1 月 1 日或此以后的企业在其年度报告中列示相关的现实成本信息。虽然，该公告应用不到 5 年就放弃了，但是，英国现时成本会计模式对世界其他各国物价变动会计的理论和实务的发展都产生了深远的影响。

国际会计准则委员会在 1977 年颁布了第 6 号国际会计准则，但更具权威性的则是在继美、英制定了相关准则之后的第 15 号国际会计准则《反映物价变动的信息》。该准则将一般物价水平的调整和现时成本会计都作为备选方案予以提出，并不表示出倾向性。

(二)现时成本会计的程序和方法

1.确定各项资产的现行成本

从理论上讲,资产的现行成本一般应根据以下几种价格直接确定:

(1)现时购买物品和服务的发票价格;

(2)市场的现行价格目录;

(3)当前条件下的标准制造成本;

(4)各类或各项资产的现时物价指数。

通常,较为方便的方法是利用各类或各项资产的个别物价指数进行换算求得。但是要注意,这里不同于反映一般物价水平变动的物价指数,而是要针对各个企业的特定资产项目的物价变动指数来确定。

2.计算现行成本变动的持有损益

在物价变动时,由于现行成本必然不等于历史成本,所以,这两者之间的差异就会构成资产的持有利得或持有损失,而且又可再区分为已实现持有利得或损失(反映于已销售或处置资产之中)和未实现持有利得或损失(反映于期末继续持有的资产之中)。不过,对未实现持有损益的会计处理取决于对资本保持的理解。在财务资本保持概念下,资产的现行成本变动的持有损益可进入收益表;如果在实体资本保持概念下,则只能作为资本调整项目而不能作为收益项目处理。

一般地说,货币性项目不会产生持有损益,但非货币性项目将产生持有损益。根据财务资本保持概念,这部分持有损益不仅要在财务报表上反映,而且必须作出会计记录。但不同的非货币性资产项目的处理方法又略有不同。

(1)存货项目持有损益的处理:

设长江公司于开业的年初投入 6 000 元,用于购进 1 000kg 原材料,6 元/kg,在该年内公司按 10 元/kg 售出 600kg,当时的重置成本为 8 元/kg。在年末,每 kg 原材料的重置成本为 9 元,则上述业务应作出如下分录:

①年初存货(1 000×6)	6 000
现金	6 000
(记录购进原材料)	
②年内现金	6 000
销货(600×10)	6 000
销货成本(600×8)	4 800

存货	4 800

（按重置成本记录销售成本）

③年末存货	2 400
已实现持有利得[600×(8-6)]	1 200
未实现持有利得[400×(9-6)]	1 200

（记录存货的持有利得）

（2）厂房设备持有损益处理：

设长江公司于 2 000 年 12 月份购入一台设备 2 000 元，预计使用年限 4 年，而其重置成本每年增加 1 000 元，所以，折旧费必须根据其重置价格计算。由于年末和年初的资产重置成本不同，而折旧是按年初重置成本计提，如果资产的重置成本在剩余使用期内是持续上涨时，对因重置成本上涨而增加的折旧费必须作为"折旧溢增"（Catch up of Depreciation），列入当期费用。这种折旧溢增计算如表 8-8 所示。

表 8-8 折旧溢增计算表

年 度	2001	2002	2003	2004
年初重置成本	3 000	4 000	5 000	6 000
基于重置成本的每年折旧费	750	1 000	1 250	1 500
折旧溢增	0	250	500	750
未调整溢增的累计折旧	750	1 750	3 000	4 500
已调整溢增的累计折旧	750	2 000	3 750	6 000

这样，在各年关于重置成本增加及其折旧费的分录应如下：

2001 年	设备（重置成本）	1 000
	折旧费用	750
	持有利得	1 000
	累计折旧	750
2002 年	设备（重置成本）	1 000
	折旧费用	1 000
	折旧溢增	250
	持有利得	1 000
	累计折旧	1 250
2003 年	设备（重置成本）	1 000

	折旧费用	1 250
	折旧溢增	500
	持有利得	1 000
	累计折旧	1 750
2004 年	设备(重置成本)	1 000
	折旧费用	1 500
	折旧溢增	750
	持有利得	1 000
	累计折旧	2 250

这里的折旧溢增就是指基于年初和年末重置成本计提折旧的差异。从理论上说,它可以有3种处理方法:①把折旧溢增视作前期调整,即它代表应在前期记入的折旧费用,因此要直接记入留存收益;②把折旧溢增视为当期的折旧费,所以收益应包括重置资产的全部估计成本,应记入当期收益;③用于冲抵资产的持有损益,因为资产的真正持有损益体现资产使用程度的差别。

3.实例

假设长江公司2003年以历史成本为基础的比较资产负债表和收益表如下表8-9和表8-10所示。

表8-9 长江公司比较资产负债表(历史成本)
(2002 年 12 月 31 日和 2003 年 12 月 31 日)　　　　单位:元

	2002 年 12 月 31 日	2003 年 12 月 31 日
资产		
货币性资产	200 000	325 000
存货	250 000	300 000
设备(净值)	150 000	140 000
土地	450 000	450 000
资产合计	1050 000	1215 000
负债		
流动负债(货币性)	100 000	200 000
长期负债(货币性)	650 000	650 000
负债合计	750 000	850 000

	2002 年 12 月 31 日	2003 年 12 月 31 日
业主权益		
普通股	300 000	300 000
留存收益	0	65 000
业主权益合计	300 000	365 000
负债和业主权益合计	1 050 000	1 215 000

表 8-10 长江公司收益表（历史成本）

（2003 年度）　　　　　　　　　　单位：元

销售收入		800 000
销售成本		
期初存货	250 000	
本期购货	520 000	
可供销售的存货	770 000	
期末存货	300 000	
倒挤的销售成本		470 000
销售毛利		330 000
销售与管理费用		170 000
折旧费用		10 000
税前收益		150 000
所得税		75 000
净收益		75 000

其他补充资料包括：

（1）销货成本在年内均衡发生，其现行重置成本为 760 000；

（2）年末的存货现行成本为 500 000；

（3）年末的设备现行成本（包括累计折旧）为 180 000，净值的现行成本为 168 000；

（4）折旧费各年内按平均现行成本计提；

（5）年末的土地现行成本为 900 000；

（6）年初的存货、设备和土地的历史成本与其现行重置成本相同；

（7）非货币性资产持有损益仅限于存货、设备和土地。

其有关数据如表 8－11 所示。

表 8－11 非货币性资产持有损益计算表　　　　单位:元

	存　货		设备(净值)		土　地	
	历史成本	现行成本	历史成本	现行成本	历史成本	现行成本
年初余额(历史成本)	250 000	250 000	150 000	150 000	450 000	450 000
年末余额	300 000	500 000	140 000	168 000	450 000	900 000
未实现持有利得		200 000		28 000		450 000
已实现持有利得		290 000[a]		1 000[b]		0
持有利得(损失)合计		490 000		290 000		450 000

a:现行销货成本 760 000 - 历史销货成本 470 000 = 290 000

b:现行成本计提折旧 11 000 - 历史成本计提折旧 10 000 = 1 000

因此,根据现行成本模式编制的长江公司比较资产负债表和收益表如表 8－12 和表 8－13 所示。

表 8－12 长江公司比较资产负债表(现行成本)

(2002 年 12 月 31 日和 2003 年 12 月 31 日)　　　　单位:元

	2002 年 12 月 31 日	2003 年 12 月 31 日
资产		
货币性资产	200 000	325 000
存货	250 000	500 000
设备(净值)	150 000	168 000
土地	450 000	900 000
资产合计	1 050 000	1 893 000
负债		
流动负债(货币性)	100 000	200 000
长期负债(货币性)	650 000	650 000
负债合计	750 000	850 000
业主权益		
普通股	300 000	300 000
留存收益	0	753 000
业主权益合计	300 000	1 043 000
负债与业主权益合计	1 050 000	1 893 000

表8-13 长江公司收益表(现行成本)

(2003年度)　　　　　　　　　　单位:元

销售收入	800 000
销售成本	760 000
销售毛利	40 000
销售与管理费用	170 000
折旧费用	11 000ᵃ
税前收益	(141 000)
所得税	75 000
按现行成本的经营收益(损失)	(216 000)
已实现持有利得	291 000ᵇ
已实现收益	75 000
未实现持有利得	678 000ᶜ
净收益	753 000

a:按年内平均现行成本余额计算:[(150 000 + 180 000)/2]/15 = 11 000

b:存货项目290 000 + 设备1 000 = 291 000

c:存货项目290 000 + 设备28 000 + 土地450 000 = 678 000

(三)对现时成本会计的评价

主要优点:

(1)现时成本代表企业现时为获得资产或服务潜力而必须支付的金额,因此,能与当期收入进行最好的配比,从而更具有预测价值。

(2)现时成本允许确认持有损益,因而它能反映出管理当局管理资产的业绩,并能反映出不能体现在交易中的环境对企业的影响。

(3)如果企业准备继续购置这些资产或者企业尚未将这些资产的价值在会计上增值,那么,现时成本就代表了资产对企业的价值。

(4)以现时成本表示的资产总和比不同时期发生的原始成本加计数更有意义。

(5)现时成本可用来陈报当期经营收益,这可用于预测未来的现金流量。由于某一期间的当期经营收益是下一期间经营收益的晴雨表,因此它可以作为可分配的现金流量的良好替代,而可分配的现金流量反过来可用以预测未来的股利分配。

主要缺点:

(1)由于难以可靠地确定各项资产在任一时点的现行重置成本,不可避免地带有一定的主观判断。

(2)资产的重置成本往往并不等于其公允(合理)的市价。

(3)有些资产(如专用设备)根本没有重置成本。

◇ 思 考 题 ◇

1.你认为物价变动对会计理论和实务有何影响?

2.一般物价水准会计和现行成本会计的程序和方法有何异同?

3.你对一般物价水准会计模式和现行成本会计模式有何评价?

参 考 文 献

1　Littleton and Zimmerman, V.K, Accounting Theory: continuity and changes, Prentice – Hall International, Inc, 1962

2　Hatfield, H..Accounting—Its Principles and Problems. 1927

3　Paton, W.A., and A.C. Littleton. An Introduction to Corporate Accounting Standards, Sarasota, Fla: AAA, 1940

4　Scott, D.R..The Basis for Accounting Principles, The Accounting Review, 1941

5　Watts, Ross, and Jerold L. zimmerman. Positive Accounting Theory. Englewood Cliffs: Prentice – Hall International, 1986

6　Littleton, A.C. Accounting Evolution to 1900, New York: AICPA, 1933

7　Littleton, A.C. Structure of Accounting Theory, AAA, 1958

8　Eldon S. Hendrickson Accounting Theory, Illinois: Richard D. Irwin, Inc. 1982

9　AAA, A Statement of Basic Accounting Theory, 1966

10　AAA, Accounting Theory and Theory Acceptance, 1997

11　孙铮著.物价变动会计理论与实务.北京:立信会计出版社,1995

12　张为国著.会计目的与会计改革.北京:中国财政经济出版社,1991

13　葛家澍,林志军著.现代西方财务会计理论.厦门:厦门大学出版社, 1990

14　吴水澎著.财务会计基本理论研究.沈阳:辽宁人民出版社,1996

15　汤云为,钱逢胜著.会计理论.上海:上海财大出版社,1997

16　郝振平主编.会计的国际透视.大连:东北财大出版社,1997

17　葛家澍,刘峰著.会计理论.北京:中国财政经济出版社,2003

18　吴水澎主编.中国会计理论研究.北京:中国财政经济出版社,2000

19　刘峰著.会计准则研究.大连:东北财经大学出版社,1996

20　常勋主编.高级财务会计.沈阳:辽宁人民出版社,1995

图书在版编目(CIP)数据

会计理论 / 程德兴等著 .
北京:石油工业出版社,2004.12
高等学校教材
ISBN 7 – 5021 – 4838 – 8

Ⅰ. 会…

Ⅱ. 程…

Ⅲ. 会计学 – 高等学校 – 教材

Ⅳ.F230

中国版本图书馆 CIP 数据核字(2004)第 114043 号

出版发行:石油工业出版社
　　　　　(北京安定门外安华里 2 区 1 号　100011)
　　　　　网　址:www.petropub.com.cn
　　　　　总　机:(010)64262233　发行部:(010)64210392
经　销:全国新华书店
印　刷:北京兴顺印刷厂

2004 年 12 月第 1 版　2004 年 12 月第 1 次印刷
787 毫米×960 毫米　开本:1/16　印张:16.5
字数:286 千字　印数:1—3000 册

书号:ISBN 7 – 5021 – 4838 – 8/F·230(课)
定价:25.00 元
(如出现印装质量问题,我社发行部负责调换)